KB045409

이웃이 같은 사람들

이웃이 같은 사람들

김재희

장편소설

시공사

차례

*작품 내 모든 주석은 작가가 작성하였습니다.

1. 은밀한 조짐

5월 27일 월요일

쇠끼리 부닥치는 요란한 소음과 함께 은회색의 매끄러운 쇠창살이 창문에 달렸다. 초록색으로 선팅한 창문 밖으로 남자가 방범창을 다는 모습이 꽤나 역동적으로 보였다.

서연은 이사하기 전에 시공업체에 선팅 공사를 맡겼다. 낮에는 밖에서 안이 보이지 않았고, 밤에는 커튼을 쳐놓으면 된다. 1층이라 이래저래 신경 쓰이는 부분이 많았지만, 1억 미만의 보증금에 월 40만원짜리 아파트는 강동구 일성동에서 이 유미아파트가 유일했다. 이른바 나 홀로 아파트라는 것으로 한 동이 전부였고 들어가는 출입문은 네 개, 1에서 8라인까지 각 층마다 두 세대가 마주 보고 있는 구조였다. 1층 7, 8라인 출입구 오른쪽에 위치한 경비실에는 경비원 두 명이 주야로 근무를 서고 있었다.

꼭대기 층은 8층으로 높이가 아담했고, 아파트 놀이터는 경비실 뒤쪽으로 있었다. 서연은 이사 오기 전에 경비실은 따로 있는지, 아파트 현관 출입문에 비밀번호를 누르고 들어가는 시스템인지 꼼꼼하게 살펴보고 임대 계약을 했다. 서연은 101호로 이사를 왔다.

“냉장고는 버리신다고 하셨으니 현관문 앞에 두고 갈게요. 여기다 사인해주시죠.”

이삿짐센터 직원은 서연이 지시하는 대로 짐을 다 부리고, 서비스로 방범창을 달아주고는 계약서류를 내밀었다. 남자의 얼굴이 땀으로 번질거렸다. 모자 밑으로 내려온 머리카락 몇 가닥이 남자의 뺨에 들러붙어 있었다. 서연은 사인을 해주고, 얼른 시선을 돌렸다.

서연은 혼자 남아 정리 안 된 상자들 사이에 주저앉아 냉장고를 쳐다봤다. 이삿짐센터 직원들이 냉장고를 피해 문을 빠져나간 게 용해 보였다. 현관에 우뚝 버티고 선 냉장고를 어떻게 처리할지 생각했다. 274리터에 에너지소비효율 등급이 낮은 냉장고는 살 때부터 중고였다. 성능도 시원찮았지만, 덩치가 커서 거실을 확장하느라 좁아진 부엌 공간에 들여놓을 데가 마땅치 않았다.

일주일 전 인터넷 중고거래 사이트에 내놓았지만 연락이 오지 않았다. 당분간 아파트에 빌트인으로 설치된 김치 냉장고를 사용할 예정이라, 이 냉장고는 어떻게든 버려야만 했다. 공들여

사진을 찍어 올리고, 가격은 30만원으로 책정했는데 이렇게 안 팔리니 한편으로 터무니없는 가격인가 싶었다.

상자에 든 옷가지들을 정리하려고 일어선 순간에 문자가 왔다.

〈냉장고를 사고 싶습니다. 오늘 저녁 8시 괜찮으세요?〉

시계를 보니 오후 5시가 조금 넘어 있었다. 서연은 얼른 문자를 보냈다.

〈네. 물건 받으러 와주셔야 하는데요.〉

〈8시에 유미아파트 101호로 갈게요.〉

서연은 오래간만에 희미한 미소를 지었다. 나쁘지 않았다. 어차피 버리려던 물건을 30만원에 팔 수 있다는 게 행운처럼 여겨졌다.

'그래, 여기서 새롭게 시작하는 거야.'

서연은 힘주어 일어나서 억지로 입가에 미소를 지어봤다. 너무 힘들 때는 입꼬리를 올려서 웃는 흉내라도 내라고 TV 아침 정보 프로에서 본 것 같았다. 미소도 모자란 것 같아서 콧노래를 흥얼거리면서 옷가지를 들고 안방으로 들어갔다.

창문 밖으로 이삿짐센터 차가 출발하는 것을 보던 해정은 양미간을 찌푸리며 커튼을 확 쳤다. 이사 때문에 시끄러운 것은 이해하겠지만, 그것보다 신경 쓰이는 일이 있었다. 해정은 화장실로 가서 거울을 쳐다봤다. 노리끼리한 피부, 눈 밑의 다크 서클, 입과 볼 사이에 깊게 패인 팔자 주름, 어느 하나 맘에 드는 구석이 없었다. 이마의 잔주름도 작년 겨울에 보톡스 주사 맞았을 때만 잠깐 펴졌다가 지금은 원래대로 돌아왔다. 해정은 50대 초반이라고는 하지만 충충한 얼굴, 엉망인 피부 상태에 기분이 울적했다.

"유해정 님은 갱년기가 온 겁니다. 얼굴에 홍조가 오른다거나, 기분이 우울하시죠? 그리고 방광질환도 있으시다구요. 폐경이 언제 오신 거죠?"

온몸이 두들겨 맞은 것처럼 아파서 찾은 내과에서는 갱년기 증상에 도움이 되는 여성호르몬 요법을 설명해주었지만 다음 번 예약을 잡지 않았다. 폐경이라는 단어는 참 쓸쓸했다.

해정은 침대에 모로 누웠다. 게다가 아직도 남편과의 사이에 치유되지 않은 일들이 영화처럼 떠올랐다.

1년 전, 해정은 죽고 싶은 기분에 사로잡혀 남편의 옷장을 활짝 열어젖히고, 그중 가장 좋은 질감의 양복을 꺼내 들었다. 친척 결혼식 때 입으려고 맞춤 주문한 양복은 200만원에 가까운 고급 이태리 정장이었다. 그 정장의 아래위를 팔에 걸쳐 그대로 화장실로 들어갔다. 욕조에 중간 정도 깊이로 받아둔 물이 잔잔하게 해정의 얼굴을 비추었다. 해정은 망설임 없이 재킷을 들어서 욕조에 집어넣었다. 그리고 바지를 그 위로 살포시 올려놓았다.

'그게 어딨더라.'

해정은 얼른 화장실을 뛰쳐나와 냉장고 문을 열었다. 머리를 냉동고 속으로 파묻고 눈알을 굴리다가 드디어 찾아낸 부침가루 봉지를 뜯지도 않은 채 들고 화장실로 다급하게 뛰었다. 아래층에서 쾅쾅 천장을 나무막대로 두드리는 소리가 들렸다. 그러나 해정은 얼른 화장실 문을 쾅 하고 닫았다.

흥, 층간 소음은 얼어 죽을. 나 지금 무지하게 바쁘단 말이야.

해정은 두 집게손가락에 힘을 주어서 부침가루 비닐을 세게 뜯었다. 하얀 가루가 폴폴 날리면서 해정의 코를 간지럽혔다. 해정은 부침가루를 욕조 물에 남김없이 풀었다. 양복의 결 사이로 하얀 물이 소록소록 잠겨들었다.

해정은 다시 부엌으로 가서 가위를 들고 화장실로 향했다. 다시 아래층에서 쿵쿵 찧는 소리가 들려왔다. 짐작건대 노인이 매일 들고 다니는 지팡이일 것이다.

"이 영감탱이야! 곱게 죽어!"

해정은 소리를 바락 지르며 문을 닫고 가위로 부침가루가 뒤범벅된 상의 소매를 들어 달랑 잘라버렸다. 마음이 뻥 뚫리는 것 같았다.

그래. 이제 되었다. 이제야 속이 다 후련하다.

해정은 이로써 남편이 편의점 아르바이트생이던 20대 아가씨와 바람피운 일을 잊기로 했다. 남편이 여자와 나누었던 다정한 밀회가 담긴 문자 메시지도 마음에서 지우기로 했다. 용서해주기로 했다. 하나밖에 없는 아들을 위해 나쁠 건 없었다.

그날도 남편은 편의점 세 곳을 돌며 물건을 수주하고, 판매 상황을 확인하러 외출했다. 해정은 양복을 깨끗한 쓰레기봉투에 담아서 버리고 남편에게 재활용품으로 내놨다는 문자만 보냈다.

그날 밤, 해정은 잠결에 남편이 들어오는 디지털 도어록 소리를 들으면서 침대에 고개를 파묻었다. 문 잠기는 신호음이 나고서 건넌방 문이 쾅하고 닫혔다. 이어서 아래층에서 거실 천장을 나무막대기로 쿵쿵 찧는 소리가 났었다.

해정은 기억에서 빠져나왔다.

층간 소음으로 인한 갈등은 지금도 마찬가지지만, 남편에 대한 마음은 달라졌다. 고함치는 것도 아예 포기했다.

밤마다 머리가 깨질 듯 아픈 것은 덜했지만 이상하게 가슴이 휑했다.

'저놈의 층간 소음! 이 영감탱이야, 어디 올라오기만 해봐라!'

해정의 온 생각이 201호에 사는 영감에게로 향했다.

"넌 애비 어미도 없냐? 내 머리가 터지든지, 네 머리가 터지든지 둘 중에 하나다!"

빽 고함을 있는 대로 지르는 베레모를 푹 눌러쓴 노인의 얼굴이 떠올랐다. 나이도 이름도 모르지만 늘 엘리베이터에서 마주치면 301호에 사는 해정에게 조용히 해달라고 했다. 그렇게 6개월이 지나서는, 점잖게 본인이 폐암으로 투병중이라고 애원하다시피 했다. 하지만 1년 전부터는 말투가 반 협박조로 변했다.

해정은 공들인 화장 끝에 분홍 톤의 립스틱으로 마무리하고, 허름한 티셔츠와 트레이닝 바지를 벗고 거울에 바싹 마른 몸을 비추어 봤다. 밋밋한 가슴, 통짜 허리에 약간 나온 처진 배, 앙상한 팔다리와 주름이 가득한 목까지 볼품이 없었다. 얼른 니트 재킷에 딱 붙는 폴리에스테르 재질의 검은색 일자바지를 입고 외출 준비를 끝냈다.

해정은 계단을 걸어서 내려오다 2층에서 201호를 한 번 쏘아봤다.

1층 편지함 입구에 지팡이를 두 손으로 짚고 몸을 지탱하고 선 덩치 큰 노인이 보였다. 깊이 눌러쓴 중절모 아래로 하얀 머리칼이 몇 가닥 비죽 나온 김구용은 와이셔츠에 양복바지 차림이었다. 구용은 해정을 쏘아봤다.

"며칠 잠잠한가 했더니, 쯧!"

해정은 모른 척하고 나가려다 대꾸했다.

"뭐예요? 아니, 뛰노는 애도 없고 조용한 집에 만날 층간 소음이다 뭐다 민원 넣고 소리 지르고. 할아버지야말로 병원 가보세요."

"여보슈, 조용조용 말로 해도 번번이 지 잘못도 모르고 소리만 들입다 지르면 다요?"

"흥!"

해정이 다급하게 나갔다. 구용이 지팡이를 짚고 막으려다 자동문에 턱 걸렸다. 뒤로 휘청거리는 것을 마침 쓰레기를 들고 나서던 서연이 부축했다.

"할아버지 괜찮으세요?"

"누구?"

"저 오늘 1층에 이사 온 사람인데요."

"아아, 1층. 아이고, 처자는 복도 많지. 내가 시끄럽길 혀, 뭘 혀. 조용조용 걷는 게 다인데."

"네?"

"내가 워낙 층간 소음에 민감해. 방금 나간 저 싸가지 아줌마 우리 위층 사는데, 문 쾅쾅 닫고 댕기고 아주 내가 못살겄어."

서연은 구용의 구시렁거리는 소리에 자동문이 열리기를 기다렸다 밖으로 나갔다. 지난번 살던 빌라에서는 이웃과 목례만 하고 지냈다. 그 결과로 지금 이렇게 이사를 온 건지도 모르겠지만 이웃과 말을 트는 게 여전히 불편했다.

음이온 매트방은 허름한 빌딩의 지하에 있었다. 이미 해정은 은숙과 네 번 정도 방문을 했고 그때마다 건강 기구를 체험해봤다.

"어서 들어가서 땀 좀 빼자. 마트서 하루 종일 서 있으려니 죽을 것 같다. 그나마 여기 매트 덕에 버티고 산다, 내가."

"언니는 음이온 매트 집에 사놓고는 왜 굳이 여기까지 와?"

"그야, 사장님 친하니까 놀러올 겸 들르는 거지. 너도 어서 하나 사라니까. 그렇게 온몸이 골골대면 체력에 쓰나미 와. 주 사장님, 저희 왔어요."

문을 활짝 열자 지하 특유의 쾨쾨한 냄새가 코를 찔렀다. 너른 공간 안에 길게 이어진 평상 위로 두툼한 초록색 매트가 깔려 있고, 그 위에 극세사 담요가 덮여 있었다. 구석에는 펄스 의료기기가 놓여 있었다.

50대 중반에 호리호리한 몸매의 주 사장이 방긋 웃으며 맞았다.

"꾸물꾸물 습도 높은 날에는 이게 딱이야. 해정 씨, 제발 매트 사서 집에서 좀 해. 안색이 그게 뭐야."

해정의 손이 주름진 이마와 입가로 절로 갔다.

"찜질복으로 갈아입고 나와. 70도로 뜨뜻하게 덥혀놓았으니까."

해정과 은숙은 탈의실에서 하얀색 찜질복으로 갈아입고서 중간에 있는 매트 안으로 쏙 들어갔다.

해정은 눈을 감았다. 온몸에 뜨끈한 기운이 퍼졌다. 몸속에 있는 나쁜 병균과 독소가 모조리 땀으로 빠져나가는 것 같았다. 우울하고 축축 처지는 기분도 모두 날아갈 것 같았다. 다만 이 매트의 가격이 문제였다.

450만원.

은숙은 마트에서 빼 빠지게 일해서 샀다고는 했지만, 전업주부인 해정은 돈을 모을 수 없었다. 남편이 편의점 세 곳을 돌려서 벌어오는 생활비 300만원 중에 130만원 정도가 아들 녀석 기숙사비와 학비, 책값으로 들어가고 남는 돈 170만원으로 관리비 등의 공과금과 보험료 등을 내고 생활하면 월말에는 수중에 남는 게 거의 없었다.

해정도 마트에서 일해볼까 마음 먹어본 적은 있었다. 하지만 은숙의 말로는 하루 종일 서서 모르는 사람을 상대한다는 게 보통 일이 아니라고 했다.

매트에서 땀을 빼니 오늘 처음으로 기분이 좋아졌다.

'아, 이 상쾌함을 집에서 혼자 느껴보고 싶다.'

8시가 되었다. 서연은 커튼 사이로 가로등 불빛을 올려다봤다. 거실 등을 껐다. 오가는 사람들이 거의 없었다. 길가의 벤치가 희미한 불빛 아래 덩그러니 있었다. 벌써 한 달도 더 된 무서운 기억이 떠올랐다.

그날도 여느 때처럼 직장에서 돌아와 샤워를 하고 옷을 갈아입고 잠자리에 들었다.

잠들기 1시간 전만 해도 서연은 광진경찰서 형사들과 집에서 마주하게 될 줄은 꿈에도 몰랐다. 키가 크고 덩치 있는 남자 형사가 질문을 하고 옆에 선 작은 체구의 여자 형사가 수첩에 받아 적었다.

"그럼 주무시다가 도어록 열리는 소리가 났는데 누군가 방으로 침입했고 폭행을 당했다는 말씀입니까?"

"네……."

"자세하게 설명해주시죠. 불편하시면 이 형사에게만 말씀해주셔도 되고요."

남자는 옆의 여자 형사를 가리켰다.

"괜찮아요. 문이 열렸고 검은색 운동모자를 쓰고 마스크를 쓰, 쓴…… 남자가 저한테 달, 달려들어서 주먹으로 제 얼굴을…… 때렸어……요."

"그리고요?"

"그리고 제가 마구 덤벼들어 모자를 벗기려…… 했는데 청테이프 같은 걸 빼서 입을 막으려 했어요……."

남자 형사가 잠시 과학수사팀이 불러 뒤로 간 사이 여자 형사가 물었다.

"성폭행당했나요?"

"아, 아뇨. 제가 손에 잡히는 대로 침대 협탁에 있는 철 스탠드로 남자 머리를 찍었어요. 그, 그런데 비명을 질, 질러도 아무도 안 왔어요……. 남자가 도망친 다음에 112에 신고했어요."

서연은 여기까지 말하고 눈물을 흘렸다. 형사가 티슈를 건넸다.

"인상착의는 어떻게 되죠? 운동모자에 마스크 그리고요?"

"검은색 점퍼, 왜 항공점퍼 같은 그런 거 입고 검은 면바지 같은 거 입고요. 운동화는 하얀색인 거 같았어요."

조사를 하던 과학수사관이 다가와 범인이 장갑을 끼고 있었는지 물었다.

"기, 기억이 나지 않아요."

마스크를 쓴 수사관은 상자를 열고 붓에 분말을 묻혀서 여기저기 지문을 뜨며 돌아다녔다. 여자 과학수사관 하나가 서연을 안방으로 데리고 들어가서 문을 닫았다. 성폭력 키트라고 쓰인 상자의 테이프 봉인을 뜯었다.

"속옷을 벗어주셔야겠는데요. 증거 채취를 위해서입니다."

서연은 당황했다.

"성, 성폭행…… 아니에요."

"신고하셨잖아요."

"그럴 뻔했는데…… 남자 머리를 스탠드로 쳐서 도망갔어요. 저 형사분께 말씀드렸어요."

"혹시 가해자와 싸움 중에 피가 나지는 않았나요? 손톱 밑을 잠깐 살펴봐도 될까요?"

서연이 손을 내밀었다. 수사관은 손톱 밑을 주의 깊게 살피다가 면봉을 식염수에 묻혀서 여러 번 닦아낸 후에 작은 종이상자에 넣고 라벨을 붙여서 마무리했다. 그러고 나서 서연과 거실로 나가 스탠드에 피가 묻어 있는지 유심히 살펴봤다. 여자 형사가 다가와 말했다.

"이제 집 안을 둘러보겠습니다. 이상한 게 디지털 도어 비밀번호를 알 정도면 혹시 아는 사람이 아닐까 해서요."

서연은 두려운 눈으로 고개를 저었다.

"남자 친구 없고, 이 동네에 아는 사람도 거의 없어요. 마트 주인아저씨나 알까요."

"혹시 비밀번호 뭐로 설정해두셨나요?"

"예전 휴대폰 번호로요. 번호 바꾸고 나서 안전할 거 같았거든요."

형사는 서연을 안타깝다는 시선으로 봤다. 서연이 떨리는 목소리로 말했다.

"아까 제가 소리를 질렀는데도…… 아무도 응답이 없었어요……."

"저희도 이웃 탐문을 했는데, 소리를 듣고도 그냥 가만히 있었다나봐요. 아래 위층에도 다들 계셨는데요."

서연은 눈을 질끈 감았다.

'결국 내 몸은 내가 지켜야 되는구나.'

1960년대 미국 뉴욕 퀸즈 지역 주택가에서 제노비스라는 여성이 강도에게 살해당한 사건이 있었다. 그 일이 벌어지는 35분 동안 창가에서 지켜본 38명의 사람 중 그 누구도 경찰에 신고하지 않았다. 책임감이 분산되어 도와주는 걸 주저하다 방관자가 된 것이었다.

여기 사는 사람들도 다르지 않았다. 한편으로 위층 여자가 이런 일을 당했더라면 자신은 경찰에 신고해주었을까.

서연은 3년 산 그 빌라에 정나미가 똑 떨어졌다. 온몸에 소름이 끼치고 환멸감이 들었다.

서연은 그 일로 경찰서를 10여 차례 들락날락하면서 8년 전에 알고 지내던 대학 선후배들 이름까지 적어주었지만 끝내 범인을 잡지 못했다. 결국 직장을 강동구로 옮기고 집도 이사하면서 광진구에서의 생활을 모두 정리했다. 그리고 월세를 내는 등 무리를 하면서도 건물 현관에 비밀번호를 눌러야 들어오는 아파트를 골랐다. 1층은 방범창만 잘 달아두면, 보는 눈이 많아서 오히려 안전하다는 글을 인터넷에서 본 적이 있어 특별히 부동산에 1층을 요구했다.

성폭행당할 뻔한 기억은 지금도 밤만 되면 스몰스몰 기어 나와 온몸을 잠식했다.

서연은 만약에 아는 사람이 범인이었다면 하는 의심에 몸서리쳐졌지만 고향으로 돌아가기는 싫었다. 대학교 때부터 벌써 10년 가까이 살았는데 지금 와서 터전을 바꾸고 싶지 않았다.

결혼에 별 뜻 없이 문화센터에서 글쓰기 지도를 하며 살고 있었지만, 이런 일을 겪고 나니 새삼 외롭고 힘들었다.

그때 문자 도착 신호음이 울렸다.

〈냉장고 살 사람입니다. 지금 유미아파트 101호 앞입니다.〉

서연은 커튼을 살짝 열고 밖을 쳐다봤다. 파란색 용달차량이 보였다. 회색 티셔츠 위로 작업용 노란 조끼를 걸치고 청바지를 입은 키가 크고 날씬한 체구의 젊은 남자가 차량 앞에 서 있었다. 남자가 운동모자를 깊게 눌러쓰고 마스크를 한 것이 마음에 걸렸다. 서연은 현관문을 활짝 열어 도어 스토퍼로 고정하고서 건물 자동문으로 나와 남자 앞에 섰다.

"냉장고 사러 오신 분 맞나요?"

마스크를 쓴 남자는 말없이 주머니에 손을 넣어서 5만 원 지폐 여섯 장을 건넸다. 서연은 돈을 받아 주머니에 집어넣었다.

"현관문 안에 있어요. 에너지소비효율도 낮고 좀 오래된 것인데 괜찮겠어요?"

남자는 고개를 끄덕였다. 그가 장갑 낀 손을 들자, 차량 운전석에서 키가 작은 남자가 나왔다. 둘의 옷차림이 거의 흡사했다. 감색 운동모자, 노란 조끼와 마스크, 그리고 청바지. 호리호리한 체구. 둘은 서연의 뒤로 섰다. 서연은 자동문 비밀번호를 안 보이게 신경 쓰며 눌렀다. 남자 두 명이 활짝 열린 현관문으로 들어갔다. 키가 큰 남자는 냉장고 윗부분을 붙잡고 작은 남자가 아래를 받치는 식으로 들어서 용달차량으로 가져갔다. 키 큰 남자가 냉장고 윗부분을 짐칸에 얹는데 잠깐 멈칫하더니 오른쪽 다리를 땅에서 떼었다. 불편해 보였다. 서연이 고개를 빼고 본 짐칸은 담요 몇 장만이 깔려 있었다.

냉장고를 어렵지 않게 화물칸에 실은 후, 키 작은 남자는 운전석으로 키 큰 남자는 보조석으로 들어가 앉았다. 차가 가자마자 서연의 입가에 미소가 지어졌다. 홀가분했다. 냉장고와 함께 성폭행당할 뻔한 나쁜 기억이 사라지는 듯했다. 게다가 주머니에서 잡히는 5만 원 지폐들의 느낌이 꽤 괜찮았다. 서연은 기분 좋게 문을 닫고 현관문을 물걸레질 하면서 경쾌한 음악을 틀었다.

밤이 되었다. 디지털 도어록 소리가 났다. 남편 한정수가 주섬주섬 현관문 안으로 들어와 신발 벗는 소리도 났다. 해정은 TV를 끄고 잠시 안방으로 피해 있었다. 항상 남편과 마주치지 않기 위해 방에 누워 있고는 했다. 30분 뒤, 해정은 도저히 참지 못하고 나왔다. 남편 방 불이 켜져 있었다. 해정은 살금살금 열린 방문 틈에 대고 말했다.

"여보, 할 말 있는데……."

정수가 피곤한 기색으로 답했다.

"내일 말하지. 피곤한데."

해정은 무작정 방문을 열고 들어가 침대 가에 앉았다. 남편은 책상 앞에 앉아서 컴퓨터를 보고 있는 중이었다.

"저기, 편의점 정리한다는 건 잘 돼가요?"

편의점 세 곳으로 10년 동안 생활비와 적금 부을 정도의 벌이는 됐지만, 최근에 동일 업종이 근거리에 생기고, 생활이 팍팍해지니까 마트에서 물건을 사는 사람이 늘면서 적자가 계속되었다. 정수는 편의점 수를 줄이고, 음식점이나 다른 업종을 알아보러 다니는 중이었다.

"아니, 본사에서 계약 기간 안 된 건 위약금 물라고 해서 지금 복잡하게 됐어. 상황이 좀 그래."

"그래요?"

"애는?"

"어, 문자 왔어. 기숙사 잘 들어갔다고. 지문 찍으면 문자 자동으로 오잖아."

늘 미간에 주름이 잡힌 정수의 얼굴에 잠깐 미소가 지어졌다. 공부 잘하는 아들 녀석은 법관을 만들어 이 힘든 장사 안 시킨다고 입버릇처럼 말하던 정수다. 해정은 일단 둘러말했지만 문자가 왔나 챙겨보지는 않았다. 정수는 머리숱이 많이 줄어든 옆머리를 쓸어 올리면서 다시 컴퓨터 화면으로 눈을 돌렸다. 인터넷 뉴스를 보면서 하루의 피로를 푸는 게 일상의 마무리였다.

"저어기, 여보."

"왜?"

"건강 매트 하나 사려는데 당신도 요즘 피로하고, 나도 갱년기 증상도 오고. 왜 은숙 언니 알지? 그 언니가 소개한 거야."

"그런 거 다 사기야."

"그게 아니고."

"그 매트 이름 뭐야? 검색해보게."

"어, 음이온 매트라고 요즘 뜨는 매트고 언니도 효과 봤대. 아침마다 몸이 날아갈 것 같고, 피부도 엄청 좋아졌대."

정수는 포털 사이트에 '음이온 매트'를 검색했다. 몇 가지 상품이 떴다.

"여기, 이거!"

해정은 정수의 어깨에 오래간만에 팔이 닿았다. 기분이 나쁘지 않았다.

"이게 얼만데?"

"어, 그게 저어. 원적외선이 나오고, 전자파도 안 나오고 그리고 신소재로 원단을 만들어서 삼림욕 효과도 있고, 그리고……."

"얼마냐고."

"어? 그게…… 450만원."

"미쳤어!"

정수는 소리를 빽 질렀다.

"어디서 사기를 당하려고 그래! 또! 다이어트 한다고 건강보조식품 잔뜩 사다가 남기고, 건강기구도 들여놨다가 두 달 만에 접어버리고 그런 게 한두 번이야? 뼈 빠져라 일하고 오면 이 모양이니, 원. 그게 아들 등록금이지 그런데 쓸 돈이야? 돈 없어! 시끄러."

해정의 기억에 남편은 항상 저런 식이었다. 해정이 무언가를 좀 시도해보려고 하면, 이런저런 수백 가지 잔소리를 섞어대며 막았다. 심지어 해정이 편의점에 나가려 하면, 늙은 여자가 카운터 보면 손님들 떨어져 나간다고 끝끝내 젊은 아르바이트생을 썼다. 그럴 때마다 해정은 굴욕감을 느꼈다.

"다 관둬, 없던 셈 쳐요!"

해정은 문을 쾅 닫고 나오면서 방으로 쿵쾅거리며 들어갔다. 10초가 지나자 밑에서 안방 천장을 나무막대기로 치는 소리가 났다. 해정은 베개로 머리를 감쌌다.

"이 망할 놈의 영감탱이!"

해정은 침대에 고개를 파묻었다. 매트가 문제가 아니었다. 남편이 바람피우다 걸린 일도 문제가 아니었다. 의견을 내놓으면 고함만 지르는 못된 남편이 문제였다. 한쪽만 고성을 지르는 일방적인 대화는 결혼한 지 20년 가까이 되도록 변함이 없었다. 해정은 서운함과 속상함에 울다가 지쳐 잠들었다.

서연은 거실 커튼을 20센티미터 정도 열고서 인적 없는 거리를 내다봤다. 시각은 밤 12시가 지나 있었다. 서연은 커튼 틈새로 들어오는 고적한 달빛을 보며 한숨을 쉬었다. 내일부터 새로 옮긴 강동구 일성동 주민복지센터에서 다시 글쓰기 강좌를 해야 했다. 성인 대상의 '창의적 글쓰기' 강좌인데 수강 신청 명단을 이메일로 받아보니, 70대 할아버지 두 분, 중년 아주머니 두 분 그리고 남자 고등학생 한 명과 30대 중반의 남자가 다였다. 수강 정원 열 명은 채우지 못했지만, 국가 지원금으로 진행되는 수업이라 폐강되지 않았다. 서연의 유일한 수입이었다. 앞으로 강좌 수를 늘려야 노후 대비라도 할 텐데, 수강료로는 아파트 월세 내기도 벅찼다. 다행히 교사로 일하면서 모아둔 돈이 있기에 당장은 괜찮지만 앞날은 여전히 불안했다.

사람에 대한 무서움과 불신.

서연의 마음속 깊은 곳에 자리 잡은 감정은 사회에 나가려 들 때마다 위축감을 심어주었다. 성폭행당할 뻔한 일 때문에 그런 것일까 싶었지만 서연은 고개를 저었다. 이미 그 전에 더 깊은 이유가 있었다. 커튼을 닫고 방으로 향했다. 침대에 누워 머리를 쉬게 하고 싶었다.

'내일 올 사람들은 어떤 사람들일까. 나를 힘들게 하지는 않을까.'

서연은 물밀듯 밀려드는 잡념을 떨쳤다. 똑딱거리는 시계 소리가 귓가를 어지럽게 했다. 침대 밑으로 손을 더듬어서 자명종을 찾았다. 시계를 반듯하게 눕혀놓자 소리가 작게 들렸다. 신경에 거슬리던 소음이 아련하게 맴돌면서 사라져갔다. 잠을 청했다. 잠이 올 듯 말 듯 아스라하게 느껴지던 찰나 긴 수면으로 빠져들었다.

2. 사라진 소년 그리고 냉장고

5월 28일 화요일

창문가 노란색 가습기에서 분무가 뿜어 나오고 있었다. 그 뒤 유리창에는 노끈에 걸린 집게 하나하나마다 컬러 사진이 매달려 있었다. 색색으로 네일아트를 한 손톱 사진이다. 모두 하나같이 손바닥을 안쪽으로 둥글게 쥐고 손톱이 돋보이게 찍혀 있었다. 이수진은 잠시 생각에 잠겼다.

'이 사진을 찍은 사람들은 알고 있는 걸까. 이렇게 찍히는 사람들이 또 있다는 것을.'

"손이 참 고우세요. 집안일 안 하시나봐요?"

수진의 손톱에 큐티클을 불리는 용액을 붓으로 펴 바르던 네일 관리사가 물었다. 수진은 미소만 지었다. 어제도 밤샘 당직 근무를 섰다. 공원에서 자던 노숙인이 응급 상황으로 병원에 실려갔고, 신원확인을 위해 열 손가락 지문을 채취하여 가족들에게 연락을 했다.

살인사건 현장에서 지문을 채취할 때는 먼저 사진을 찍는데, 항상 방어흔이 있는지 확인하기 위해 손바닥을 안쪽으로 해 둥글게 만 채 확대 사진을 찍었다. 여기 걸린 사진들과 다르지 않다. 다만 한쪽은 살아 있고, 다른 쪽은 죽었다는 것이 다를 뿐.

"컬러 어떤 걸 바르실 거예요? 피치색으로 그러데이션하면 어울릴 것 같아요."

"케어만 해주세요. 컬러는 안 발라요."

"네, 손에 힘 빼시고요."

수진은 문득 자신이 일주일 전에 강도 살인사건 현장에서 시신의 손가락을 만지고 지문을 떴다는 것을 이 여자가 알면 어떤 반응을 보일까 궁금했다.

"혹시 의사나 간호사 아니세요?"

수진은 되물었다.

"왜 그렇게 생각하시죠?"

"유일하게 컬러링을 안 하는 직군이거든요. 의료인들은 손톱에 색이 칠해져 있으면 법규 위반이라고 하던 걸요? 가장 화려하게 칠하시는 분들은 사업주분들이 많으시고, 중년 부인들도 과감한 색을 바르세요. 손님은 항상 기본 케어만 하셔서요."

"의료직은 아니지만 저도 비슷한 이유로 안 되는 건 맞아요."

간호사들은 살아 있는 환자의 손을 만지겠지만, 수진은 죽은 시신의 손가락을 들어 지문을 채취했다. 라텍스 장갑을 끼고 지문이 잘 채취되지 않으면 문드러진 손가락을 붙잡고 몇 번이고 잉크를 발라야 했다.

과학수사에 있어서 섬유나, 토양, 화장품 성분 등의 미세증거물이 중요한데 지문을 채취하는 수사관이 매니큐어를 바른다는 건 있을 수 없다.

"가끔은 퍼플색을 바르고 싶기도 한데, 희망사항이죠."

"휴가 받으시면 오세요. 라이트 퍼플로 발라드리고 4, 5일 있다 싹 지워드릴게요."

이때 수진의 휴대폰이 울렸다.

"네, 이수진입니다."

"이수진 주임,* 사건 터졌다. 우리 광역팀** 모두 긴급호출이야. 잘 들어. 강동구 관내 고이동에 있는 재선남자고등학교 뒤쪽에 일자산이 있거든. 그 중턱에 이미 형사들이 출동했어. 당장 택시 잡아타고 재선고로 와. 모든 장비들은 과학수사팀 차량에 싣고 갈 테니까. 알았지."

"네, 알겠습니다."

* 경찰 계급 중 경위 계급을 형사들끼리 부르는 말. 형사들끼리는 사망하거나 상 받을 때를 제외하고는 서로를 경위나 경장 등의 계급으로 부르는 경우는 거의 없다. 순경은 보통 부장으로 부르기도 한다.

** 강동, 수서, 송파 지역 사건을 관할하는 과학수사팀.

수진은 전화를 끊고 네일 관리사에게 맡긴 손을 빼고 소지품을 챙겼다.

"다음에 받을게요. 얼마죠?"

"아직 시작도 못 했는데, 단골이시니까 그냥 다음에 오세요."

수진은 가볍게 고개를 끄덕여 인사를 하고 얼른 가게를 나왔다. 택시를 잡아 타서 시계를 보니 오전 10시 40분이 조금 넘어 있었다.

"고이동에 있는 재선고등학교 부탁드립니다."

수진이 탄 택시는 30분도 채 걸리지 않아 재선고등학교에 도착했다. 학교 정문은 열려 있었고, 운동장 안쪽 주차장에 과학수사팀 승합차량이 보였다. 수진은 운동장을 가로질러 가면서 학교를 살펴봤다.

축구팀 학생들이 10여 명 보였고 코치가 지시를 하자 학생들이 일사분란하게 정면에 위치한 학교 본관으로 들어갔다. 본관은 꽤 널찍하고 커 보였다. 오른편으로는 학교 설립자로 보이는 외국인 선교사 동상이 서 있고, 그 옆으로 온실이 보였다. 학교 교사 왼편으로는 울긋불긋한 스테인드글라스로 외관이 고급스럽게 장식된 4층 건물이 보였다. 그 뒤쪽으로 체육관 건물이 둥근 머리만 살짝 드러냈다.

수진은 다급하게 뛰어 수사팀 차량으로 갔다. 온몸에 크린 가드를 걸치고 마스크를 쓴 차용근 과학수사팀장이 보였다. 차용근은 장갑을 낀 손에 고배율의 접사렌즈가 달린 디지털 카메라를 쥐고 메모할 노트를 주머니에 챙겼다. 그는 마지막으로 증거물을 채취하는 도구가 든 박스를 들었다.

"빨리 왔네. 어서 옷 입고 도구 챙겨서 나와. 강력 3팀이 먼저 나와 있다는데, 현장 훼손 못 하게 초동경찰관에게 지시 내려놨으니까 함부로 현장에 사람 들이지 않을 거야."

"현장이 산입니까? 증거 채취가 쉽지 않을 텐데요."

마스크 위로 보이는 얄팍한 눈에 미소를 띤 차용근은 고개를 저었다.

"증거가 나올 거라는 신념만이 찾아낼 수 있어. 속단하지 마. 그리고 시신이 발견된 곳은 산 바닥은 아냐. 새벽에 비가 내려서 족적 채취는 힘들겠지만."

"알겠습니다, 팀장님."

수진은 차량에 올라타서, 등판에 과학수사팀이라고 크게 프린트된 크린 가드를 걸쳐 입고 지문 채취 도구를 챙겼다. 동료들은 비디오카메라, 미세증거물 채취 도구, 족적 채취용 도구 등을 챙겨서 먼저 나갔다.

수진이 마지막으로 나와 차 문을 닫고 걸었다. 날이 꽤 무덥고 햇살이 강했다. 새벽에 잠깐 비가 왔던 게 걸렸다. 산은 습도가 높아 약간의 비에도 땅바닥이 진흙처럼 축축하리란 것도 예상할 수 있었다. 게다가 날이 더워서 시신이 부패하기가 쉬워, 시신에 남겨진 증거들이 훼손될 확률이 높았다. 신속히 경찰 지정 병원으로 보내 검시관과 검안의가 봐야 했다. 그 후에 시신 부검 관련 영장을 받아서 국립과학수사연구소 법의조사과 부검실로 보내진다.

수진은 산으로 향하는 후문을 빠져나갔다. 산길에 들어서면서 교사를 한번 돌아봤다. 스테인드글라스로 장식된 화려한 건물의 용도는 무엇일까. 오솔길로 접어들었다. 향긋한 피톤치드 향이 코를 근질였다.

헬스 기구가 놓인 위락시설 터를 조금 더 지나자 내리막길이 나타났다. 야트막한 산 아래로 2차선 도로와 낡은 시영아파트가 보였다.

분주해 보이는 과학수사팀원들과 형사들 그리고 현장을 통제하는 경찰들이 보였다. 폴리스 라인으로 현장을 둘러쳤지만 형사 두 명이 이미 들어가 있었다.

차용근이 카메라와 도구를 내려놓고 거세게 소리 질렀다.

"뭐야, 전쟁 났어요? 이렇게 다니면 족적 채취 모두 허사예요! 여기 책임 3팀장이야?"

키가 훤칠하게 크고, 아래위 정갈한 정장을 입은 남자가 서글서글한 미소와 함께 목례를 했다. 그는 잘생긴 코와 날카로운 눈매가 잘 어우러진 얼굴로 두 손을 들어 으쓱해 보였다. 강력 3팀장 서민찬이었다.

"차 팀장님, 우리 모두 경찰단화 신고 왔습니다."

"보급품이든 뭐든 범인 족적 위로 밟으면 뭉개져요. 게다가 우리처럼 크린 가드 입은 것도 아니고. 형사님들 머리카락이나 실오라기 떨어져버리면 골라내기 어렵다고. 여기 119 구급대 안전화 자국도 여럿인데?"

"네. 목격자가 119와 112에 동시 신고했습니다. 119 구급대원들이 의사 선생님과 사망 확인해줬고요."

민찬 뒤로 약간 작은 키에 완력 있는 다부진 체격의 강태양 형사가 나섰다. 남자다운 얼굴이었지만 활처럼 휘는 자그마한 눈이 친근감 있게 보였다.

"이러니 족적은 포기하게 되지. 완전 뒤죽박죽이 된다고. 초딩들도 아는 현장보존법칙이 현장에서는 왜 이렇게 무너지는지, 원."

"재선고 기숙사에서 실종 학생이 파악됐습니다. 2학년 4반 김민기라는 학생인데 금요일 밤 10시에 집에 간다며 학교를 나선 것까지 확인됐고 이후는 행적이 모호합니다. 휴대폰도 받지 않는답니다."

태양이 현장을 둘러보는 민찬에게 보고했다.

한편 담배꽁초나 휴지, 장갑 등의 유류물이 있는지 살피던 수진의 눈에 이색적인 물건이 들어왔다.

하얀색 냉장고.

아래위 칸으로 나뉘는 투 도어 형식의 냉장고인데 문이 활짝 열려 있었다. 시신이 발견된 곳이 산 바닥은 아니라던 차용근의 말이 떠올랐다. 승산이 있어 보였다. 냉장고라면 산길보다는 지문 채취가 쉬웠다.

차용근이 폴리스 라인 안으로 들어가서 덩그러니 놓인 냉장고를 유심히 들여다봤다. 자연스레 과학수사팀이 모여들어 빙 둘러섰다. 냉장고 안에 시신이 있었다.

수진은 얼른 눈을 살포시 감았다. 얼핏 보았는데도 하얗고 보드라운 피부, 작은 체구, 날렵한 어깨선이 어린 학생 같았다. 수진은 안타까운 마음이 먼저 들었다.

차용근이 나직하게 말했다.

"일동 묵념."

수진을 비롯한 과학수사팀원들은 눈을 감았다.

"억울한 일을 풀어드리기 위해 왔습니다. 부디 좋은 곳에 가시기 바랍니다."

차용근이 짧게 말하고 눈을 뜨자, 과학수사팀원들은 장비를 챙겨들고 흩어져 증거물을 채취했다. 과학수사팀원 중 하나가 비디오카메라를 들고 사건 현장을 촬영해나갔다.

"지금 시각은 5월 28일 오전 11시 26분입니다. 일자산 중턱에서 발견된 냉장고에서 시신이 나왔습니다. 촬영 시작하겠습니다."

차용근이 촬영하는 팀원을 지켜보고 있다 족적을 뜨려고 여기저기 살피는 다른 팀원에게 지시를 했다.

"족적, 비가 와서 뭉개졌다고 빨리 포기하면 안 돼. 보는 순간 지시 번호판과 석고틀 놔둬."

"알겠습니다."

"그리고 냉장고를 들쳐 업고 온 흔적 찾아서 사진 찍어놔. 내 생각에는 저쪽 2차선 도로에서 들고 왔을 것 같아, 학교 쪽이 아니라. 도로에 차를 세워두고 냉장고와 시신을 내려서 산을 올라와 내려놓고 간다. 직선상으로는 30미터도 안 되는 짧은 거리니까 충분히 가능해. 도로변에서 냉장고 들고 온 흔적 살펴봐."

"네, 팀장님."

과학수사팀원이 비디오카메라를 찍으면서 사건 현장을 설명하는 목소리를 녹취했다. 차용근은 냉장고 겉면을 여러 번 사진을 찍었다.

수진이 차용근 등 너머로 발돋움하여 안을 들여다봤다. 시신은 눈을 감고 무릎을 구부린 채 팔꿈치를 접어서 손을 위로 향하고 있었다. 수진은 몸을 숙여 자세히 살펴봤다. 수진은 먼저 시각상으로 들어오는 정보를 사진처럼 저장했다. 사진 자료보다 때로는 머릿속에 저장된 기억 자료가 인상적일 때도 있었다.

"강 형사, 얼굴 사진 자세하게 찍어서 실종 학생과 맞는지 선생님한테 확인해줘."

"네, 서 팀장님."

차용근이 카메라 삼각대를 설치하고 접사렌즈를 냉장고 구석구석과 시신 안쪽으로 깊게 들이대서 사진을 찍다 물었다.

"냉장고 문 누가 열었죠?"

민찬이 대답했다.

"산책하던 분이 발견하고 열었답니다. 119, 112 신고센터에 정확하게 오전 10시 30분에 신고됐고, 저희들이 파출소 경관들에게 현장 출입금지 조치 내리고 도착한 시간이 10시 41분입니다. 119 팀은 우리보다 먼저 도착하여 11시 전에 철수했습니다."

"과학수사팀에 알린 게 10시 35분, 너무 늦게 알린 거 아니오? 우리가 강력팀보다 늦게 도착하는 게 말이 되냐고. 장비 챙기고 준비하는 데 그쪽보다 훨씬 더 많이 시간 잡아먹는데."

민찬이 서글서글하게 웃었다.

"진정하십시오. 신고자가 횡설수설해서 내용 진위를 파악하고 지시한 겁니다. 냉장고 뚜껑은 신고자가 열었지만 등산용 장갑을 꼈답니다. 장갑은 저희가 대조 증거로 미리 받아두었습니다."

태양이 봉투에 든 장갑을 과학수사팀원에게 건넸다. 차용근이 고개를 끄덕였다.

"좋아, 그 신고자 장갑흔은 대조해서 배제하도록 합시다."

민찬이 태양에게 지시했다.

"지금 서에 있는 오 형사 얼른 검찰청 들어가서 시신에 대한 압수수색 부검 관련 영장 받아오라고 해. 이건 무조건 바로 부검해야 된다고 단단히 말해. 병원에서 검시 끝나면 바로 국과수 들어가야 돼."

"알겠습니다. 팀장님."

차용근은 입맛을 다시며 접사렌즈를 바싹 냉장고 안쪽으로 들이댔다.

수진은 꺼내놓은 검정 분말과 여러 시약들, 유리섬유 필라멘트로 만들어진 붓을 들고 다가왔다.

"육안으로 보기에는 혈흔은 없지."

"네, 차 팀장님. 지문 먼저 뜰게요. 미세혈흔하고 상세한 지문은 광역팀 사무실 가서 면밀하게 살펴볼게요."

수진은 시신을 먼저 살폈다. 가느다란 팔과 다리, 아직 채 성장하기 전의 남학생이다. 벌거벗은 몸을 가리려는 것처럼 다리를 오므리고 두 손만 공중으로 든 채 손가락마저 경직되어 있었다. 외관상으로 상처는 없었지만 뒷덜미에는 피하출혈이 보였다. 그리고 등과 어깨와 팔, 왼 허벅지에 붉은색 시반이 보였다.

머리카락을 살짝 들춰보니 뒤통수부터 시작해 목에 걸친 피하출혈이 눈에 띄었다.

'얼마나 추웠을까.'

날은 따뜻했지만, 냉장고 속에 들어앉은 소년의 모습이 안타깝게 여겨졌다. 눈에 띄는 자상이 없는 것으로 보아 부검으로 사인을 밝혀낼 수 있을 것 같았다. 수진은 법광원*의 온 스위치를 누르고 푸른색 불빛을 냉장고 안팎으로 들이댔다. 육안에 들어오는 지문을 몇 개 발견했다. 냉장고 안쪽의 매끈한 면에서 발견된 지문은 채취 분말로 쉽게 검출될 것 같았다. 수진은 흑색 분말을 붓에 묻혀 부드럽게 발랐다. 냉장고 문 안쪽의 지문이 선명하게 드러났다. 촬영을 하고 전사테이프를 붙여서 지문을 떠냈다. 발견 시각과 발견자, 발견 장소를 종이에 기록하고 전사테이프를 전사대지에 붙여 봉인했다. 냉장고 손잡이에서도 엄지와 검지 지문이 발견되었다.

"어떻게, 시신에 지문 있겠어?"

차용근이 물었다.

"목 부분에 손으로 질식시킨 흔적이 없어 보이지만, 사진인화지로 찍어볼게요."

"시신을 옮기려면 허리와 다리에 집중적으로 손이 가지. 시간이 지나면 사라지지만 냉장고 속에 시신이 있었으니 시도 한번 해봐."

"네."

크롬코트(Kromekote)라고 불리는 고광택의 사진인화지를 들고서 시신의 허벅와 허리에 대고 3초간 눌렀다. 사진인화지를 뒤

* 빛을 이용해 손쉽게 지문을 확인하게 해주는 장비.

집어서 들고 산화철 분말 가루를 묻혔다.

"팀장님, 시신에 장갑흔이나 지문 없습니다. 십지 지문 채취할 게요."

"시신 몸에서 장갑 흔적이 없다, 사망 후 시간이 지났다는 건데. 계속 진행해요."

"네."

수진은 시신의 가느다란 손가락을 붙잡고 잉크를 묻혀 십지 지문을 떴다. 지문 채취를 끝낸 수진은 종이봉투에 든 증거물을 가방 속에 정리했다.

과학수사팀 엄현욱 경사가 섬유나 머리카락 등의 미세증거물을 찾기 위해 시신을 이 잡듯이 뒤져보며 확대경을 들이댔다.

"서울지방경찰청 검시조사관 박여진입니다."

엄현욱이 고개를 들어보니 안경을 낀 작은 몸집의 여성이 경찰 점퍼를 입고 몸을 구부려 시신을 살폈다.

박여진 검시관에게 엄현욱이 말했다.

"크린 가드 착용하셔야 되는데요. 증거 오염되면 감당이 안 돼요."

"죄송합니다. 준비를 못 했어요."

"저희가 드릴게요."

박여진은 경찰 점퍼를 벗고 엄현욱이 장비 상자에서 꺼낸 크린 가드를 걸쳤다.

박여진은 마스크를 착용한 채 머리를 숙여 시신의 얼굴에 바싹 갖다 댔다. 라텍스 장갑을 낀 손으로 눈꺼풀을 뒤집어 보고 일혈점이 있는지 꼼꼼히 살폈다. 박여진은 목 주변이나 얼굴에 울혈이나 몸 전체에 시반이 있는지 보고 사진을 찍었다. 그녀는 시신의 손을 들어 손톱을 봤다. 약간 선홍빛을 띠었고, 다친 흔적은 없었다.

"끝났으면 시신을 돌려주세요. 저 좀 잠깐 도와주세요."

박여진이 엄현욱에게 시신의 다리를 들고 있으라 부탁했다. 그리고 고개를 숙여 시신의 엉덩이와 허벅지 부분을 유심히 봤다. 그녀는 등과 허벅지 시반 위주로 여러 각도에서 면밀히 촬영한 후 손가락으로 시신 곳곳을 손가락이 들어가는지 찔러봤다.

"어이, 박여진 검시관."

차용근이 반색했다.

"팀장님, 나오셨어요?"

"어때요, 사망 추정 시각은? 직장 온도야 재놓았지만 검시관 의견이 더 정확할 것 같아서."

"냉장고 때문에 정확할 수 없죠. 저도 고려해보고 있는데, 시반의 색이나 사후 강직도로 봐서는 어제저녁 정도로 추정됩니다. 일단 각막의 혼탁이 흐린 것으로 봐서 10시간에서 12시간 내외로 판단되고요. 손가락, 발가락의 굳음을 보아도 그렇거든요. 하지만 애매해지죠. 낮은 온도에서는 세포의 자가 융해나 부패

속도가 느려지니까."

"아무래도 부검 결과 나와봐야겠네."

"부검해도 마찬가지예요. 온도를 낮추면 무의미해요. 추정뿐이죠."

"시반은 어때? 이동한 흔적이 있어?"

"등 부분에 척추뼈가 바닥에 닿는 부분은 하얗지만 양쪽으로 시반이 형성된 흔적이 희미하게 있어요. 누워 있던 시신을 냉장고로 옮기면서 이쪽 왼쪽 어깨와 허벅지로 이동했어요. 분명히 사망 후, 6시간 이내에 시신이 자세가 바뀌어서 이동한 걸로 보여요."

"그렇다면 죽은 지 얼마 안 돼 냉장고에 넣었다는 말인데, 더더욱 추정이 힘들겠는데?"

"네. 그렇지만 최대한 가능성을 열어두고 파악해봐야죠."

"좋아. 엄 형사는 뭐 발견한 것 있어?"

"혈흔은 전혀 검출되지 않았지만, 피하출혈로 보아 부검으로 원인을 밝혀야 합니다. 그리고 시신이 깨끗한 것으로 봐서 잘 닦아준 후에 넣었고요. 옷을 벗겨놓았지만 오른손과 배 부분에서 각각 미세섬유 세 올과 열 올 건져냈습니다. 목 부분에서 타인의 유전자가 검출될지 모르니까 면봉으로 깨끗하게 감식해보겠습니다."

"손톱에서 발견된 미세섬유는 가해자 옷일 확률이 높아. 잘 보관해."

엄현욱이 족집게로 든 미세섬유는 회색이었다. 섬유 올을 하나씩 분리하여 종이봉투에 넣어 시간과 채취 장소를 기록했다.

"시신 손톱 밑도 가해자 유전자가 있을 확률이 커. 전사테이프로 잘 떠내. 손톱깎이 새 놈으로 뜯어서 써야 하는 거 알지?"

"네. 잔소리 좀 그만하십쇼."

차용근이 이번에는 수진에게 다가갔다.

"이 주임, 손잡이 지문 나왔어?"

"쓸 만한 거 나왔어요."

"잘했어."

이때 산길을 수색하던 순경이 외쳤다.

"장갑 발견됐습니다."

엄현욱은 순경에게 다가가 장갑을 종이봉투에 넣고 스티커를 붙였다.

과학수사팀의 증거 찾기가 시작된 지 꽤 시간이 흘렀다. 어느덧 해가 높이 떠 있었다.

현장을 지키던 순경이 중턱으로 허겁지겁 올라와 보고했다.

"서 팀장님, 운구차량 도착했습니다."

민찬이 차용근에게 가까이 다가갔다.

"병원에 시신 넘겨도 되겠습니까?"

차용근이 마스크를 내리면서 씩 웃어 보였다.

"그래도 지문 건졌으니 보람이 있네. 현장은 아직 증거 채취가 덜 끝났고 시신은 병원으로 옮겨요."

여러 명의 경관들이 라텍스 장갑을 끼고 시신을 들것에 옮겼다. 조심스레 시신을 실은 차량이 떠났다. 민찬과 태양은 산길을 내려갔다.

민찬이 물었다.

"저런 냉장고에 시신까지 싣고 옮기려면 남자 몇이 필요하지?"

"두 명 이상은 있어야 하지 않을까요? 용량이 작아서 그리 무겁지는 않죠. 냉장고가 먼저 버려져 있던 게 아닌가 싶어 탐문해봤지만, 이 길이 등산로라 사람들이 많이 다니는데, 이런 덩치 큰 물건이 버려져 있다면 민원이 들어갔을 거라 합니다."

"시신을 감추기 위한 도구로 냉장고를 택했다면 눈이나 안 띄는 곳에 둬야지, 이건 좀 아니지 않나?"

"아무래도 그렇죠. 참, 김기선 학생부장 선생님이 기다리십니다."

민찬과 태양은 산을 내려가 뒷문으로 들어갔다. 태양은 민찬의 옆얼굴을 잠시 쳐다봤다. 민찬은 항상 차분하고 자신감 있으며, 말수는 적었다. 태양이 이전에 모시던 경찰대 출신의 상사는 말도 많고 잘난 척하기를 좋아했다. 그러면서 고된 일은 부하들에게 맡기고 일찍 퇴근했다.

태양이 갖고 있던 경찰대 출신 엘리트의 이미지는 뭉개졌다. 경찰 일은 머리로만 하는 것이 아니었다. 발로 뛰며 자료를 차곡차곡 모아 범인을 몰아붙일 증거를 탄탄히 만드는 일이 대다수였다.

때로는 범인을 여러 명으로 염두에 두고 작업을 하다 보니 업무 과다에 청구해야 될 영장은 수십 장, 조서는 수천 장 분량이 됐다. 범인을 잡는 건지, 자료를 만들려고 수사하는 건지 판단이 안 설 때도 많았다.

새로 강력 3팀장이 된 민찬은 기존에 모셨던 상사와는 달랐다. 꼼꼼하면서도 냉철한 판단이 앞서는 사람이었고, 절대 감정적으로 행동하지 않았다. 다만 아쉬운 점이라면 부하들에게도 포커페이스를 하고 있어서 생각이나 짐작하기 어렵다는 것이다.

둘은 재활용 쓰레기 분리수거장을 지나 운동장으로 내려가 본관 왼편의 스테인드글라스 외관의 건물로 향했다.

"저기에 계시네요."

작은 키에 머리가 약간 벗겨진 50대 초반의 안경 쓴 남자가 걱정스런 표정으로 이들을 맞았다. 민찬은 정중하게 인사하고 명함을 건넸다.

"안녕하십니까. 강동경찰서 강력3팀 팀장 서민찬이라고 합니다. 강 형사가 보낸 사진으로 학생 신원이 파악됐습니까?"

"선생님들과 확인했는데 우리 학교 학생이 아닙니다."

"실종 학생이 있다고 들었습니다."

민찬이 물었다.

"김민기라고 2학년인데, 금요일 밤 10시에 기숙사에서 나가 아직 돌아오지 않았습니다. 근데 민기는 아니에요. 확실합니다. 학적부 사진을 보시면 아세요."

"알겠습니다. 기숙사에서 나간 학생들은 언제 다시 입실합니까?"

김기선은 주먹을 피었다 쥐었다 하는 동작을 거듭하며 답했다.

"보통은 토요일 오전에 하는 학생들도 있고, 일요일이나 월요일 새벽에 오기도 하죠. 검지의 지문인식시스템으로 기숙사 입실과 퇴실을 체크해서 부모님께 문자가 갑니다. 김민기 학생은 일요일 저녁에 들어오는 편인데 이번에는 금요일에 퇴실한 이후에 연락이 안 되네요."

민찬은 고개를 갸웃했다.

"기숙사에서 지문을 찍고 나가 집으로 가던 중에 사라졌다. 혹시 그 이전에 사라졌을 가능성은 없습니까?"

김기선은 강하게 부인했다.

"개인별 지문을 인식하는 시스템이라 그럴 일은 없습니다. 게다가 기숙사 안에는 별도로 경비서비스업체에서 경비를 서서 학생들 간에 폭력이나 불미스런 일들도 원천 봉쇄하고 있죠. 워낙 상위권 학생들만 모인 곳이기도 하고요."

"기숙사 출입문 CCTV를 확인해보고 싶습니다."

김기선이 민찬의 말에 난처해했다.

"폐쇄회로 카메라 교체 시기고, 학생들 인권도 있어서 지금은 로비에 장착된 카메라가 촬영을 하지 않아요. 지문인식시스템을 믿으니까요. 사생활 침해는 아무리 학생이더라도 좀 그렇죠."

민찬이 고개를 끄덕였다.

"기숙사 좀 둘러볼 수 있습니까?"

"학생들은 본관에서 수업을 받아 없을 텐데요."

"시설만 보겠습니다."

민찬은 태양과 함께 기숙사 안으로 들어갔다. 예수와 천사가 조각된 스테인드글라스로 들어오는 햇빛이 건물 안을 환하게 비추고 있어서, 순간 교회에 들어온 것 같았다. 로비에서 천장을 올려다보니 1층부터 4층까지 뻥 뚫린 천장이 시원하게 드러나 있었다.

지문인식시스템 앞에서 김기선이 먼저 지문을 찍고 들어간 다음 저만치 안쪽 로비에 있는 경비실로 들어가 뭐라고 말을 하자 경비원이 나와 맨 오른쪽 문을 ID카드를 대 열어주었다.

"시설이 꽤 좋네요."

태양의 말에 김기선이 답했다.

"지은 지 3년 정도밖에 되지 않았습니다. 자율형사립고로 전환하고 기숙사를 짓기 위해서 재단에서 출자를 하고 동문들에게서 기부금을 걷었죠. 지하 1층에는 식당이 있고, 지하 2층에는 농구장과 탁구대 시설 등이 있어서 학생들이 여가 활동을 합니다."

"저기는 뭐죠?"

"강의실인데, 그 옆에 있는 건 자율학습실이고요."

"학교에서 공부를 하고 여기 와서 또 수업을 받습니까?"

"네. 밤에 당직을 서시는 선생님께 질문도 하고 미진한 과목은 보충수업도 받고, 그 외 자율학습을 하죠. 1, 2층까지는 강의실, 자율학습실, 도서관 등이 있고 3, 4층에 기숙사 방과 화장실 그리고 또 개인자습실이 침실과 붙어 있습니다. 공부하기엔 최상의 환경이죠."

민찬이 날카롭게 물었다.

"어제는 어느 선생님이 당직이셨죠?"

"제가 섰습니다."

"학생들에게서 별다른 일은 없었습니까?"

"전혀요. 김민기가 복귀하지 않은 것 말고는 없었습니다."

"고2 학생들은 지문이 주민등록상에 등록되지 않았죠?"

"네. 고3 때 생일이 지난 학생 순서로 지문을 주민센터에 가서 등록합니다. 따라오시죠."

김기선은 민찬, 태양과 함께 투명유리로 된 엘리베이터를 타고 4층으로 올라갔다.

“여기는 학생들 기숙사가 있는 4층입니다. 가장 끝 방은 보통 당직 선생님들이 묵으십니다. 4인 1실인데, 각각의 침대가 보이죠. 그 옆방은 네 명의 학생들이 책상을 지정받아 공부하는 개인 자습실입니다.”

4인실마다 화장실과 샤워실이 분리되어 있고, 그 옆에 붙은 자습실 내 책상 서가에 참고서들이 가득 꽂혀 있었다.

태양이 웃으며 말했다.

“야, 옛날 생각 나네요. 저도 노량진 경찰시험학원에서 오전엔 강의 듣고 오후에는 체력시험 준비하고 밤에는 기숙사에서 잤죠.”

김기선의 표정이 밝아졌다.

“우리 학교에도 경찰행정학과나 경찰대 지원하는 학생들이 있는데 공부를 정말 열심히 합니다.”

“김민기 학생 방은 어디죠?”

민찬의 말에 김기선이 방향을 반대로 틀었다.

“따라들 오세요. 민기는 승모와 같은 방을 쓰는데 저쪽 끝 방입니다.”

복도를 걸어 408, 407로 줄어드는 숫자를 보면서 가장 안쪽 방으로 갔다. 401호 문을 김기선이 열고 들어갔다. 깨끗하게 정돈된 방으로 침대 네 개와 그 옆으로 서랍장이 놓여 있었다. 서랍장 위에는 책과 노트 등이 있고, 벽 쪽으로는 사물함이 있었다.

태양이 김민기라는 이름표가 붙은 사물함을 잡아당겼지만 열리지 않았다.

"이거 열어볼 수 없을까요?"

"학생들이 비밀번호 설정해놔서 뜯어야 해요."

민찬이 고개를 끄덕였다. 그는 휴대폰을 들어 연락을 했다.

"차용근 팀장님, 과수팀 현장 감식 끝났으면 여기 지문 뜨게 지원 보내주세요."

전화를 끊은 민찬은 김기선에게 요구했다.

"룸메이트 학생을 불러주십시오."

김기선은 걱정 어린 시선으로 봤다.

"수업중입니다."

"그래도 부탁드립니다."

"아, 그게 저……."

"중대한 사안입니다."

김기선은 할 수 없다는 듯 어디론가 전화를 했다.

15분 정도 지나 작은 키에 마른 체형의 안경을 낀 남학생이 들어섰다.

"저…… 경찰분들이 찾는대서 왔는데요."

태양이 침대를 가리키며 말했다.

"네가 승모니? 여기 좀 앉아봐."

"네."

한승모는 걱정스런 얼굴에 불안한 눈빛을 띠고 물었다.

"왜 그러시는데요?"

"민기가 아직 안 들어왔다던데, 어디 갔는지 뭐 아는 거 있니?"

"저, 금요일 밤에 헤어져서 모르겠어요. 집 방향도 다르고요. 저는 지하철 타고 집으로 갔고, 걔는 버스 정류장 쪽으로 갔어요."

"민기 휴대폰 번호 좀 알려줘."

승모는 오른뺨을 집게손가락으로 긁었다.

"보통은 두고 다니거든요. 전화 올 데 없다고요. 아마 자습실 보관함에 있을걸요."

민찬이 김기선을 봤다.

"휴대폰 보관함이 있습니까?"

"네. 보통은 저녁 8시쯤에 모든 휴대폰을 개인보관함에 넣지요. 공부에 집중하도록요. 기숙사 생활을 하니 부모님과 통화까지는 막을 수 없어 저녁 먹고 8시까지 통화를 끝내도록 합니다."

김기선은 방 옆 자습실로 들어갔다. 창이 없는 자습실 벽 쪽에 보관함들이 늘어서 있었다.

김기선은 휴대폰 보관함에 가서 벽에 붙은 종이를 보고 비밀번호를 찾아내 4번 보관함을 열었다. 검은색 폴더폰을 민찬이 받아들었다. 구형 2G 휴대폰은 꺼져 있었다. 민찬이 뒤따라온

승모에게 물었다.

"민기 번호가 뭐지?"

"010-4332-12xx요."

민찬이 잠시 자신의 휴대폰으로 전화를 걸었다. 통화 연결음이 20초 정도 나오다가 "지금은 전화를 받을 수 없습니다"는 음성메시지로 넘어갔다.

민찬이 넘긴 휴대폰을 태양이 받아서 켰다. 벽에 꽂혀 있던 충전기에 연결한 후 통화 목록을 열었다.

"통화 상대는 어머니로 거의 사흘에 한 통 왔구요. 그 외에는 서점, 모르는 번호가 두어 개 있네요."

김기선이 고개를 끄덕였다.

"보호자와 통화는 되지만 정해진 시간 이외에 통화를 하면 벌점을 매깁니다. 벌점이 30점 넘으면 퇴실이구요. 공부하느라 휴대폰 없는 아이들도 꽤 됩니다."

이때 수진이 장비를 들고 들어섰다. 그녀는 가볍게 목례하며 말했다.

"지문 채취만 하면 되나요?"

"네. 그리고 한승모 학생의 지문을 떠서 대조분석합시다. 선생님, 가능하죠?"

민찬이 묻자 김기선은 난처하다는 듯 고개를 저었다.

"부모님께 전화로 물어봐야죠. 제가 결정할 사항이 아니어서요."

이때 승모가 민찬에게 다가와 조용히 말했다.

"저어, 사실 주민센터에서 지문 등록했어요. 초등학교 때 몸이 아파서 1년간 학교를 쉬었거든요. 비밀인데 전 애들보다 한 살 더 많아요."

민찬은 고개를 끄덕였다.

"그럼 수업에 가봐. 지문 대조 가능하니까."

민찬의 말에 승모는 조용히 방을 나갔다.

"시작할게요."

수진은 민기의 2G 휴대폰을 비롯해 휴대폰 보관함 그리고 자습실 지정석에서 지문을 채취했다.

민찬은 태양과 함께 민기의 책들을 훑어봤다. 주로 참고서, 문제집들로 특이할 만한 점은 없었다. 꼼꼼하게 공부한 흔적이 엿보일 뿐이었다.

그날 오후 5시. 강모중 국과수 법의학과장은 부검실로 들어섰다. 태양이 입회한 가운데 부검이 시작되었다. 부검 사진을 찍는 법의학사진 전문가 한 명이 대기 중이었고, 법의조사관 두 명이 수술복과 마스크 차림으로 대기하고 있었다.

회색 스테인리스로 마감된 벽에는 씽크대와 선반이 이어져 있고, 그 위로 전자저울과 자 그리고 금속 쟁반이 있었다. 하얀 천

위에는 미세한 톱날을 지닌 해부용 톱, 다양한 크기의 메스와 시신의 복강을 고정시키는 겸자 등 의료 도구가 놓여 있었다. 벽과 바닥에 환풍기 여러 대가 돌면서 내는 쉬쉬 소리가 적막을 깼다.

은색 부검대 위에 하얀 피부 곳곳이 시반으로 붉게 얼룩진 시신이 놓여 있었다. 머리가 하얀 새치로 뒤덮인 강모중은 수술 모자를 눌러 쓰고 장갑을 끼면서 부검대를 내려다봤다.

"강 형사, 이렇게 빨리 부검해달라고 영장 가져오는 경우가 어딨어요? 어디서 들어온 겁니까?"

"죄송합니다, 과장님. 재선고등학교 뒷산에서 발견되었습니다."

"가만있자, 뒷산이라. 그런데 왜 이렇게 몸이 깨끗하죠? 경찰들이 탈의한 겁니까?"

"아뇨. 처음부터 탈의된 채 냉장고 속에서 발견됐습니다."

"이런! 과수팀 분말, 여기저기 튄 것 좀 봐! 쯔쯔. 일단 잘 닦아 줘. 배설물은 있었습니까?"

여자 법의관이 흰 천에 알코올을 묻혀서 시신을 닦다가 고개를 저었다.

"없었습니다. 그리고 시신이 잘 닦여 있었고요."

"사진 준비되셨죠? 부검 전에 앞뒤, 그리고 측면도 꼼꼼하게 부탁드립니다. 자, 묵념부터 합시다."

강모중 과장이 눈을 감고 고개를 숙이자 법의관들도 똑같이 따라했다. 10초 후, 사진기사가 부검대 위에 올라서서 천장에 머리를 가까이 대고 렌즈를 아래로 내려 시신 정면 사진을 찍었다. 법의관 두 명이 시신을 들어서 뒤집자, 또 찍었다. 남자 법의관이 보이스 펜의 버튼을 눌렀다. 여자 법의관이 시신의 머리카락을 이발기로 밀었다.

"녹음 시작합니다. 5월 28일 화요일 오후 5시 13분 부검 시작하겠습니다. 일자산 등산로 냉장고 안에서 발견되었고, 사망 시각 추정은 검시관에 의하면 시반과 사후 강직 정도로 보아 어제 저녁에서 자정 이전까지가 될 것으로 판단됩니다. 피하출혈이 있어 부검으로 사인을 밝혀야 합니다. 뒤통수에서 목까지 사선 방향의 피하출혈이 있는 것으로 보아서 경막출혈로 예상됩니다. 여기 이쪽에 5시 방향으로 피하출혈 자국 보이시죠."

강모중은 시신의 빡빡 깎인 머리를 들어 뒤통수를 살펴봤다. 검붉은 상처가 목덜미까지 이어져 있었다.

"뇌경막 손상이 됐는지, 됐다면 무엇으로 상해를 입혔는지 봐야겠어. 열어봅시다."

여자 법의관이 메스를 꺼내서 두개골 정수리 부분에서 뒤통수 쪽으로 길게 선을 그었다. 두피를 가위로 잘라내고, 의료용 전기톱으로 두개골을 절개했다. 베이지색의 두개골이 체액과 굳은 피 속에서 모습을 드러냈다.

"우측 두정골 골절, 골절 길이 13센티미터, 우측 두정 경막 바깥쪽 190CC 혈액이 고여 있음. 뇌 전체적으로 부어 있음. 하측두구에서 시작된 골절이 출혈을 야기했고. 정맥동이나 중뇌막동맥이 파열된 것으로 보임."

강모중이 부검을 하는 중간중간 목소리를 높여 설명하다가 사진기사에게 주문했다.

"거기 골절 상처 둔기로 인한 건가? 사진 좀 높여서 찍어봅시다."

사진기사가 강모중의 말에 부검대 위로 올라가서 머리뼈 골절 부위를 세심하게 찍었다.

"강 형사, 프랙처 형상이 심플하지 않고 복잡한 것으로 보아 넘어지면서 뒤통수를 심하게 부딪쳤을 확률도 고려해봐야 합니다. 망치 같은 건 아니에요."

"네, 과장님."

"이 정도로 골절이 심한 건 어디서 떨어졌다거나, 넘어지면서 뒤통수를 까인 건데. 다리나 팔 부분 골절 확인해봅시다. 검시관 서류 봐줘."

남자 법의관이 대답했다.

"팔다리에서 골절된 부분은 확인된 바 없고, 머리 부분만 상흔이 있었습니다."

"좋아. 그렇다면 원래 뇌 안에 부풀어 오른 혈관이 있었고, 그 부분에 크게 타격이 가해져서 혈관이 터지면서 경막하출혈로 사망했다는 이야기가 되는데. 육안으로 보기에는 독극물 사망은 아닌 것 같긴 한데, 소화기관 열어봅시다. 메스로 복강 열어."

여자 법의관이 명치에서 배까지 V자로 절재하고 지방과 근막을 벗기자 갈비뼈가 보였다. 립 커터로 갈비뼈를 하나씩 잘라내서 공간을 확보한 후에 벌려놓고 장기들을 드러냈다. 강모중이 장기를 각각 다른 스테인리스 쟁반에 얹어놓자, 사진기사가 일일이 사진을 찍었다. 장기가 놓인 쟁반을 여자 법의관이 저울에 무게를 달았다. 위장을 메스로 가르자 음식물 등이 보였다.

"위 내 소화 정도로 보아서 죽기 전에 식사를 했는데, 소화가 되지 않아 소장으로 내려가지 못했네. 일단 시료 채취해서 독극물 반응 검사 의뢰해. 그리고 사망 시각 추정은 어떻게 됐지?"

"그 부분이 저……."

"직장 온도계로 재 오지 않았나? 서류 어디 있어!"

강모중이 거칠게 말했다. 태양이 답했다.

"광역 과학수사팀이 쟀습니다만 직장 온도가 20도로 내려가 있어서, 주변 온도 20도, 피해자 몸무게 52킬로그램으로 헨스게표(Henssge Monogram)에 대입해 계산해보니 시신 발견 전날 오전 9시에서 12시 사이로 추정됩니다. 하지만 냉장고에서 발견됐다는 것을 감안해볼 때 정확하지는 않죠."

"좋아, 그렇다면 위 내 음식물 소화 정도나 육안으로 살펴봐야 한다는 건데, 어때?"

여자 법의관이 시신의 손가락 관절을 하나하나 구부려봤다. 법의관은 등과 허벅지에 난 시반을 꼼꼼하게 살폈다.

"사후 강직이 진행된 정도로 봐서 발견 당시 이미 14시간은 지났을 것 같습니다. 어제저녁과 밤사이 정도로 추정해볼 수 있고, 전신 시반 있습니다. 그리고 시반이 더 이상 생기지 않는 것으로 봐서도 그렇게 판단됩니다."

"내 생각도 비슷하기는 한데."

강모중이 고개를 갸웃했다.

"시신이 이렇게 웅크리고 있었다, 그랬지? 현장 사진 좀 줘봐."

강모중은 현장 사진을 보면서 두 손을 모으고 다리를 웅크리고 벽에 붙은 듯 시늉을 했다.

"이렇게 자세를 잡고 발견되었어. 침윤성 시반이 형성되려면 최소한 사후 12시간은 지나야 해. 사후 6시간 전에 시신을 이동하면 시반도 따라 이동하게 되지. 만약 죽은 지 6시간 이내에 시신을 냉장고에 넣었다면 허벅지와 왼팔 쪽에 시반이 집중적으로 생기게 되는데 한번 보지."

여자 법의관이 시신의 왼쪽 어깨를 잡고 뒤집어 봤다.

시반이 왼쪽 상반신 뒤쪽과 어깨, 다리에 집중돼 있었다.

"사망한 지 얼마 안 지나서 냉장고 속에 넣은 게 맞아. 치아 상태 보자구."

강모중은 시신의 입을 벌렸다.

"치아 윗니 12개, 아랫니 14개. 만 13세 정도로 추정. 중학생 정도의 나이, 혹은 체구 작은 고등학생도 추정 가능. 좋았어, 하악 척출해서 엑스레이 뜨고 치과에 조회해. 신상정보 파악되는지 알아보자구."

강모중은 여자 법의관이 메스를 이용해 치아를 들어내는 것을 지켜봤다.

"이제 목 부분에 압박 흔적은 없지만, 치아와 설골과 갑상연골 확인해봅시다."

강모중은 메스로 목 부분을 절개해 성대를 들어내고, 설골과 갑상연골을 살펴봤다.

"경부 압박한 흔적은 없어. 선행원사인은 머리 후두부 충격, 직접사인은 그에 의한 뇌경막하출혈, 그리고 독극물 검사 결과 나오는 것 봐서 경찰에 1차 부검서류 보냅시다."

"사안이 급한데, 오늘내일 중에 됩니까?"

태양이 되묻자, 강모중은 쏘아봤다.

"강 형사, 정확하지 않은 이상 줄 수 없어요. 독극물 반응 검사 나와야 돼. 그래봤자 하루이틀 더 걸리는 거야."

"네, 알겠습니다."

"잠깐, 여기 눈 주위에 피부 까진 거 보이나? 오른쪽 눈썹에 위쪽으로 2센티미터 정도 좌열창, 오른쪽 귀 부위에 미세한 피부 찰과상, 상대방의 왼손 주먹으로 얻어맞았거나 넘어지면서 생긴 상처로 볼 수 있음."

강모중이 고개를 끄덕이면서 시신의 절개한 가슴 피부를 닫았다.

"냉장고라 범인이 법의학 지식을 아는 사람이라면 시각을 애매하게 만들려 그랬을 수 있지. 따라서 추정 시각 자체가 모호해요. 알지? 강 형사."

"네, 감안하겠습니다."

"어린 학생이니까 곱게 봉합해줘."

강모중은 시료를 떼 낸 내부 장기를 복강으로 넣으면서 당부했다.

밤 8시 일성 주민복지센터 202호 강의실에서는 서연이 깔끔하게 프린트된 커리큘럼을 나눠주고 있었다. 70대의 나이에도 불구하고 꼿꼿한 노인 두 명, 중년 여인 두 명, 남자 고등학생이 유인물을 받아들고 살펴봤다.

"창의적 글쓰기 강좌의 한 학기 커리큘럼입니다. 두 달 동안은 글쓰기 기초 이론 강좌를 진행하고, 두 달은 실기를 진행하고요. 강좌 틈틈이 수필이나 소설, 에세이나 편지, 논술 등 다양한 글 쓰는 법을 가르쳐드릴 겁니다."

보글보글한 펌 머리에 통통한 살집의 중년 여인이 손을 들어 질문을 던졌다.

"선생님, 써놓은 글 검사받아도 되나요? 집안일 하다가 틈틈이 써놓은 게 있는데요."

서연은 미소를 지으며 고개를 끄덕였다.

"네. 가지고 오세요."

서연이 칠판에 필기를 하려는데, 문이 삐거덕 열리면서 운동모자를 쓴 자그마한 남자가 들어섰다. 서연이 출석부를 확인해 보고는 이름을 불렀다.

"박순규 씨 되시나요?"

"네."

남자가 움츠러드는 목소리로 답했다. 비실비실한 체구에 자신감 없는 모습이었으나, 모자 밑의 눈매는 강했다. 여기저기 페인트 같은 게 묻은 허름한 반팔 티셔츠 밑으로 약간 더워 보이는 청바지를 입고 있었다.

"이서연이라고 합니다."

서연은 이름을 칠판에 쓰고는 수강생들을 돌아보며 말했다.

"앞으로 수업을 진행하려면 도와주실 분이 필요한데요."

서연이 말을 마치기도 전에 좀 전 여인이 손을 들었다.

"제가 하고 싶은데요. 이순희라고 합니다."

"그럼 부탁드려요."

서연은 호흡을 고르면서 수업을 풀어나갔다. 글쓰기에 들어가는 마음가짐과 기본자세 그리고 창작 영역에 관한 내용이었다. 9시 무렵 서연은 칠판 필기를 끝으로 수업을 마쳤다.

이순희가 서로 자기소개를 하자고 했다. 뒤풀이를 하자는 둥 분위기가 화기애애한데 박순규가 조용히 강의실을 나갔다.

서연은 다른 사람들의 소개말을 흘려들으며 과거의 기억에 빠져들었다. 서연은 고개를 뒤로 젖혀 애써 침잠에서 빠져나왔다. 수강생들의 소개가 끝났고, 서연은 입꼬리를 의도적으로 들어 올려 활짝 웃었다.

3. 스승과 제자 그리고 실종자

5월 29일 수요일

새벽 6시, 성호는 여명 속에 밝아오는 아침 햇살을 바라보며 커튼을 열었다. 강변에 위치한 아파트 12층. 성호는 두 달 전에 이사 온 이 아파트가 마음에 쏙 들었다. 주변 아파트 시세를 웃도는 전세가 때문에 부모님께 손을 벌렸고, 그동안 모아둔 돈도 전세금으로 집어넣었다. 32평 아파트는 혼자 살기에 넓었지만, 넉넉한 평수 덕에 헬스기구도 이것저것 들여놓고, 컴퓨터도 두 대를 더 사서 논문과 인터넷, 작성 중인 보고서를 모니터 세 개에 띄워놓고 작업하니 일이 수월했다.

어제 밤새 작업을 해서 그런지 어깨가 뻐근했다. 성호는 운동화를 신고 트레드밀 위에 올라섰다. 몸이 축축 처지고 힘들 때는 트레드밀을 50분 정도 달리고 나서 근육 스트레칭을 해주면 상쾌해졌다. 그런 다음 벤치 프레스 머신에 누워서 70킬로그램의 웨이트로 상반신 운동을 했다.

성호는 운동 후에 땀 범벅된 티셔츠를 벗고 전신 거울 앞에 서서 상반신 근육을 살폈다. 제법 탄탄하게 모양이 잡혔다. 주말에는 근처 헬스클럽을 다니면서 PT도 간간히 받았다.

살면서 이렇게 열심히 운동을 한 적이 없었다. 하지만 운동은 일단 시작하고 나면 중독됐다. 근육통에 시달리면서도 하루도 거르지 않은 지 석 달이 지났다. 운동을 하면서 자신감도 생겼다. 성호는 거울을 보면서 씩 웃어 보였다. 대학교 시절 별명이었던 '빅 스마일'이 다시 붙을 것처럼 멋진 미소였다. 성호가 이렇게 자신감을 되찾게 된 것은 모두 한남기 관련 수사에서 진실을 다 말해버렸기 때문인지도 몰랐다.

한남기가 자수하고 나서, 성호는 수사관에게 20년 전 자신과 한남기와의 사이에 벌어진 학교폭력에 관해 자진해 털어놨다. 하지만 중요한 것은 한남기가 주간파 사이트에서 고 하나리를 죽이겠다는 글을 보고 사건을 저질렀다는 점이었다. 주간파에서 불법적이고 패륜적인 문건들이 오간다, 특정 지역을 비방하고 역사를 잘못 인식한 사용자가 많다는 여론이 들끓으면서 주간파는 전면적으로 수면 위로 떠올랐다. 자연히 성호와 한남기 사이에 있었던 일들은 조용히 묻혔다.

성호는 죄책감에 상관인 경찰청 과학수사센터 범죄행동과학계 권여일 계장을 찾아가 사표를 제출했다. 사표를 받은 권여일은 조용히 커피를 타 성호에게 건네주었다.

"자네의 뜻인가?"

"한남기가 하나리를 죽인 사건과 살해한 여도윤 학예사를 사칭하면서 제게 따라붙은 사건 뒤에는 20년 전 저와 남기 사이에 있었던 학교폭력사건이 있습니다. 경찰직을 수행하기에 저는 적합지 않습니다."

"나도 자네의 상관으로서 삼보섬경찰서 사건수사 보고서, 마포경찰서, 강남경찰서 수사 보고서 모두 읽었어."

잠시 침묵이 흘렀고 성호는 불안한 눈으로 권여일과 눈을 맞췄다.

"자네가 어렸을 때 학교폭력에 방화를 저질렀다고 한남기가 진술을 했다지. 하지만 말이야, 방화를 하거나 폭력적 성향을 지닌 아이들이 모두 사이코패스가 되는 것은 아니야. 연구해봐서 잘 알잖아?"

성호는 침묵했다.

"나도 마음에 안 드는 친구는 두드려 팬 적도 있네."

성호는 권여일의 인자한 얼굴을 보며 고개를 저었다.

"우리 반 애들 중에 날 좋아하는 친구들도 있었지만, 독단적인 행동에 지독하게 싫어하는 친구들도 많았어. 내 잣대로 재서 잘못했다 싶으면 벌을 줬거든. 일진이 약한 애들 두들겨 패는 건

은근하게 모른 척해줬고. 나도 죄책감이 있지."

"저도 잘 모르겠습니다. 어떻게 해야 할지."

권여일은 사표를 되돌려주었다.

"이건 그냥 내 생각인데 말이야. 만약에 자네가 어린 시절 그런 기질이 있었다면, 범죄자를 분석하는 프로파일러로는 제격일 거 같은데."

성호의 눈빛이 반짝거렸다. 한 번도 생각해보지 못한 것이었다.

'내 일에 나의 기질이 도움이 될 수 있다니.'

"학교폭력과 관련된 소년범 연구에 있어서 자네보다 뛰어난 프로파일러는 못 봤어. 참회하는 마음으로 더욱 열심히 해봐. 누구보다 한발 더 앞선다는 건 굉장한 일이야."

성호는 고개를 숙이고 돌려받은 사표 봉투를 꼭 쥐었다. 권여일이 성호의 어깨를 툭 쳤다.

"하여간 지금 사표는 안 받을 거야. 1년 더 일해보고 나서도 힘들다 싶으면 다시 들고 와. 그리고 참, 경찰 상담해주는 센터가 보라매병원에 개원했다는데, 거기서 치료 좀 받아보지 않겠나? 내가 추천해줄 수 있는데."

권여일은 말끝을 살짝 흐리면서 온화한 표정으로 제의를 했다. 성호는 정중하게 사절했다.

그 사표는 지금 서가 한 귀퉁이에 잠자고 있다. 성호는 기억을 떨쳐내고 드레스 룸으로 가서 옷장을 열었다. 명품 정장들 중에서 감색 정장을 빼 몸에 걸쳤다. 이 옷과 얼마 전 산 명품 시계의 색상이 잘 맞을 것 같았다. 집도 차도 옷도 시계도 무리를 해가며 새로 장만한 탓에 출혈이 컸지만 기분만은 한결 나아졌다.

인생을 새롭게 시작하고 싶었다. 구질구질한 과거의 망상과 기억장애를 이겨내고 힘차게 뛰어오르고 싶었다. 그때 문자가 왔다.

〈오늘 9시 정각에 회의실에서 범죄행동과학계 회의 있으니 늦지 말 것.〉

성호는 얼른 나갈 준비를 하고서 엘리베이터를 타고 주차장으로 내려갔다. 은색 제네시스 창문을 살짝 내리고 봄바람을 느끼며 강변북로를 벗어나 광화문으로 빠지는 길로 진입했다.

도로는 그다지 붐비지 않았다. 광화문에서 서대문까지 채 10분이 걸리지 않았다. 기분이 상쾌했다.

서대문구 미근동 경찰청 2층에 위치한 과학수사센터 내 회의실에 도착하니 권여일 계장과 심재연이 앉아 있었다. 성호가 회의실에 들어서자 둘은 심각한 이야기를 나누다가 말을 멈췄다.

"어서 와."

"죄송합니다."

"아니야, 우리가 일찍 왔어."

성호는 심재연 옆자리에 앉아 권여일을 봤다.

"오늘 급한 일 있나?"

"네? 무슨 말씀이신지."

"심 주임이 광진경찰서 파견근무 나가야 돼서 오늘 예정된 한남기 인터뷰는 자네가 해야겠어."

"네?"

심재연이 단호한 얼굴로 성호를 봤다.

"광진구 연쇄성폭력사건 알지? 지리적 프로파일링 프로그램으로 용의자 거주 범위 정해주고 와야 돼요. 나대신 구치소에 다녀와요."

성호는 난감한 표정을 지었다.

"무엇보다 그쪽 사이코패스 실제사례 연구는 김성호 형사님이 제격일 것 같기도 하고."

성호는 화가 났다.

"무슨 말씀을 하시는 거죠?"

"일 얘기 하는 거예요."

성호의 높아진 언성에 심재연도 맞받아쳤다. 권여일이 난처한 듯 살살 달래면서 말했다.

"날짜 변경하면 한남기가 또 맘 바꿀 수 있으니까 김 형사가 다녀와. 힘들겠지만 부탁해."

"……알겠습니다."

성호는 굳었던 얼굴을 풀었다.

"서울구치소에 연락했으니까 4시까지 가면 돼. 그럼 나가봐. 난 심 주임과 나눌 말이 있어."

성호는 일어나서 회의실을 나갔다. 온몸에 힘이 쭉 빠졌다. 회의실 문에 난 쪽창 너머로 심재연을 보면서 분노를 꾹꾹 다졌다.

강동경찰서 3층에 위치한 과학수사팀 사무실. 수진은 어제 채취한 유류지문을 복원해서 사진파일 상태로 지문자동식별시스템에 입력했다. 시신의 지문은 프로그램에 넣어봤지만 비슷한 지문이 나오지 않았다. 미성년임이 분명했다.

민기의 기숙사 방에서 나온 지문들은 거의 대부분 주민등록법상 등록된 승모의 지문과 동일함을 확인했다. 민기의 검지 지문은 기숙사 경비보안업체를 통해 확보했다.

냉장고 안팎에서 나온 부분지문이 범인을 잡을 수 있는 유일한 증거였다. 쪽지문을 복원하는 데 10시간 가량이 걸렸다. 지문을 확대하고 모양의 선을 그래픽으로 따라 그려서 융선의 끊김과 이어짐 그리고 특정 모양을 확정짓는 데 4시간이 넘게 걸렸고, 파일을 만드는 데 2시간 이상이 걸렸다. 그래도 지문의 상태가 좋아 보정과 추출 작업이 금방 끝난 편이었다.

융선의 모양이 일치하는 점이 12군데 이상이 나와야 동일인으로 간주할 수 있었다. 간신히 완성된 엄지와 집게 지문을 컴퓨터 프로그램에 넣고 돌렸다.

비슷한 지문들이 여러 개 떴다. 수진은 확대경으로 지문의 일치점을 찾아나갔다. 여러 번의 시도 끝에 신원이 확인되었다.

이서연. 31세의 여성이었다. 뜻밖이었다. 살고 있는 곳은 강동구 일성동 유미아파트. 그리고 수사종합검색시스템을 통해 드러난 특이점은 이서연은 지난 4월 3일, 광진경찰서에 성폭력미수건으로 접수된 사건의 피해자라는 것이다. 가해자는 아직 특정조차 짓지 못한 상태였다. 최근 1월부터 4월까지 20여 일 가량 텀을 두고 일어난 연쇄성폭력사건과 관련지어놓았지만, 범인의 유전자도 찾아내지 못했다. 범인은 1월 15일, 2월 10일, 3월 16일에 광진구 구의동, 자양동 등에 위치한 빌라나 단독주택에 혼자 사는 여성을 성폭행했고, 범행 후에는 사용한 피임기구를 가져갔다. 과학수사팀은 증거 수집에 실패했다.

수진은 자리에서 일어나 차용근에게 결과를 알렸다.

"신원이 확인됐습니다."

"빨리 서 팀장에 보고해. 잘했어."

강동경찰서에는 주요 사무실이 있는 본관과 정문 왼편에 있는 붉은 벽돌로 지어진 독채로 된 별관이 있다. 그리고 본관 뒤편으로 베이지색 판넬로 만든 또 다른 별관 건물이 널찍하게 따로 서 있다.

민찬은 본관 뒤편의 좌우로 넓게 벌어진 별관 1층 청소년계 사무실에서 이주영 순경과 마주 앉아 가출 청소년 파일을 들여다보고 있었다. 강남경찰서 사이버수사팀에 있던 주영은 강동경찰서에 파견근무를 나와 강동서 여성청소년과 산하 청소년계에서 일하고 있었다.

"현재 가출신고된 학생들입니다."

파일에는 학생들의 인적사항과 사진이 크게 출력돼 있었다.

"컴퓨터 파일 상에 있는 사진을 출력해서 만들어봤어요. 화면을 오랜 시간 보기는 쉽지 않잖아요. 휴대폰에도 파일 저장해서 길동 번화가에 갈 때마다 한 번씩 보죠."

동그란 안경을 낀 작은 체구의 주영은 웃으며 휴대폰 갤러리를 열어서 사진을 보여주었다. 갈색 염색머리에 짙게 화장한 여학생, 빡빡 민 머리에 문신을 한 거친 인상의 남학생이 보였다.

민찬은 시신의 얼굴을 찍은 사진을 보여주며 물었다.

"어때요. 이 학생과 닮지 않았나요?"

주영이 두 사진을 들고 자세하게 비교를 해보다 고개를 저었다.

"호리호리한 체구나 갸름한 얼굴형은 비슷한데, 귀가 다르잖아요. 죽은 학생은 귓불이 날렵한데, 이 학생은 둥글둥글하네요. 코끝도 다르고요."

"그러네."

"귀를 봐야 돼요. 저 이래봬도 어릴 적 별명은 셜록 주영이었다고요. 하도 추리소설만 읽어서 엄마가 붙여주셨죠."

"거 재밌네요."

"그런데 어쩌다 이렇게 된 거죠?"

"부검 결과가 나와야 알겠지만 목 뒷부분과 뒤통수에 걸쳐 충격을 받은 타살 흔적이 있어요."

민찬의 휴대폰 벨소리가 울렸다. 경쾌한 피아노곡이었다. 주영은 파일을 뒤적이면서 피해자 사진과 대조했다.

"문자로 이서연 씨 주소 및 전화번호 보내주세요. 수고하셨습니다."

민찬은 전화를 끊고 다시 어디론가 전화를 걸었다.

"강 형사? 지금 어디야? 냉장고 지문 복원해서 신상정보 파악했어. 31살 된 여자고 이름은 이서연. 조금 이따 정확한 정보 받으면 문자 줄게. 관내에 사니까 같이 다녀오자구. 준비해."

전화를 끊고 일어서려는 민찬의 소매를 주영이 잡아끌었다.

"팀장님, 이 학생 어떠세요. 이름은 안준성. 성선중학교 3학년 때 자퇴를 했고 현재 가출신고된 지 1년이 넘었어요. 사는 곳은 명이동 136번지 황금빌라 201호. 보호자는 안진호, 김준미. 상당히 닮지 않았어요?"

민찬은 주먹을 불끈 쥐고서 파일을 유심히 들여다봤다.

"보호자 연락 좀 해주세요. 강동경찰서에 방문하셔서 같이 국과수에 다녀올 수 있는지 약속 잡아주세요."

"네, 알겠습니다. 그리고 여성청소년과와도 연계돼 있으니까, 제가 보호자분 모시고 다녀올게요."

사진에는 앳되게 생긴 남자아이 하나가 교복을 입은 채 V자 사인을 들어 보이며 웃고 있었다. 짧게 친 머리에 단정한 교복 와이셔츠 깃이 유난히 하얗다. 귀여운 얼굴이 돋보였다.

해정은 초조한 기색으로 상담원 앞에 앉아 있었다. 깔끔한 스타일의 20대 초반 상담원이 오른손으로 해정이 기입한 서류를 들었다. 해정은 상담원이 집게손가락으로 책상을 딱딱거리는 소리가 거슬렸다. 상담원 뒤쪽의 기둥에 달린 거울에 해정의 칙칙한 안색이 보였다. 거울 아래쪽에 캐시캐시 신용대출이라는 회사명이 프린트되어 있었다.

"대출받으실 금액이 450만원이라고요? 보통은 400만원이나, 500만원 이렇게 기입하시는데."

상담원이 해정과 눈을 마주쳤다.

"딱 그 정도만요."

"알겠습니다. 남편 되시는 한정수 님 사업자등록번호만 나중에 알려주세요."

해정은 다급하게 부탁했다.

"이 일로 남편한테 연락하면 절대 안 돼요."

"네. 신원보증인으로 서류상 적어놓는 거니까 안심하세요. 이자는 연이자 38.8퍼센트로 원금 상환 전에는 매달 145,500원씩 내셔야 돼요."

해정이 잠시 한숨을 쉬었다.

"알겠어요."

"돈은 바로 지급되니까 잠시 기다리세요."

잠시 후 해정은 돈을 받고는 사무실을 나와 전화를 걸었다.

"주 사장님, 저 유해정이에요. 매트, 우리 집에 배달 좀 해주세요. 주소는 문자로 드릴게요."

주 사장은 호들갑스럽게 오후 2시에서 3시 사이에 물건을 가지고 가겠다고 했다. 전화를 끊은 해정의 발걸음이 날아갈 듯 가벼웠다.

구용은 병원에서 방사선 치료를 받고 나와 마을버스에 올라탔다. 그는 비어 있던 노약자석에 앉으면서 한숨을 푹 내쉬었다. 아내는 중국에 주재원 발령을 받아 나간 아들의 집에 벌써 한 달 넘게 머무르고 있었다. 구용은 홀로 암 투병 중이었다. '소세포폐암'이라고 폐에 생긴 악성 종양이 작은 세포로 이뤄진 암이다. 벌써 병변이 발견돼 진행된 지 2년이 넘었고, 현재는 방사선 치료와 투약 요법을 번갈아 하고 있다. 발병하고 나서 첫 해에 흉강경을 이용해 절제 수술을 받았지만 다시 암세포가 전이되면서 긴 치료가 시작됐다.

아내는 수술 후에 변덕스러운 남편 입맛에 맞춰 삼시 세끼 다른 반찬을 만들어주었지만, 결국에는 두 손 다 들고 손주 핑계를 대며 아들 집으로 갔다.

병원 외래치료실에서 항암 주사를 맞고 온 날에는 온몸이 몽둥이로 두들겨 맞은 것처럼 아프고 메스꺼웠다.

구용은 너무 억울했다. 이미 10년 전에 금연을 했고, 나름대로 규칙적으로 살았는데 암 진단 선고를 받은 것이다.

구용은 수술 후 전이되었다는 판정을 받자 초조했다. 아내에게 화를 내는 일이 늘었다. 구용은 소음을 빌미로 위층 여자를 찾아가 고함을 쳤다. 하지만 위층 여자도 만만치 않게 싸늘했다.

'힘들지? 구용아. 좀 쉬었다 가렴.'

어디선가 어머니의 다정한 음성이 들려왔다. 학교가 끝나고 산 고갯길을 넘어가다 짐을 지고 가는 어머니와 만난 적이 있다. 어머니는 머리에 인 바구니에서 찐 고구마를 꺼내주셨고, 구용은 물도 없이 고구마를 먹으며 함께 산중턱을 넘었다. 숨이 턱턱 차고 다리가 무거웠지만 어머니 머리에서 빗방울처럼 떨어지는 땀을 보면 쉴 수도 없었다. 지금도 그때처럼 고된 것 같았다. 다른 점은 그 누군가의 따뜻한 말 한 마디 들을 수 없다는 것이다. 구용은 죽음을 기다리는 게 두렵고 외로웠다.

해정은 주 사장이 배달해주고 간 매트에 누워서 기분 좋게 땀을 빼는데 벨소리가 울렸다.

"택배입니다."

해정이 문을 열었다.

"물건 주문한 적 없는데요?"

"유해정 씨 이름으로 배달 온 건데요."

"알았어요, 두고 가세요."

해정은 가로 세로 1미터가 족히 넘는 대형 상자를 개봉했다.

홈쇼핑에서 파는 온수 매트였다. 해정은 기도 안 찼다. 얼른 남편 정수에게 전화를 걸었다.

"여보, 이거 뭐야?"

"어? 도착했어? 나 지금 바빠! 나중에 통화해."

정수가 끊으려 하자 해정은 소리를 빽 질렀다.

"이거 뭐냐구? 반품시켜요. 오늘 내로 반품 안 시키면 버릴 테니까."

전화가 뚝 끊겼다. 해정이 열 번도 넘게 걸었지만 남편은 받지 않았다. 해정은 비닐케이스에 든 온수 매트를 내팽개치고 음이온 매트 속으로 들어가 누웠다. 씩씩대며 분한 기분이 조금 풀렸다.

민찬과 태양은 나란히 거실에 앉아 이서연과 마주 봤다. 서연은 형사라는 말에 억지로 문을 열어주기는 했지만 불안한 표정이었다.

"강동경찰서에서 저는 왜……."

"화요일 오전 강동구 재선고등학교 뒷산에서 S사 274리터 냉장고 모델 BN-4550번이 발견되었습니다. 혹시 아는 부분이 있으십니까?"

"글쎄요……. 무슨 일이죠?"

태양이 냉장고를 찍은 사진을 보여주자 유심히 살피던 서연의 얼굴이 파리해졌다.

"제가 쓰던 거예요. 여기 윗부분에 스티커 붙였다 뗐던 흔적이 맞아요."

놀란 서연이 이어 말했다.

"월요일 저녁에 인터넷에서 팔았는데요. 사는 분이 직접 가지러 왔었고요."

"그때 돈은 어떻게 받으셨죠?"

"현금으로 받았어요."

"받은 돈 보여주시고, 냉장고 산 사람과 주고받은 연락처도 알려주시죠."

깔끔하게 입은 민찬이 예의 있게 말했지만 눈초리는 제법 매서웠다. 서연이 당황했다.

"무, 무슨 일 때문에 그러시죠?"

"냉장고 안에서 시신이 발견됐고, 이서연 씨 지문이 나왔습니다."

서연은 얼굴이 하얗게 질렸다. 목구멍에 무언가가 틀어 막힌 것처럼 목소리가 나오지 않았다. 간신히 정신을 차렸다.

"뭐, 뭐라……구요."

"아직 신원미상입니다. 피해자는 중, 고등학생 정도로 보이는 남자고요."

"저는 모르는 일이에요."

"냉장고 사러 온 사람 인상착의 좀 알 수 있을까요. 녹음도 진행하겠습니다."

태양이 수첩과 필기구를 꺼내고 휴대폰 녹음 버튼을 누른 후, 서연의 다음 말을 기다렸다. 태양은 서연의 집에 들어오기 전에 이미 아파트 내에 설치된 CCTV를 알아보았다. 경비원은 CCTV가 1, 2호 라인 현관문 위로 한 대, 경비실 앞으로 한 대, 놀이터에 한 대가 있으나 제대로 작동하는 것은 놀이터에 설치된 것뿐이라 했다. 결과적으로 이서연의 증언에 기댈 수밖에 없었다.

"두, 두 명이 왔어요……."

서연은 기억을 떠올리기 위해 애쓰다 눈을 감았다. 얼핏 먼저 떠오르는 것은 냉장고를 실었던 차량이었다.

"평범한 파란색 용달차였고요."

"차종은 어떻게 되죠? 번호는 보셨나요?"

태양의 질문에 서연이 고개를 저었다.

"잘 모르겠어요. 모자 눌러쓴, 키가 좀 큰 남자가 차 밖으로 먼저 나왔어요."

"나이는 어떻게 되죠?"

"마스크를 써서 잘 모르겠어요. 하지만 날씬한 체구가 20대 정도로 보였어요. 그리고 키가 작은 남자가 운전을 하고 있었구요. 노란색 조끼, 감색 운동모자, 청바지, 둘 다 비슷한 옷차림에 마스크 쓴 것까지 비슷했어요. 돈 주고 냉장고 싣고 간 게 전부예요. 말도 거의 하지 않았어요."

서연이 일어나서 침실로 향했다. 민찬이 커피 한 모금을 마시는데 서연이 5만 원권 여섯 장을 건넸다.

"그때 받은 돈이에요."

태양은 비닐장갑을 끼고서 돈을 받아 종이봉투에 넣었다.

"휴대폰 사용 내역 좀 보고 싶은데요."

민찬의 요구에 서연은 휴대폰을 보여주었다.

"어느 게 냉장고 사 간 사람 번호입니까?"

서연은 내역을 살펴보다가 이름 없는 번호를 짚었다.

"아마 이 번호일 거예요."

"일단 알겠습니다. 저희에게 휴대폰 임의제출해주시면 영장 받아 통화내역리스트 뽑고 다시 돌려드리겠습니다. 괜찮겠습니까?"

민찬의 정중한 말에 서연이 대답을 머뭇거렸다. 그 순간 태양의 휴대폰이 울렸다.

"네, 알겠습니다."

전화를 끊은 태양이 심각한 표정으로 민찬을 봤다.

"팀장님, 사망자 신원확인됐습니다. 안준성이 맞다고 합니다. 보호자 김준미 씨가 확인해줬대요. 김준미 씨가 들고 온 치과 기록과도 치아 상태 일치합니다."

"알았어. 어서 가보자구. 이 휴대폰 부탁드립니다."

민찬이 서연의 휴대폰을 들고 일어서려는데 서연이 놀란 표정으로 입을 열었다.

"저, 저기. 안, 안준성……이라면 제가 아는 학생 같아요."

서연의 핏기 없는 얼굴이 민찬과 태양을 긴장케 했다. 서연은 부들부들 떨리는 두 손을 가까스로 꼭 쥐었다.

국립과학수사연구원 1층 로비. 주영은 낡은 베이지색 니트를 입고 감색 면바지를 걸친 바싹 마른 중년 여성의 두 손을 꼭 잡고 다독여주었다. 여성은 파마가 풀린 어정쩡한 길이의 뒤통수를 보인 채 주영의 가슴에 얼굴을 파묻고 울었다.

"……준성이가…… 준성이가 이렇게 돌아올 줄은 몰랐어요. 그 착한 애가…… 이토록 허망하게……."

주영은 김준미를 진정시켜 의자에 앉히고는 손을 붙잡고 물을 건넸다.

"어머니, 준성이가 왜 가출했죠?"

"……3학년 가을부터 준성이가 힘도 없고 학교 가기 싫다고 고집을 부렸어요."

김준미는 정신을 차리고 주영의 손을 잡은 채 말을 이어나갔다.

"추석 지나고서는 아이 상태가 더 안 좋아졌어요. 집에 오자마자 잠만 자려고 하고, 말을 걸려고 해도 방에서 나가라고 소리만 지르고. 친구도 별로 없었어요. 무슨 일이 있는 것 같은데 말도 안 하고……, 특성화고 원서 생각은 하지도 않고……. 추석 지나서 학교폭력 가해자로 지목돼 훈정이와 함께 전학 가게 되고……. 그때 자퇴했어요……."

김준미는 다시 흐느꼈다.

"훈정이라면 혹시 인성고등학교 다니는 학생 아니에요?"

김준미가 잠시 눈물범벅인 얼굴을 들었다.

"어떻게 아세요?"

주영이 휴대폰에서 사진을 불러와 한참을 넘기다가 보여줬다.

"지난달 14일에 가출신고된 학생이에요. 이 학생이 맞나요, 어머니?"

김준미가 고개를 끄덕였다.

"네, 맞아요. 잠깐 본 게 다지만 맞는 것 같아요. 얘도 집을 나갔나요?"

"네. 훈정이가 준성이와 최근까지도 연락을 주고받았을까요?"

김준미는 망연자실하게 고개를 저었다.

"준성이는 집 나가기 몇 달 전부터 저랑 한 마디도 안 하고 방에만 틀어박혀 있었거든요. 저는 준성이에 대해 아무것도 몰라요……."

이때 정문에 감색 작업복 차림의 남자가 모습을 드러냈다. 김준미는 자리에서 일어섰다.

"여, 여보……."

남자는 김준미에게 다가와서 핏기 하나 없는 표정으로 물었다.

"준성이 어딨어? 내 눈으로 확인해야 돼! 이럴 순 없어!"

김준미는 자리에 풀썩 주저앉아 울부짖었다. 주영은 씁쓸한 표정으로 곁에서 부축하려 애썼다. 주영은 김준미가 잠깐 안정을 취하게 한 후, 휴대폰으로 전화를 걸었다.

성호는 4시가 되기 전에 경기도 의왕시에 있는 서울구치소에 도착했다. 한남기는 아직 판결이 내려지지 않은 미결수이므로 구치소에 수감돼 있었다. 알록달록한 벽화들을 지나 정문에 도착해 의경에게 방문 내용을 말해주고 주차장에 차를 댔다.

구치소 1층에 들어가니 교도관이 인사를 하면서 다가왔다. 키가 꽤 크고 덩치도 제법 있는 젊은 남자였다.

"경찰청에서 오신 김성호 수사관님이시죠? 어서 오십시오. 안내해드리겠습니다."

경찰청에서 특별하게 요구한 방문인 만큼 안내자가 따라붙었다. 구치소 건물에 들어가려면 비밀번호와 ID카드를 동시에 입력해야 했다. 엘리베이터를 타는 데도 ID카드가 필요했다. 교도관이 2층을 누르고 엘리베이터 문이 닫히려는 중간에 다른 교도관과 함께 빨래를 수거하는 운반 카트를 끄는 수감자 한 명이 들어섰다.

"같이 탑시다."

성호를 안내하던 교도관은 가볍게 목례를 하고 문을 열어주었다. 성호는 짧은 머리에 날 선 눈빛을 한 수감자와 잠시 시선이 부딪혔다. 꽤 어려 보였다.

수감자는 교도관의 지시에 빨래 카트를 엘리베이터 뒤쪽 벽으로 붙여놓고 차렷 자세로 대기했다. 2층에서 성호와 교도관이 내렸다. 복도에 수사 접견실들이 보였다.

성호는 교도관과 함께 접견실을 지나쳐갔다. 줄줄이 늘어선 접견실 안에서 형사와 면담을 하는 수감자들이 보였다. 교도관이 물었다.

"정말 2087이 주간파에서 지시받아 사람을 죽인 게 맞습니까?"

2087은 한남기의 수감번호였다. 성호는 고개를 저었다.

"아직 판결이 나지 않았습니다. 저도 잘 모르는 내용입니다."

덩치가 큰 교도관은 고개를 끄덕거리면서 말했다.

"처음에는 눈에 살기도 없고 여자 같기도 해서 좀 의아했죠. 그런 큰 범죄를 저질렀을 만한 사람인가 싶었습니다. 하긴 살인자들이나 성범죄자들 중에 얌전한 사람이 얼마나 많은데요. 근데 눈빛이 사람을 말해준다고 그럴 법도 하다는 생각이 들더군요."

"어떻게 지내고 있습니까?"

"똑같죠. 새벽에 일어나고 밥 먹고 여유 시간에 운동도 하고. 그런데 일주일 전에 옆방 죄수와 크게 싸우는 통에 독거방에 다녀왔어요. 그 전에도 몸에 무기나 외부 물건이 없는지 거실 검사를 받던 중에 교도관에게 시비를 건 적도 있고요. 더 큰 사고를 일으키면 이제는 볕도 들지 않는 징벌수형방에 가둘 겁니다. 여기입니다. 5번방에서 기다리세요."

성호는 교도관이 나가자, 벽 쪽에 앉아서 책상 위에 가방을 올려뒀다. 잠시 후, 교도관과 함께 한남기가 황색 수감복을 입고 들어섰다. 마른 몸에 옷이 남아돌 듯이 크게 보였다. 군인처럼 짧게 친 머리에 안경을 끼고 두 손은 수갑에 묶여 있었다.

"2087, 자리에 앉아."

남기는 빙그레 웃으면서 성호 맞은편에 앉았다. 교도관은 중간 벽에 붙은 의자에 앉았다. 남기가 입을 먼저 뗐다.

"우와, 분위기 죽인다. 링컨 차 타고 다니는 변호사 같은데? 여자분이 온다고 들었는데?"

"일이 있어서 내가 대신 왔어. 생활은 어때?"

"저번에는 독거방에 가둬놓고 24시간 감시했지. 지금은 2인실에 들어갔다. 상대방도 살인범으로 미결수더구만. 아침 6시

30분에 기상해서 7시 10분에 아침 먹고, 청소하고 나서 하루 종일 놀아. 미결수는 노역이 없거든. 그리고 11시 30분 정도에 운동장 나가서 운동도 좀 하고 12시에 밥 먹고. 만날 같아."

"그래. 좋아 보인다."

성호의 마지막 말에 남기는 급속도로 어둡게 표변했다.

"좋아 보인다구? 1심에서 사형 구형받았는데?"

성호가 남기의 살벌한 시선을 피했다.

"너한테 학교폭력당한 피해자니까 정상참작을 해달라고 국선 변호사가 주장을 해도 먹히지 않아."

성호의 두 손이 바르르 떨렸다.

"인터뷰 거절하고 싶은데. 주간파 관련해서 살인하고 어쩌고 저쩌고, 뻔하잖아."

"오늘 힘들면 나중에 해도 돼."

"20년 전 네 이야기를 해보는 건 어때? 반사회적인 인간이 어떻게 경찰이 될 수 있었던 거야? 너, 로버트 D. 헤어 박사가 쓴 책이랑 논문 읽어봤어?"

성호는 한숨을 내쉬었다. 남기의 말이 주저리 이어졌다.

"화이트칼라 사이코패스, 북미에만 200만 명 넘게 있다는 그게 바로 네 이야기 아니야? 사이코패스 성향을 타고나서 어린 시절 잔인한 성향을 보이지만, 정규교육에 의해 전문직 종사자나, 회사원, 공무원 등의 일반인으로 길러진다……."

"너 자신이나 걱정해. 평생 여기 있을 거야?"

"네가 이 자리로 들어오면 도와줄게. 그게 공평한 거야."

"뭐? 내가 왜?"

남기는 피식 웃었다.

"한남기, 이 상황이 웃겨? 난 그때 분명히 사과했어. 그러니까 우리 사이는 더 이상 아무것도 아냐."

"그래? 근데 그 사과가 너무 늦었단 생각은 안 해?"

남기는 고개를 돌려 교도관을 보며 말했다.

"인터뷰 끝났어요. 더 할 말 없습니다."

남기는 일어나면서 성호에게서 눈을 떼지 않았다. 성호는 모멸감을 느꼈다. 교도관과 남기가 나가자마자, 성호는 주먹으로 책상을 쾅하고 내리쳤다.

"개새끼!"

처음 성호를 안내한 교도관이 그를 데리러 왔다. 엘리베이터 안에서 교도관은 미소를 지으며 무언가 말하려는 듯 뜸을 들였다.

"인터뷰 잘 안 됐다고 들었습니다. 녀석이 눈빛으로 제압하죠?"

"네?"

"그딴 녀석들 눈빛이 있죠. 살인해놓고도 죄책감 없는 녀석들. 사이코패스라는 용어 나오기도 전부터 그딴 놈들의 그게 있었어요. 무심하고 표정도 없고 심드렁한 눈. 변호사도 그런 걸로 후리는데, 나한테는 안 통하죠."

성호는 엘리베이터에 비친 자신의 얼굴을 골몰히 봤다. 무심하고 심드렁한 눈빛이 슬쩍 보였다. 엘리베이터 문이 열리고 정문으로 향한 개찰구가 보였다.

"안녕히 가십시오."

교도관의 말에 짧게 목례만을 하고 개찰구를 빠져나왔다. 출입증을 반납하고 경찰 신분증을 돌려받았다. 주차장으로 향하면서 더러운 기분에 사로잡혔다. 20년 전 자신이 괴롭혔던 피해자에게 끈덕지게 발목이 잡히는 상황이 지긋지긋했다.

'사과했으면 끝난 거 아니야. 미친 새끼.'

성호는 고개를 흔들면서 거칠게 차를 몰아 구치소를 빠져나왔다.

그날 저녁 천호역 인근 통신서비스센터에 간 서연은 통화내역 조회서를 요청했다. 잠시 후 직원이 건넨 서류를 손에 들고 서연은 횡단보도를 건너갔다. 이마트 쪽으로 10여 미터를 더 가자 왼편으로 화려한 쇼윈도가 즐비한 로데오 거리가 나왔다.

서연은 카페베네에 들어갔다. 손님들이 꽤 있었다. 서가에 꽂힌 두툼한 책들을 뒤로한 채 서연은 통화 내역을 찬찬히 살펴봤다. 수강생 반장 이순희가 아침에 전화해서 이것저것 물어본 게 한 통, 그리고 어제는 엄마와 통화를 했고, 친구와의 전화가 한 통.

모르는 번호는 월요일 저녁에 냉장고를 사 간 남자의 것이었다.

서연은 휴대폰을 맡기는 대신에 리스트를 뽑아서 민찬에게 건네주기로 했다. 민찬과 만나기로 한 시각까지 여유가 있었다. 서연은 커피를 마시며 길거리의 젊은 남녀들을 바라보았다.

재작년 가을까지만 하더라도 서연은 남자중학교에서 계약직 국어교사를 했었다.

집은 광진구였지만 학교는 강동구에 있었다. 중학교 남학생들의 짓궂은 장난과 성마른 까칠함, 그리고 사춘기 특유의 폭발적인 잠재력을 심신으로 체득하면서 고생도 많이 했다. 한편으로 서연은 학생들을 가르치는 일에 보람도 느꼈다.

이중 삼중의 학교 업무에 지친 교사들은 담임을 안 맡으려 했다. 3학년 4반 선생님이 출산휴가를 받자 엉뚱하게도 서연에게 담임 자리가 맡겨졌다. 3학년들은 외고나 자율형사립고, 특성화고 등의 진학 상담을 했다. 서연은 뒤늦게 입시 공부를 했고 열심히 노력했다. 처음에는 많이 헤맸지만 주변에 도움을 청하고 발품을 판 덕에 지도 실력이 늘어갔다. 그렇게 지내던 중에 서연은 의문의 채팅 신청을 받았다.

한 통의 마스크 채팅 문자는 이렇게 시작되었다.

〈선생님, 우리 반에 학교폭력이 있습니다.〉

심각한 내용이었다. 마스크 채팅은 신형 모바일 메신저로, 보내는 사람의 신원이 밝혀지지 않는다는 장점이 있었다. 학교폭력을 방관하는 학생들을 적극적인 신고자로 바꾸기 위한 방편이었다.

〈자세히 좀 말해줄래?〉

채팅은 더 이상 이어지지 않았다. 하지만 서연의 뒷덜미를 잡아끄는 찜찜한 기분은 그날 밤까지 계속됐다. 자정, 서연이 잠자리에 들려는데 신호음이 났다. 마스크 채팅이었다.

〈선생님, 안 주무시나요?〉

〈아까 채팅 너 맞지?〉

서연의 머릿속에 반 아이들 얼굴이 하나하나 떠올랐다.

'누구일까?'

〈네.〉

〈무슨 일이니?〉

〈죽고 싶어요. 지금 아파트 옥상이에요.〉

〈나쁜 생각하면 안 돼. 내가 도와줄게. 누군지 말해주지 않을래? 그래야 널 도울 수 있어.〉

서연이 다급하게 이름을 물었지만 잠시 채팅이 끊겼다.

〈내 글 보고 있지? 당장 집으로 돌아가, 부탁이야.〉

〈선생님, 채팅 방에서 괴롭히는 애가 있어요.〉

〈그게 누구니?〉

〈개씹새끼야. 네가 그렇게 나온다면 나도 가만 안 있어. 확 죽여버릴 테니까 알아서 해. 영원히 파묻어버리겠다고!〉

서연은 거친 욕설에 잠시 어안이 벙벙했다. 몇 초 후 다시 글이 떴다.

〈안준성과 박훈정. 얘네들이 이렇게 보냈어요. 욕은 모두 증거로 보관했어요.〉

〈넌 누구니?〉

의문의 아이는 대답 없이 채팅방을 빠져나갔다. 그날 밤 서연은 잠을 이루지 못했다. 다음 날 서연은 학교에 출근하자마자 학생부장 선생님을 찾아갔다. 교사 경력이 20년이 넘는 오 선생은 평소 서연을 따뜻하게 챙겨주었다.

"오 선생님. 어제 이런 마스크 채팅을 나눴는데요."

"마스크 채팅?"

오 선생은 얼굴을 찡그리며 채팅 창을 한참 들여다보다가 말을 이었다.

"장난 아니야? 안준성이나 박훈정, 둘 다 조용한 애들인데."

"증거도 있고 이름까지 대는데 사실이 아닐까요? 어떡할까요. 학교폭력신고센터 117이나, 자치위원회에 알려야 할까요?"

"미쳤어? 아직 확실치 않으니까 가만있어봐. 안준성하고 박훈정 불러서 물어보는 게 순서지. 그리고 이렇게 중요한 시기에 일 터지면 입시는커녕 학교 이미지 망칠 수 있어요."

"그사이에 피해 학생이 더 큰 피해를 볼 수 있잖아요?"

"오늘 자기네 반에 결석한 아이 있어?"

"없어요."

"걱정되기는 하는데. 일단 준성이 면담 좀 해봐야겠어요."

수업이 끝나고 서연은 상담실에 있었다. 문이 천천히 열리고 준성이가 모습을 드러냈다. 서연은 준성을 맞았다. 준성이는 키가 작은 편이고 홀쭉했다. 고개를 푹 숙인 아이는 두 뺨에 홍조를 띠고 맞은편에 앉았다.

'준성이와 한 번이라도 대화를 나눈 적이 있었나.'

그런 생각이 들 만큼 얌전하고 내성적인 학생이었다.

"준성이는 특성화고 진학을 희망한다고 했는데, 갈 학교는 정해놓았니?"

준성은 말없이 고개만 끄덕였다. 침묵이 이어졌다.

"준성아. 널 부른 건 마스크 채팅으로 네 이름을 거명한 애가 있어서야. 혹시 아는 거 있니?"

준성의 양 볼이 귀밑뿌리까지 붉어져서 홍옥처럼 보였다. 준성은 고개를 더 깊이 숙일 뿐 답이 없었다.

"준성아, 선생님한테 할 말 없니?"

그렇게 30분이 지나도록 준성은 말이 없었다. 준성의 시선은 땅에 못 박혀 있었다.

"이제 그만 가도 돼."

서연은 잠시 망설이다 박훈정에게 전화를 걸었지만 받지 않았다.

그날 밤 서연이 잘 준비를 하는데 휴대폰이 울렸다. 서연은 전화를 받자마자 급히 옷을 입고 학교 근처에 있는 지구대로 뛰어나갔다.

지구대에는 얼굴이 엉망이 된 민기가 앉아 있었고, 그 옆에서 씩씩대는 훈정을 경찰 두 명이 제압하고 있었다. 키가 제법 크고 완력 있는 훈정에게 순경들도 혀를 내두르고 있었다. 준성은 새파랗게 질린 얼굴로 구석에서 숨죽이다 울 듯한 눈빛으로 서연을 쳐다봤다.

"이, 이게 어떻게 된 일이야? 준성아, 대체 무슨 일이니?"

이때 문이 발칵 젖혀지면서 하얀색 블라우스에 감색 스커트를 입은 여성이 들어와 소리를 질렀다.

"민기야, 민기야!"

서연은 얼른 고개를 숙였다.

"오셨어요?"

서연의 인사를 받기도 전에 민기의 엄마 전주희는 서연의 뺨을 매섭게 때렸다.

"담임이라는 게 애가 이 지경이 되도록 몰라요? 쟤네들한테 민기가 얼마나 시달렸는지 몰랐냐구요!"

"그럼 어제 저한테 채팅을 보낸 애가……."

서연이 민기를 돌아보며 말하려던 순간, 멍투성이인 민기가 서연에게 애원하는 듯한 눈빛을 보냈다.

말수가 적고 모범생인 민기.

덩치가 작은 편이었지만 아이는 건드릴 수 없는 위치에 있었다. 반에서 1등, 전교에서는 5등 안에 들었고, 어머니는 학교운영위원회 위원이었다. 아버지도 서울시청 고급 공무원이라고 들었고 누나는 외국에 있는 의과대학을 다닌다고 했다. 이런 집안에 공부도 잘하는 학생이 학교폭력의 피해자가 되었다. 그에 반해 훈정과 준성은 중간 이하의 성적에, 집안 형편이 넉넉지 않았다.

누가 보아도 피해자, 가해자가 명확하게 갈리는 사건이었다. 지구대장이 와서 서연에게 말했다.

"학교폭력사건은 지구대에서 해결하기 어렵습니다. 사건을 경찰서로 넘기려는데 괜찮겠습니까?"

"아, 안 돼요!"

주희가 강하게 반대하고 나섰다.

"우리 애 자사고 시험도 봐야 하는데 경찰서라뇨, 절대 안 돼요."

이때 지구대 문이 열리더니 검은색 티셔츠에 트레이닝복을 입고 슬리퍼를 신은 준성의 아버지 안진호가 들어왔다. 그 뒤로는 나이가 지긋한 초라한 행색의 할머니가 박훈정의 보호자라고 하며 들어왔다. 준성과 훈정은 붉어진 얼굴을 푹 숙였다.

경찰과 서연이 준성과 훈정을 지구대 프런트 뒤쪽 방에 데리고 들어가서 왜 때렸느냐고 수차례 물었지만 그들은 묵묵부답이었다. 민기는 협박당한 카톡 글과 휴대폰 문자를 증거로 제시했다.

서연이 어제 마스크 채팅으로 받은 욕설 문자는 증거 중 하나였다.

밤 12시 넘어 민기는 보호자와 함께 돌아갔고, 준성과 훈정은 묵비권으로 일관했다. 학교폭력대책자치위원회에 사건 처리를 맡기는 걸로 일단락이 났다. 서연이 집으로 가려는데, 안진호가 하소연했다.

"선생님, 사정이 있었을 겁니다. 우리 준성이 그럴 애는 아니에요. 보세요, 덩치도 작고 저렇게 여린 놈이 사람을 때릴 때는 이유가 있었을 겁니다."

서연은 피곤했다. 안진호와 이야기를 나누면서 저만치 할머니를 모시고 터덜터덜 걸어가는 훈정의 뒷모습을 봤다.

"아버님, 준성이가 말을 안 하잖아요. 저도 오늘 오후에 준성이 불러다 상담해봤지만 입을 꾹 다물고만 있더라고요. 왜 때렸는지 확실하게 판별하기 위해서 자치위원회에 꼭 참석해주세요. 부탁드립니다."

서연은 목례만 하고 돌아섰다. 순간 자신이 너무 심하게 말한 건 아닌지 후회되었다.

그렇지만 사람들 앞에서 다짜고짜 빰을 얻어맞았고, 이 상황에서 이제 그만 벗어나고 싶었다. 교직 경력도 짧은 서연이 감당하기에는 큰 사건이었다.

새벽 1시가 넘은 늦은 시각, 서연은 비상연락망으로 학교 자치위원회 위원들에게 전화를 돌려 위원회에 참석해달라고 간곡히 부탁했다.

그날 오전 학교 회의실에 위원들이 속속들이 도착을 했다.

위원장은 3학년 여학생의 아버지로 변호사였다. 학교폭력과 관련해 여러 사건을 처리한 사람이었다. 위원장과 몇몇의 학부모 위원들, 학생부장, 교장, 교감 그리고 김민기, 안준성, 박훈정의 보호자가 참석한 가운데 위원회가 열렸다. 학생들은 별도의 교실에 격리되었다.

학부모 위원 중 한 명이 카톡 대화방을 캡처한 사진을 출력한 자료를 돌렸다. 학부모들은 놀라는 눈치였고, 몇몇 교사들은 인상을 찡그렸다.

"이번에 심의할 사안은 3학년 김민기 학생이 피해를 입은 학교폭력사건입니다. 지금 나눠드린 자료와 같이 카톡 방에서의 욕설 채팅과 문자 등으로 인해 극심한 심리적 스트레스를 받았습니다."

주희는 오열하며 손수건으로 얼굴을 감쌌다. 그 옆의 오 선생이 주희의 어깨를 감싸주었다.

"어제저녁 박훈정 학생이 일방적으로 김민기 학생을 때린 폭력사건이 있었습니다. 김민기 학생은 전치 2주의 상처를 입었으며, 다행히 크게 다치지는 않았지만 심리적 위축 등으로 인해 2차 심리 치료를 받아야 됩니다."

안경을 한 번 고쳐 쓴 위원장은 다시 경위서를 읽어나갔다.

"김민기 학생이 제출한 서면 진술서에 자세히 적혀 있으니 잘 봐주시기 바랍니다. 이에 반해 가해 학생 박훈정, 안준성은 진술서가 제출돼 있지 않습니다."

위원장이 날카로운 시선으로 준성의 부친 안진호와 훈정의 할머니 이복순을 봤다. 양복을 갖춰 입고 온 안진호가 자료물의 채팅 캡처 사진을 손가락으로 가리키며 말했다.

"저도 아이를 붙들고 물어봤습니다. 특히 '네가 그렇게 나온다면 나도 가만 안 있어. 확 죽여버릴 테니까 알아서 해. 영원히 파묻어버리겠다고!' 여기 이 말은 우리 애가 아니라 박훈정 학생이 김민기 학생에게 한 건데, 무슨 의미냐고 아무리 물어도 묵묵부답이라고요."

안진호가 화가 난다는 듯이 책상을 한 번 탕 치고는 제풀에 지쳐 체념한 표정으로 사건 경위서만 내려다봤다.

"우리 손주 녀석도 마찬가지로 입을 꾹 다물고 있응께."

이복순 할머니는 위원장이 쳐다보자 처음으로 입을 열었다. 잠깐 무거운 침묵이 흘렀다. 위원장이 자리에 앉아 숨을 고르고 나서 두 손을 깍지 끼고 오 선생을 쳐다봤다.

"학생부장 선생님으로서 하실 말씀 없으십니까?"

오 선생은 고개를 까닥하면서 일어나 좌중을 한번 둘러보고 매서운 눈으로 서연을 봤다.

"익명의 학교폭력 신고 건이 있고 나서 이서연 선생이 어떻게 해야 될지 자문해왔을 때, 저는 분명 학교나 117에 알리라고 충고했습니다."

서연은 깜짝 놀란 눈으로 오 선생을 봤다.

"하지만 아무 조치도 하지 않고 상담만으로 끝내니 이렇게 사건이 커지게 된 겁니다. 우리 학교가 이러저러한 사정으로 계약직 교사에게 담임을 맡긴 결과 학교폭력사건이 발생했고, 결과 처리도 미흡했습니다. 저는 담임 선생님이 사건 대응을 잘하지 못한 게 가장 큰 잘못이라고 생각합니다."

서연은 고개를 숙였다. 더 이상 할 말이 없었다.

"모쪼록 이번 사건은 서면 사과나 봉사 차원에서 끝날 일이 아니라, 전학이라는 강수로 해결을 해야 합니다."

강제전학은 퇴학과 마찬가지로 큰 징계였다. 받아줄 학교가 있을지도 의문이지만 일단 전학 간 학교에서 소문이 나면 학생은 적응하기 힘들었다.

주희가 벌떡 일어났다.

"더 이상 한 공간에 있게 하고 싶지 않아요. 교장 선생님은 봉사와 학급 교체를 말씀하셨지만 저는 전학을 바랍니다."

안진호가 얼굴을 찡그리며 눈을 감았고, 이복순은 고개를 푹 숙였다.

그렇게 위원회가 끝나고, 서연은 학급 담임에서 물러나기로 했다. 서연이 힘이 빠져 회의실을 나오는데 복도에 남학생이 보였다. 민기였다.

"민기야, 어머님 나오시려면 조금 더 기다려야 돼."

민기는 천천히 서연에게 다가와 말했다.

"엄마 손 맵죠?"

"어?"

"훈정이 걔가 때린 거 사실은 우리 엄마가 때리는 것보다 약해요."

"민기야."

민기는 벽에 기대 웅크리고 있던 자그마한 체구를 쫘악 폈다. 서연보다 조금 더 큰 키. 분명 평소 또래보다 작다고 느꼈던 민기가 그 순간만큼은 커 보였다.

"훈정이와 준성이가 미운 게 아니에요. 엄마가 밉죠."

민기의 말투는 싸늘했다.

그 후 민기는 결석계를 내고 학교에 나오지 않았다. 학교 측에서는 훈정과 준성에게 강제전학 처분에 반발하면 10일 이내에 재심 청구를 할 것을 권유했지만 그런 일은 없었다. 서연의 재임용이 취소되었고 자연스레 학교를 떠났다.

서연은 머리가 무척 당겼다. 기억을 끄집어내는 게 힘들었다. 준성은 죽었고, 사망 현장에 자신이 판 냉장고가 있었다는 사실이 비현실적이었다.

서연은 카페를 나와 걸었다. 저만치 로데오 거리 입구에 민찬이 보였다. 서연은 다가가서 인사했다.

“서 형사님.”

“오셨어요. 잠깐 앉아서 이야기 좀 나누실까요.”

로데오 거리는 일방통행이라 인도가 넓었다. 상가들 앞으로 벤치 두어 개가 드문드문 있었다. 서연은 화장품 가게 앞 노란색 벤치에 앉았다.

민찬은 하얀색 봉투를 건네면서 서연에게 말했다.

“5만 원권 지폐에서 이서연 씨 지문 이외에 다른 지문이 하나 나오긴 했는데, 백화점에서 일하는 45세 여성의 것으로 밝혀졌고, 미성년자의 것은 없었습니다. 그리고 지폐에서 장갑흔이 나왔어요.”

서연이 고개를 끄덕이면서 말했다.

“장갑을 끼고 냉장고를 운반했어요.”

“만 원권으로 바꿔 넣어드렸어요. 5만 원권은 조사를 해야 해서.”

서연이 가방에서 서류를 꺼내 내밀었다.

“아까 부탁하신 통화내역조회서예요.”

"감사합니다. 이제 압수수색영장 나오면 휴대폰 주인 캐봐야죠."

민찬이 서연을 잠깐 살피다 물었다.

"박훈정 학생도 아시죠?"

서연의 얼굴이 파리하게 질렸다.

"네? 훈정이요?"

"인성고등학교 학생 박훈정도 4월 14일 가출신고된 상태입니다. 선생님이 담임을 맡았던 성선중학교에서 학교폭력사건이 일어난 게 2년 전. 가해자는 박훈정, 안준성 그리고 피해자는 김민기였습니다. 이 사건 연루 학생들이 한 명은 죽고, 다른 두 명은 실종되고 가출했다고 하더군요. 중학교에 요청해서 관련 서류를 받아서 읽어봤죠. 이에 관해 말씀 좀 나누려는데 시간 괜찮으신가요?"

민찬의 제안에 서연의 얼굴은 심각해졌다.

"저어…… 그렇지 않아도 냉장고를 사 간 사람들이 그 아이들이 아닌지 생각을 해봤어요. 키는 제 생각보다 큰 것 같았지만, 호리호리한 몸이 어른보다는 학생 같아 보였거든요."

"신원 몽타주가 완성되면 연락드릴게요. 아파트에서는 CCTV에 냉장고를 수거해 간 사람들과 차량이 잡히지 않아서 일성동 주변을 수사하고 있습니다. 그리고 안준성, 박훈정, 김민기 명의의 휴대폰 사용 내역과 포털 사이트나 이메일, SNS 등의 사용 기록에 관해 영장 청구를 해두었고요. 이 근처에서 요기라도 하실까요?"

민찬이 앞장섰고, 서연은 따라 걸었다. 밤 9시가 넘은 거리는 오가는 사람들로 활력을 띠었다. 지나가던 남자가 나이트클럽 명함을 젊은 여성들에게 건넸다.

민찬이 고른 가게는 일본식 돈가스 집이었다. 서연은 돈가스 덮밥을, 민찬은 돈가스 정식을 시켰다. 식사를 마친 후, 차를 따로 주문했다.

"그 당시 담임이셨으니까 박훈정과 안준성, 김민기에 대해 자세히 말씀해주실 수 있으시죠? 진상조사서는 학교에서 작성한 거니 일방적인 진술도 있을 거구요."

"조사서 대로예요. 그 일로 민기는 학교안전공제회에 정신적 피해 보상금을 청구했다고 그랬어요. 가슴이 많이 아팠어요. 그 일로 저도 학교를 나왔고요."

"보상금을 청구했다면 안전공제회는 가해 학생인 박훈정, 안준성의 보호자에게 구상했나요?"

서연이 심각한 어조로 답했다.

"네. 그 때문에 빚을 져서 고생했다고 들었어요. 둘 다 넉넉한 형편은 아니었거든요. 훈정이는 기술 쪽으로 준성이는 컴퓨터 쪽으로 특성화고 준비 중이었는데, 둘 다 원하던 학교에 가지 못했죠."

민찬이 커피를 한 모금 마셨다.

"엄명용 교육학자가 쓴 논문에서 본 적이 있는데 일반적으로 학교폭력에 연루된 학생들은 이렇게 나뉩니다. 상하 구조로 볼 때 권력을 잡은 지배자가 가장 상위, 이른바 일진 가해자들입니다. 그 밑에 방관자들이 있습니다. 그들은 폭력을 해결할 능력은 있지만 못 본 척합니다. 그 밑의 추종자들은 권력을 동경하지만 피해자가 되기도 합니다. 그리고 가장 밑에 은둔자들이 있습니다. 약자죠. 퍼센트는 가장 작지만 학교폭력의 피해자가 될 확률이 높습니다. 제 생각에 피해자 김민기는 성적이나 집안 형편으로 볼 때 지배자나 방관자가 될 확률이 높은데 왜 피해자가 되었는지 궁금합니다."

서연이 말을 이어받았다.

"말씀을 듣고 보니 그렇네요……. 하지만 당시에 훈정이와 준성이가 입을 다물었기 때문에 그렇게 마무리가 되었어요. 그 셋의 관계는 진짜 뭐였을까요."

"일어나시죠. 저는 김민기나 박훈정 관련해서 가출 청소년들 탐문조사를 해야 해서요."

서연이 머뭇대다가 조심스레 말했다.

"저도 같이 갈게요. 도움을 드리고 싶어요."

서연의 눈빛이 잠시 떨리다 확고해졌다.

"그때 두 아이의 이야기를 듣지 못한 게 후회돼요."

민찬이 고개를 끄덕여 보이고 앞장을 섰다.

어둠을 밝히는 네온사인 불빛이 가득한 거리로 나갔다. 젊은 이들이 삼삼오오 얘기를 나누고 있고, 교복 입은 청소년들이 진하게 화장을 하고 배회하는 모습도 보였다. 대형 쇼핑몰 입구에 미니스커트에 몸매가 드러난 탑을 입은 소녀 두 명이 담배를 피우고 있었다.

"재네들한테 김민기에 대해 물어봐주실래요?"

민찬의 제의에 따라 서연이 두 소녀에게 다가갔다. 가까이서 본 얼굴은 훨씬 어렸다. 중학교 2, 3학년 정도로 보였다.

"저기, 잠깐만."

여학생들이 경계를 하며 눈을 매섭게 치떴다.

"왜요?"

"여기 다니는 애들 중에 안준성, 김민기나 박훈정이라는 애 아니?"

"가출팸 애들이에요?"

머리가 긴 아이가 경계하면서 되물었다.

"안준성은 집 나간 지 1년이 넘었어. 중학교 3학년 때 학교는 관뒀고, 지금은 열여덟 살이야. 그리고 박훈정은 인성고 다니던 애인데……."

"우씨, 어쩔. 몰라요. 근데 혹시 동생?"

"아니, 중학교 때 담임 선생님."

"대박! 재수 없어. 중딩 샘? 나 열나 때리고 욕한 미친 또라이 떠오르네."

옆의 하얀 미니스커트 입은 여학생이 담배를 바닥에 던지고 침을 뱉었다.

"혹시 방송 아니에요? 그것이 알고 싶다 같은 거. 출연료 줘요."

"아냐. 사건이 있어서 알아보러 나온 거야."

"왜 뒤늦게 알아보러 다닌대? 가르칠 때나 잘하지. 풋."

머리 긴 아이가 하이힐로 담배를 눌러 껐다.

"우린 잘 모르고 마빈 오빠라고 있거든요. 그 오빠 가출팸 안 돌아다닌 데가 없어서 알 걸요?"

"전화번호 알려줄 수 있을까? 네가 전화해도 되고. 부탁 좀 할게, 응?"

서연이 적극적으로 나서자 망설이던 여학생이 마지못해 말했다.

"번호 따줄 수는 있는데 남자애들한테 들었다고 해요."

아이가 전화번호 리스트를 뒤져보는데, 옆의 여학생이 큰 소리로 말했다.

"저기, 마빈 오빠! 후드티."

서연이 고개를 돌리자 뒤에 7, 8미터 떨어져 있던 민찬도 같은 곳을 봤다. 나이트클럽 입구에 바닥까지 닿는 긴 트레이닝 바지를 입고 회색 후드를 뒤집어쓴 키 큰 남자가 있었다.

남자는 일방통행 차도로 걸어 나가 지나가는 택시에 휴대폰을 들어서 번쩍이는 액정을 보여주었다. 민찬의 직감이 발동했다. 민찬은 서연에게 잠시 있으라는 신호를 주고 발 빠르게 남자의 뒤쪽으로 가서 모자를 벗겨 돌려 세웠다.

"너 휴대폰 장물아비 딸랑이 맞지?"

마빈이 뒤로 주춤 물러났다.

"주머니 속에 휴대폰 몇 개 들어 있어? 내놔봐!"

민찬이 말을 다 끝내기도 전에 마빈이 와락 도망쳤다. 마빈은 길거리에서 떡꼬치를 파는 리어카를 발로 차더니 사람들을 밀치고 도망쳤다.

"야, 거기 서!"

마빈은 황급하게 상가 골목으로 내달렸다. 슬리퍼가 벗겨졌는데도 아랑곳하지 않고 맨발로 달려 나갔다. 민찬은 알겠다는 듯이 골목 왼쪽의 좁은 길로 뛰었다. 서연이 두 군데 갈림길을 보다가 마빈이 달려간 쪽으로 들어서는데, 의류 상가들이 즐비한 골목길 안쪽에서 민찬이 뛰어나와 숨으려던 마빈에게 달려들었다. 마빈이 소리를 지르면서 뒤로 뒹굴었다. 민찬은 흥분한 마빈을 앉혀놓고 달래듯 소리쳤다.

"얌마, 진정해, 좀!"

사람들이 잠시 지켜보다 이내 관심 없다는 듯 흩어져 갔다.

민찬은 신분증을 보여주었다.

"오늘 휴대폰 몇 개나 훔쳤어?"

"훔, 훔치다뇨? 아이 피컵드. 주웠다고요! 아, 재수 존나!"

민찬이 마빈의 티셔츠 주머니 속에 손을 넣어 휴대폰 세 개를 꺼냈다.

"이건 압수다. 수사 협조 좀 해."

"그럼 경찰서 안 가는 걸로 해요. 약속해요, 빨리!"

"네가 묻는 말에 잘 답해준다면. 함부로 도망치면 다쳐. 그러지 마."

서연이 조심스럽게 다가갔다. 쇼윈도 불빛에 마빈의 얼굴이 드러났다. 아이돌 가수처럼 곱상하게 생긴 외모에 눈빛이 불안하게 흔들렸다. 이국적인 느낌이 들었다.

"뭣 좀 물어보자. 너 가출팸 애들 중에 김민기나 박훈정, 안준성 이런 애들 알아?"

"모, 몰라요. 모른다구요. 이것 놔! 이씨!"

민찬이 입꼬리를 튕기며 마빈의 팔을 움켜쥐고 벽에 몰아세웠다. 서연은 거친 기세에 밀려 뒤로 물러났다.

"정신 차리고 잘 생각해봐! 지능범죄수사과로 가고 싶지 않으면!"

"저, 저 장물 취급 안 해요. 플리즈, 렛 미 고."

"똑바로 정신 차리고 말해! 김민기, 안준성, 박훈정 아냐고!"

민찬이 몰아세우자 마빈이 허공을 보며 입을 열었다.

"김민기? 민기? 엠케이 말이에요? 내가 별명 지어줬는데. 재선고? 엠케이라고 했음 단박에 알죠. 씨바, 존나 공부 잘하는 애 말이죠?"

민찬이 침묵하며 마빈을 노려봤다.

"김민기 어딨어?"

마빈이 고개를 흔들었다.

"몰라, 몰라. 돈 노우."

"최근에 본 게 언제야."

"아, 진짜 그딴 새끼 모른다구요!"

"절도죄로 넘겨지고 싶어? 어서 바른대로 말해! 김민기 최근에 연락해본 적 있어?"

"이씨, 있긴 있는데. 돈 갚느라고 연락한 적 있어요. 그럼 말해주면 경찰서 안 가는 걸로, 확실히 딜?"

민찬은 고개를 슬쩍 끄덕였다.

"폰 정지돼서 살려보려고 30만원 빌렸는데, 그거 갚는다고 페북 메시지 보낸 게 토요일이었어요. 저녁 7시쯤?"

"그래서 갚았어?"

"아, 아뇨. 직접 만나서 달라기에 그렇게 접수했어요. 그 새낀 항상 지 내키는 대로야. 돈 입금해서 갚아버리면, 전화 안 했다고 난리 치고 안 갚은 걸로 하자고 막 우겨. 돈을 갚아도 알려주지 않으면 다른 데 쓸 수 없으니까 안 갚은 거나 마찬가지래. 진상 새끼."

"그래서, 언제 만났는데."

"월요일."

"27일?"

"네."

"몇 시에 어디서 만났어?"

"7시 30분 정도였나? 로데오 거리."

"인상착의는 어땠는데?"

"네?"

마빈이 못 알아듣겠다는 듯 어깨를 으쓱했다.

"옷차림 말이야."

"그냥 청바지에 티셔츠. 하얀 티셔츠 입었나? 잘 기억 안 나요."

"조끼나 모자 같은 거 쓰고 있었어?"

"아, 아뇨."

"친구는?"

"없었어요. 혼자 왔어요."

"둘이서 뭐 했어?"

"제가 5만 원 이자 쳐서 갚았고, 민기가 밥 사줘서 같이 떡볶이 먹고 9시 정도 헤어졌나? 그랬어요."

"너, 확실한 거지?"

마빈이 민찬이 다가서면서 말하자 인상을 와락 구기며 빽 소리를 질렀다.

"좀 믿으라고요! 장난치는 거 아니라고! 이씨."

마빈이 영어로 욕을 하면서 고개를 돌려버렸다.

"어디 가서 밥이나 먹자."

민찬은 가늘다 못해 쓰러질 것처럼 마른 마빈의 몸을 훑어보고는 앞장섰다. 서연은 마지못해 따라가는 마빈 뒤로 걸었다. 식당에 들어가 삼겹살 3인분을 시켰다. 마빈은 고기가 익기도 전에 허겁지겁 먹었다.

"천천히 먹어."

"이틀 만에 처음 밥 먹는 거예요."

"대체 왜 이러고 사냐."

"집에 가면 처맞는데, 형사님이라고 별수 있어요? 아, 쪽팔려."

마빈은 엄마가 필리핀 사람인 다문화가정에서 태어났지만 학교에 적응을 못 하고, 집에서는 아버지의 폭력에 시달리다 엄마와 같이 나왔다고 가정사를 짧게 읊었다.

"그래도 엠케이가 앞장서 나갈 때는 굶지는 않았어요."

"앞장서 나가다니?"

마빈이 잠깐 당황한 기색이었지만 이내 고개를 젓고 음료수를 벌컥벌컥 마셨다.

"말해봐, 어서."

"엠케이는 한 번도 걸린 적 없어요. 우리만 줄창 걸리고, 가정법원 가서 보호관찰소 다니거나 소년원 갔다오지."

"민기는 자사고 다니는 모범생이라고 들었는데?"

마빈은 이 사이에 낀 상추를 휴대용 손거울을 들고 하나하나 섬세하게 떼 내면서 피식 웃었다.

"그건 꼰대들 생각이고요. 우리 사이에서는 브레인이라니까. 가출팸 여자애들이랑 짜고 아저씨들 꼬셔서는 조건만남 모텔방에 들이닥쳐서 겁주고 삥 뜯고 하는데, 민기는 항상 뒤에서 돈만 받았어요. 20퍼센트, 설계비만."

"지금 한 말 확실한 거야?"

마빈은 슬슬 일어나더니 휴대폰 문자 메시지를 확인했다.

"애니웨이 이것만 알아요. 엠케이 자식 주말마다 여기 왔는데, 항상 주머니에 돈이 있었고, 어떻게 돈 벌라고 꼬드겼어요. 씨발, 덩치는 존나 빵셔틀인데, 포스는 일진이야. 완전 지린다니까."

"너 경찰서 나와줄 수 있어? 지금 얘기 자세히 듣고 싶은데."

마빈의 얼굴이 새파랗게 질렸다.

"아이 씨, 약속했잖아요. 우리 여기서 끝이에요. 휴대폰 주인도 알아서 찾아줘요."

"그럼 신분증 확인 좀 하자."

"저, 미성년이에요. 민증 없어요, 노노."

마빈은 민찬이 계산하는 동안 잽싸게 가게 밖으로 나가 손을 흔들며 씨익 웃고는 달려갔다. 서연이 걱정스레 쳐다봤다.

"그냥 보내도 되나요?"

"약속했으니 할 수 없죠."

"저 아이 말, 사실일까요?"

조심스러운 듯 묻는 서연의 말에 민찬은 뻔하지 않느냐는 투로 답했다.

"알아는 봐야죠. 소년범으로 여러 번 조사받은 아이들, 범죄는 친구에게 덮어씌워라, 유도신문에 넘어가지 마라, 이런 식으로 서로 알려줘서 거짓말 종종 해요."

어느덧 새벽 1시가 넘어 있었다. 캄캄한 어둠, 가로등이 거리를 비추는 가운데 인적이 뜸했다. 골목 구석에 술 취해 주저앉은 여자아이 두 명이 보였고, 그들의 몸을 은근슬쩍 만지면서 집적대는 남자아이들이 보였다. 민찬은 남자아이들을 혼내서 쫓아보내고, 여자아이들은 마침 순찰 돌던 순경에게 인계를 했다.

"오늘 도와주셔서 감사합니다. 바래다드리겠습니다."

민찬이 서연에게 제의했다.

"아까 놀라셨죠? 마빈 녀석을 거칠게 다뤄서요."

"사실은 걸리는 게 있어요. 훈정이 그렇게 전학 가고 재작년 겨울이던가, 저한테 전화를 했어요."

그해 연말에 서연은 힘든 기억으로 괴로워하고 있었다. 이미 10년도 더 흐른 일이었지만 아픈 기억들은 상처를 헤집고 파고들었다. 서연은 와인을 마시면서 잊어버리려 했으나 더러운 기분은 쉽게 떨쳐지지 않았다. 그때 모르는 번호로 전화가 걸려와 서연은 무심코 받았다.

"여보세요."

전화기 너머에 침묵이 흘렀다. 서연이 끊으려는 찰나 목소리가 들려왔다.

"선생님. 우리한테 미안하지 않으세요."

서연의 등줄기가 서늘했다.

"너, 너……. 호, 혹시 훈정이니?"

과묵하고 키가 컸던 아이, 연락이 끊긴 부모 대신 할머니와 살고 있는 아이. 낮은 중저음의 목소리가 그 아이일 것 같았다.

"오늘 소식 들었어요. 준성이 가출했대요."

"뭐라고? 준성이는 전학 갔잖아……."

"아뇨, 전학 못 갔어요. 준성이 받아주는 학교가 없어서 그대로 자퇴하고 집에만 있다가 아버지와 싸우고 나가버렸대요."

"훈정아, 너는 괜찮니?"

잠시 침묵이 흘렀다.

"선생님. 우리한테 미안하지 않으세요?"

"훈정아. 그때 너희들이 아무 말도 안 해줬잖아. 나도 어쩔 수가 없었어."

"씨발! 아무도 우리한테 미안하지 않냐고요!"

훈정이가 절규했고, 서연은 외려 차분했다.

"훈정아, 이제 와서 뭘 어떻게 해. 그때 재심 청구하고 사실대로 말해줬어야지."

훈정이 격분해 소리쳤다.

"우리 재심 청구하러 갔어요! 하지만 학생부장 선생님이 청구 신청서 받아놓고서 연락 안 줬다고요! 나중에 물어보니 처분이 끝났다고만 했어요."

서연은 오 선생의 냉정한 얼굴이 떠올랐다.

"이런데도 우리한테 미안하지 않냐고요! 무슨 선생이 이래!"

"훈정아, 앞으로라도 잘 하면 돼. 과거는 잊고, 학교 잘 다니면 돼."

"선생님 눈엔 그게 잊을 만한 일로 보여요? 제가 괜찮아 보이냐구요!"

전화기를 집어던졌는지 쾅 하는 굉음과 함께 통화는 끊겼다. 그리고 다시는 전화가 걸려오지 않았다. 서연은 술이 확 깨버렸다.

다음 날 서연이 성선중학교에 전화를 걸어 오 선생에게 물어보았지만 아이들이 재심 청구한 일은 없었다며 쌀쌀맞게 전화를 끊었다. 민찬의 질문이 서연을 기억에서 끄집어냈다.

"그럼 더 이상 알아보지 않으신 겁니까?"

"네."

서연은 대답 후 조용히 걷기만 했다. 어느덧 유미아파트 입구에 도착해 있었다. 민찬이 서연에게 말을 건넸다.

"제가 뒷일을 더 알아보겠습니다. 걱정하지 마시고 수사에 도움될 만한 일이 있으면 언제든 연락 주세요."

서연은 집에 들어오자마자 커튼을 꽁꽁 치고 거실에 드러누웠다. 온몸에 힘이 빠졌다.

가르치던 학생이 죽었다. 커튼이 벌어진 틈으로 살포시 들어오는 가로등 빛을 봤다. 은은한 빛은 여전했지만 서연의 마음은 감당할 수 없는 고통에 짓눌리고 찢겼다. 민기가 길거리에서 가출팸 아이들을 데리고 다니면서 조건만남 사기 범죄를 저질렀다는 마빈의 말이 믿기지 않으면서도 못내 걸렸다.

만약에 준성이나 훈정이가 단순히 가해자가 아니고, 억울하게 전학을 갔다면 서연 쪽에도 책임은 있다. 좀 더 조사를 했어야 했다. 하지만 학교의 지시를 따랐다. 게다가 훈정이가 울며 도움을 청했지만 그냥 덮자는 식으로 이야기를 끝냈다.

귓가에 훈정이의 목소리가 아련하게 들려왔다.

'선생님. 우리한테 미안하지 않으세요.'

서연은 바닥에 드러누워 울음을 터뜨렸다.

'미안하다, 훈정아.'

101호의 서연이 회한의 눈물을 흘리던 새벽에 301호의 문이

스르르 열렸다. 해정은 온수 매트가 들어 있는 상자를 들고 슬금슬금 고양이 걸음으로 나왔다. 아파트에서는 관리하기 어렵다는 이유로 재활용을 금요일 밤에만 내놓을 수 있었다. 하지만 해정은 남편이 산 매트를 바로 내다 버리기로 마음먹었다.

'흥, 그냥 버려버릴 거다.'

해정은 매트를 아파트 뒤쪽의 재활용품 수거장 벽면에 얌전하게 세워두었다. 해정은 쌀쌀한 밤기운에 카디건 앞을 한 번 더 여미면서 아파트 입구를 향해 총총걸음으로 걸어갔다.

4. 목적이 다른 이웃

5월 30일 목요일

강동경찰서 본관 1층 복도 안쪽으로 위치한 강력범죄수사팀 사무실에는 형사 서너 명이 컴퓨터 파일을 들여다보면서 사건 관련 서류를 작성하고 있었다. 태양이 1차 부검감정서(시체검안서)를 들고 민찬에게 왔다.

"팀장님, 부검감정서 출력해 왔습니다. 법의학과장님이 저희가 재촉해서 보내기는 하지만 최종 감정서 나오기 전에 확정하지 말라고 부탁했어요."

"사인이 뭐야?"

"여기 부검 사진 보이시죠?"

태양이 가리키는 곳에는 빡빡 깎은 준성의 하얀 뒤통수가 찍혀 있었다. 벌어진 두피와 절단된 두개골 사이로 벌건 핏덩이 속에 잠겨 있는 뇌가 보였다.

"뇌의 하측두구에서 시작된 골절이 출혈을 야기했고 중뇌막 동맥을 파열시킨 것이 주요 사망 원인이라고 합니다. 외상성 급성 경막하출혈이 직접적 사인이죠. 피부가 많이 까이지 않은 것으로 보아 평편한 물체에 부딪혔다고 추정합니다."

"사망 추정 시각은?"

"그게 애매한데, 위 내 소화 속도 혹은 사후 강직 정도로 미루어봐서는 발견 당시 13~15시간 경과된 상태로 전날 저녁 오후 5시에서 10시 사이로 나왔다고 합니다. 하지만 냉장고에서 섭씨 4도 이하의 온도로 시신을 보관했다면 추정 자체가 의미가 없답니다."

민찬이 미간을 찡그리면서 넥타이를 한 번 고쳐 매고는 부검 감정서를 유심히 살펴봤다.

"냉장고를 이용해서 시간을 뭉개놨어. 족적은 어떻게 되었지?"

"새벽에 온 비로 거의 모든 족적이 뭉개졌는데 그나마 몇 개는 발견자의 족적으로 밝혀졌습니다."

"과학수사팀에 김민기와 박훈정 집으로 가서 지문 채취해달라고 부탁하자고."

"네, 알겠습니다."

민찬이 곰곰이 생각하다 돌아서려던 태양을 불러 세웠다.

"이서연이 냉장고를 판 게 월요일 밤 8시경이야. 그렇다면 그 전에 사망해서 시신을 보존하려는 마음에 사 갔다는 이야기인데, 그 전 1, 2시간 정도를 사망 시각이라고 본다면 부검의 의견과 얼추 맞아떨어져. 월요일 저녁이 추정 시각이야."

태양이 고개를 갸웃했다.

"그렇다면 냉장고는 사 가서 전원을 꽂지 않고 그냥 놔둔 겁니까? 분명 육안으로도 시반이 정상적으로 시작되고 있던데요."

민찬이 눈을 내리깔고 부검감정서를 뚫어져라 보았다.

"그럴 수도 있겠지. 확실한 것은 섭씨 5도 이하에서는 부패 작용이 거의 일어나지 않고, 0도 이하에서는 분해 작용 자체가 정지된다는 거야. 처음 발견 당시 습기가 없었으니까 얼었다 녹은 것도 아니고. 참, 이서연에게 냉장고 산 사람 전화번호 압수수색 영장은 나왔어?"

"아직 나오지는 않았는데, 대포폰 의심 번호 리스트에 010-262X로 시작하는 번호가 꽤 많은 걸로 봐서 임대폰 내지는 대포폰일 확률이 높습니다."

민찬이 고개를 끄덕였다.

"알았어, 좀 더 알아봐."

"네, 팀장님."

"참 그리고, 박훈정, 안준성, 김민기 이 세 명 포털 계정 이메일, SNS 관련 영장 언제쯤 나올 수 있지?"

"늦어도 내일 중에는 나올 겁니다. 카카오톡은 휴대폰에서 지웠으면 회사 데이터베이스에도 2주 전 것은 거의 없다는데요. 외국 회사는 공식적으로 거절할지 모르구요."

"알았어. 하여간 가능한 것 위주로 훑자구."

태양의 휴대폰이 울렸다.

"팀장님, 수사지원팀인데, 일성 2동 편의점에 설치된 CCTV 자료에서 마스크에 노란 조끼를 입고 청바지를 입은 남자가 생수와 도시락을 사 가는 것이 잡혔답니다."

"좋았어! 경찰청에 지원 요청해서 몽타주나 걸음걸이 분석해야겠군. 그건 나한테 맡기고 어서 편의점 다녀와."

"네."

태양이 나갈 채비를 서둘렀다.

수진은 태양에게 받은 민기의 주소와 지문 채취 도구를 챙겨 경찰서를 나왔다. 경찰차량 지원을 받아 민기가 사는 명이동 아파트에 빨리 도착할 수 있었다.

"강동경찰서 과학수사팀에서 나왔습니다. 연락은 받으셨죠?"

"네, 들어오세요."

수진은 조심스레 인사하며 안으로 발을 들였다. 주희는 파리한 얼굴에 헝클어진 머리를 하고 있었다.

"민기 찾는 데 도움이 될까요?"

눈빛이 불안하게 흔들렸다.

"그럼요. 협조 부탁드립니다. 민기 방이 어디인가요?"

주희는 건넌방을 가리켰다. 방 두 개짜리 작은 아파트였다. 민기의 부모는 이혼한 지 1년이 넘었고, 친권은 주희에게 있다고 했다. 수진이 민기의 방에 들어갔다.

자그마한 베이지색 책상 옆에 같은 색상의 책장이 나란히 놓여 있었다. 책장에는 중학교 과목별 참고서와 문제집 그리고 영재교육 관련 서적이 꽂혀 있고, 그 옆으로《범죄심리학》,《현장감식과 수사, CSI》,《법과학》,《법의학》등의 책들이 있었다. 수진이 열심히 공부하던 책과도 다르지 않아 의아한 기분이 들었다.

"지문 채취하려면 흑색 분말로 벽지가 좀 지저분해지는데, 괜찮으세요?"

"괜찮아요."

"저희들이 보는 책들이 있네요?"

"민기가 중학교 때부터 경찰대 간다면서 사들였어요. 저는 의과대학을 가라고 해서 마찰이 많았죠. 지금은 기숙사 생활을 하니까 부딪칠 일은 없지만요."

"그래도 주말에는 얼굴을 보시죠."

"주말에도 못 봐요."

"네?"

"아예 안 오는 건 아니지만 아주 가끔씩 와요. 대체 금요일에 학교를 벗어나면 일요일 복귀할 때까지 어디서 뭘 하며 보내는지……. 하지만 제가 전화를 걸어도 받지 않고 받아도 말없이 있다 끊으니까. 학교 근처 친구 집에 있는다 해서 계좌로 60만 원씩 부쳐줬어요."

"옷가지나 책 같은 건 어떻게 가져갔나요?"

"사 입고 사 보면 되니까. 그래서 실종신고도 늦어진 거예요. 일요일까지도 민기가 기숙사에 복귀 안 한 걸 몰랐어요. 출석 문자 확인도 안 해봤고요. 월요일 오전에 연락 받고 신고한 거예요."

"민기는 어떤 아이였죠?"

수진은 작업에 들어가기 전에 꼭 이 질문을 던졌다. 상황에 따라 도움이 되었다. 주희는 허공을 보며 말했다.

"공부 시킨다고 제가 힘들게 했어요. 애 아빠도 저한테 진저리 칠 정도로. 애가 겉도는 것도 제 탓이에요. 초등학교, 중학교 시험 보기 한 달 전에는 매일 회초리 들고 새벽 3시까지 책상 앞에 앉혀두기도 했죠. 중학교 가서 폭력사건에 잠깐 휘말렸지만 그때도 전교 5등 안에는 반드시 들었어요. 그런데 고등학교 기숙사에 들어가자마자 애가 집에 안 들어오더라고요. 결국 이혼하고 이 집에 혼자 살았어요. 형사님이 간만에 방문하시는 분이에요."

주희는 씁쓸한 표정으로 말을 마치고 부엌으로 향했다.

수진은 심호흡을 하고 천천히 라텍스 장갑을 꼈다. 채취용 붓에 분말을 묻혀서 벽지에 도포했다. 문 옆 스위치를 감싼 벽지에서 부분 지문이 나왔지만 뭉개져 있었다. 수진은 고배율 카메라를 들어 촬영했다. 전사테이프를 부드럽게 문질러 붙였다가 조심스럽게 떼었다. 오른손의 중지 지문 반쪽이 나왔다.

책상을 살펴봤다. 유리를 걸레로 깨끗하게 닦은 흔적이 보였다. 법광원을 들어서 책상 유리를 살펴보았지만 지문이 나타나지는 않았다. 이번에는 책장에 꽂힌 책 중에 법과학 책을 뽑아서 살펴봤다. 책 페이지가 너덜너덜하고 시커멓게 변했을 정도로 닳아 있었다.

수진은 책 중간을 펴들었다. 손으로 건드린 흔적이 보였다. 주름이 잡힌 페이지 가장자리를 붙잡고 닌히드린 용액을 분무했다. 용액을 충분히 도포한 후 2분간 용액이 마르길 기다리며 자그마한 전기다리미를 콘센트에 연결했다. 닌히드린 용액이 묻은 종이에 대고 다리미로 열을 가하면 유류지문을 건질 수 있다.

수진은 다리미가 가열되기를 기다리는 동안 잠시 한숨을 내쉬었다. 동생 현규는 아직도 연락이 되지 않고 있다. 벌써 3년째다. 전화도 해지했고, 새로 전화를 산 흔적도 없다. 수진이 경찰청 내부통신망을 통해서 실종신고 수사 결과를 알아보고 있지만 진척상황은 거의 없다. 단순 가출로 신고되어 있을 뿐이었다.

수진은 현규가 불법 다단계업체에서 얻어준 쪽방에서 학생들 20여 명과 바글바글 생활하고 있는지 전혀 몰랐다. 기숙사를 나가서 친구와 자취를 하는 줄로만 알았다.

현규는 늘 돈이 부족해 수진이 돈을 부쳐주기도 했다. 일은 수진이 경찰대 졸업 후 강동경찰서에서 근무한 지 2년이 넘었을 무렵에 터졌다. 친척들도 모자라 친구들에게까지 5천만 원 넘게 빚을 지고 있었고, 일부분을 어머니가 갚고 있었다. 아버지와 수진이 마천동 쪽방을 찾았을 때에는 이미 경찰들이 덮치고 난 후였다.

현규는 학교도 가족 몰래 1년 넘게 휴학 중이었다.

"너무 곱게 키워서 그런가. 아들 녀석 예쁘다고 기집애처럼 키워놨더니만 남의 말에 귀가 팔랑거려서 이렇게 인생 종친 게지. 쯔쯔."

명절날 친척들이 모인 자리에서 큰아버지는 대뜸 이렇게 말했고, 수진의 가족은 고개를 들 수 없었다. 큰댁 사촌형에게서 2천이 넘는 돈을 현규가 가져다 써버린 상태였다. 수진은 지금도 월급에서 일정액을 현규의 빚을 갚는 데 보내고 있었다. 실종 3년째 연락도 없고 집에 온 적도 없었다.

수진은 가끔 가슴을 콱 막히게 하는 악몽을 꿀 때가 있었다.

한강에서 발견된 변사자의 지문을 뜨러 간다. 얼굴이 뭉개진 시신의 손가락을 실리콘에 찍어 조심스레 떠서 지문검색시스템에 입력한다.

사망자 이름 이현규.

수진은 식겁하면서 깨어났다. 부모님 집 현규의 방은 그대로 멈춰 있었다. 잘 개켜진 옷, 가지런한 책들. 현규가 친구한테 맡겨 놓았던 짐을 찾아다 방에 부려놓았다. 수진은 현규의 얼굴이 새겨진 전단을 가지고 올라왔다. 전단지를 박스째 보관 중이었다.

수진은 가끔 박스에서 전단지를 꺼내 살펴봤다. 이현규, 나이 실종 당시 24세, 현재 27세. 대학교 시절의 현규가 활짝 웃고 있다. 얼굴이 낯설게 느껴진다.

주민센터에 전입한 흔적이 있는지 실종신고센터에 주기적으로 전화를 했다. 날이 유독 춥거나 더운 날에는 걱정이 되었다. 변사자 시신 지문을 뜨러 나갈 때마다 현규가 떠올랐다.

잠깐 상념에 빠져 있던 수진이 정신을 차려 다리미를 들어서 열기를 확인했다. 수진은 닌히드린 용액을 분무한 종이에 대봤다. 2분여 후, 보라색의 선연한 색깔이 드러나면서 지문이 예쁘게 모습을 드러냈다. 오른손 집게와 엄지 지문이 거의 완벽하게 검출되었다. 손가락의 땀이나 피지에서 검출되는 아미노산이 닌히드린 분자와 반응하여 나타나는 루헤만 퍼플(Ruhemann's Purple)색은 언제 보아도 황홀했다. 수진의 일은 이 보라색을 보기 위해 존재하는 것이었다.

마침 음료수와 과일 등을 내온 주희에게 수진이 물었다.

"어머님, 이 책 몇 권만 빌려주세요. 국과수에 넘겨서 유전자 검출되는지 보려고요."

"그렇게 하세요."

"그리고 화장실에서 민기가 쓰던 칫솔과 빗 좀 가져갈 수 있을까요?"

주희는 고개를 저었다.

"기숙사 들어가면서부터 자기 칫솔이나 빗, 속옷 같은 거 모조리 학교에 뒀어요."

수진이 잠시 생각하다 물었다.

"그럼, 민기 옷 몇 장 주세요. 최근 걸로요. 어머니 머리카락도 대조 검사 할 수 있게 몇 가닥 채취할게요. 구강 세포도요."

주희가 잠깐 쓸쓸한 표정을 지었다.

"친자 확인하시려는 거라면 안 하셔도 돼요."

"네?"

수진이 유전자 채취 키트를 꺼내다가 갸웃거렸다.

"남편이 민기가 자기 아들이 아니라고 오해를 한 적이 있어서요. 제가 오래전에 남편과 갈등하다 나가서 살았던 적이 있거든요. 그 후에 임신하고 민기를 낳았는데, 하여간 검사도 받아보고 그랬어요."

"네."

"민기는 어릴 때라 그 일은 잘 몰라요. ……설마 그 일 때문에 가출한 건 아니겠죠?"

"형사들이 다각도로 조사하니까 걱정 마세요. 어머니와 대조

하려는 거니까 협조 부탁드려요."

주희는 말없이 고개를 끄덕대다가 옷장 문을 열고서 티셔츠와 셔츠 등을 꺼내주었다. 주희는 핏기 없는 건조한 목소리로 물었다.

"아들, 공부 잘 하라고 손찌검한 것 때문에 이러는 걸까요? 말을 안 들어서 가둔 적도 있었어요. 그것 때문일까요?"

"네?"

머리카락을 뒤적거리며 모근을 채취하려던 수진이 고개를 들어 주희를 봤다.

"……아니에요."

주희는 파리한 얼굴로 덧붙였다. 주희가 입을 벌리자 수진은 면봉으로 구강 세포를 채취해 증거물 봉투에 넣었다.

"혹시 우리 민기 찾는 데 도움이 될지도 모르겠어요. 학교폭력사건 이후로 소아정신과 다니면서 도움받은 선생님이세요."

주희는 주머니에서 명함 한 장을 꺼내 건넸다.

"네, 수사에 참고하겠습니다."

수진은 책들을 종이봉투에 넣은 후 현관문으로 향했다. 배웅하는 주희가 한숨을 쉬더니 울먹였다.

"형사님, 우리 민기 살, 살아는 있겠죠……?"

수진은 장비를 잠시 내려놓고 몸을 돌려 주희를 안아주었다.

"그럼요, 걱정 마세요. 저희들이 찾아서 데리고 올게요."

주희의 흐느끼는 소리가 울렸다.

수진은 경찰차를 타고 민기가 사는 아파트 단지를 벗어나 훈정의 집이 있는 성나동으로 향했다. 민기의 집에서 차로 10여 분 정도 걸리는 가까운 곳이었다. 내비게이션에 주소를 쳤지만 찾기가 힘들었다. '목적지 근방입니다'라는 안내음성이 나왔지만 미로처럼 얽힌 골목들과 그 끝으로 재래시장이 보일 뿐이었다.

오전 중에 훈정의 할머니 이복순과 통화했을 때는 분명 오후에 집에 있겠다고 했었다. 이복순은 오전 중에는 폐지를 주우러 다닌다고 한다.

전봇대 위에 붙은 길 안내판을 유심히 올려다봤다. 골목과 시장이 엇갈리는 부분이 보였다. 수진은 차를 인근 유료 주차장에 세워두고서 도구들을 들고 골목으로 발을 들여놓았다. 폐지들이 잔뜩 쌓여 있고 리어카가 서 있는 곳에 일주빌라라는 명패가 붙어 있었다.

붉은 벽돌로 마감한, 지은 지 족히 30년은 되어 보이는 4층짜리 빌라였다. 주차장으로 쓰이는 마당 옆으로 지하 방의 창문들이 보였다. 녹슨 창살 안쪽으로 창문이 열려 있었다. 수진은 몸을 숙여서 창가에 입을 대고 소리를 냈다.

"이복순 할머니, 계세요? 오전에 전화 드린 이수진 형사입니다."

창틈으로 낮고 힘없는 목소리가 비집고 나왔다.

"들어와, 문 열려 있응께."

수진은 계단으로 내려갔다. 어두운 계단 아래 문 하나가 있고 그 앞으로 폐지와 고철이 쌓여 있었다. 수진은 신문지 더미를 치우고 열린 문으로 몸을 밀어 넣었다. 거실에 햇살이 들지 않아 어두컴컴했고, 냄비나 부엌용품으로 발 디딜 곳이 없었다.

"여, 여기루 들어와."

비실거리는 목소리가 들렸다. 어둠 속을 자세히 보니 고물들 사이에 자리를 펴고 누운 백발의 자그마한 할머니가 보였다. 수진은 무릎을 굽히고 다가가 물었다.

"훈정이 할머니 되시죠? 몸은 괜찮으세요?"

"괜찮여. 관절이 아파 잠시 누워 있응께. 오늘은 쉬려구."

"식사는 하셨어요?"

"오전에도 구청에서 도시락 주고 갔응께 걱정 말여."

수진은 개봉도 안 한 도시락 가방을 보고 걱정이 앞섰다.

"일어나보세요. 식사 좀 하셔야죠."

"아, 아냐. 하던 일혀. 안 먹힝께."

수진은 도구를 꺼내 낮은 책장에서 책을 꺼내서 채취를 시도했다. 이복순이 마른기침을 끊임없이 했다. 수진은 신경이 쓰여 잠시 붓을 내려놓고 바싹 다가가 앉았다.

"어디 불편하신 데 있으세요?"

"아냐, 만날 이런디. 것보담 훈정이 연락 온 것 있소?"

수진은 고개를 저으면서 이복순의 손을 잡아주었다. 얼음장처럼 차가웠다.

"아직은 안 들어왔지만 곧 찾을 수 있을 것 같아요."

"어데 가서 한 달 넘게 안 들어오는지, 원……. 콜록콜록콜록."

"훈정이 어디에서 지내는지 짐작 가는 데는 없으세요?"

"없어."

이복순이 힘없이 대답했다.

"다만…… 못내 걸리는 것이…… 중학교 3학년 때 전학 가고 속상했을 텐데, 내가 거 뭐다냐 치료도 제때 못 해준 거이, 그거이 걸리네."

"네?"

"알잖여. 훈정이 말 한 마디 안 혔어. 지가 워땀시 때렸는지 욕혔는지. 그때 학교 상담 선상님은 훈정이도 정신과 치료받으라고 했는디, 훈정이가 일 다니고, 나도 병원 멀고 혀서 그냥 뒀지. 그거시 걸링께."

수진은 울컥했다. 엄마가 하던 말과 하나도 다르지 않았다.

'현규 나간 거 내 탓이지? 내가 용돈도 넉넉히 못 주고, 신경도 못 쓰고 그러다 친구들 꼬임에 빠지고 빗지게 된 거야. 다 내 잘못이다, 수진아.'

'아니야, 엄마. 엄마 탓이 아니야. 그냥 그렇게 돼버린 거야.'

수진은 정신을 차리고 앉아서 훈정의 물건을 훑었다. 지문을 뜰 만한 책은 따로 뒀다. 화장실로 가서 칫솔을 들고 큰 소리로 물었다.

"여기 훈정이가 쓰던 칫솔 무슨 색인가요?"

"다 가져가. 난 소금으로 혀."

수진은 칫솔 통에 든 녹색과 하얀색의 칫솔을 빼서 봉투에 넣었다. 이제 훈정이 보던 책에 닌히드린 용액을 분무하고 다리미로 다리면 환상적인 보라색이 나올 것이다.

성호는 오전 중에 한남기와 인터뷰가 잘 안 됐다는 것을 심재연에게 보고하려 했지만 심재연이 외근을 나가서 일단 보류했다. 다음 주까지 과학수사센터 주최로 여름에 열릴 범죄심리세미나에 관한 예산 결재를 올려야 했다. 일에 한창 열중하고 있는데 휴대폰이 울렸다.

"김성호! 지금 후문 커피숍으로 나와!"

심재연의 목소리는 딱딱했다. 성호는 어이가 없었다. 오전은 정신없이 바쁜 때인데 밖으로 나오라는 이야기는 싸우자는 소리였다. 성호는 재킷을 움켜쥐고 과학수사센터 사무실을 나갔다.

지하 커피숍에 심재연이 있었다. 색색들이 열대어들이 유유히 헤엄치는 대형 어항 앞에 앉은 심재연은 경찰 정복에 계급장을 달고 담배를 한 대 피우고 있었다. 짙은 화장에 속눈썹까지 붙인 것을 보니 신경깨나 쓴 것 같았다. 오전 중에 범죄관련 TV

프로그램에 자문으로 출연하러 갔다고 들었다.

심재연은 두어 모금 빠는 것 같더니 담배를 재떨이에 껐다. 성호가 다가가 앉았다. 심재연이 눈을 크게 치켜떴다.

"내가 지금 무슨 연락 받았는지 알아? 한남기가 앞으로 모든 인터뷰 거절하겠대."

"그럼 안 됩니까?"

성호의 강한 말투에 심재연이 정색을 했다.

"한남기 사건, 경찰청 주관 범죄심리세미나에서 과학수사센터 대표로 발표하는 거 몰라서 이래?"

"주임님, 정말 왜 이렇게 몰아붙이는 겁니까? 안 하면 안 됩니까?"

성호의 재차 반격에 심재연은 왼쪽 입꼬리를 살짝 들어 올렸다.

"난 이 케이스를 화이트칼라 소시오패스라는 관점으로 연구를 살짝 틀고 싶은데."

성호는 화가 와락 치밀었다.

"뭐라고요?"

차분하게 심재연이 목소리를 냈다.

"공무원이나 교사, 회사 CEO 중에도 적지 않은 수의 소시오패스가 근무를 한다는 헤어 박사의 논문 당연히 읽었겠지. 그중 상당수가 횡령, 사기 등의 지능범죄에 죄책감이 없지. 그런 것도 관련해 연구를 확장시켜보려고."

성호도 지지 않고 맞받아쳤다.

"그래서, 내가 연구 대상이란 말씀입니까?"

심재연이 흔들림 없는 표정으로 이어서 말했다.

"처음 널 봤을 때 마음에 들었어. 프로파일러들이 범죄자의 불우한 환경 이야기에 감정이입할 때, 너는 꿈쩍도 안 했거든. 그건 너와 나의 공통점이야. 근데 근원적인 차이가 있지. 원래부터 괴물의 심정을 가지고 있던 자와, 분석 관점으로 이성적으로 들여다보는 자."

성호가 소리쳤다.

"말 다했어?"

"그래, 난 끝났어. 넌 커피 시켜 먹고 가!"

심재연은 주문을 받으러 오기도 전에 일어나서 나갔다.

성호는 심재연의 뒤를 따라갔다. 그녀는 경찰청 부근 담벼락에 세워둔 은색 그랜저 승용차에 올라탔다. 그 순간 성호는 뛰어가서 심재연의 손목을 잡아 운전석 밖으로 빼냈다. 그리고 뒷좌석 문을 열고 심재연을 와락 밀어뜨렸다. 성호는 두 손으로 목을 조르며 씩씩댔다.

"이렇게 해야 속이 시원하겠어?"

성호의 두 눈이 뒤집히면서 두 손에 힘이 들어가자 심재연의 눈이 한순간 불안으로 떨렸다. 하지만 이내 그녀는 무릎으로 성호의 명치를 가격했다. 성호가 고통에 자지러지며 차 밖으로 떨어져 나갔다. 심재연이 몸을 일으키며 코웃음을 쳤다.

"까불지 마. 아무리 그래봤자 넌 경찰이야. 시키는 일이나 똑바로 해!"

심재연은 아무 일도 없었다는 듯 올라간 스커트 자락을 내리고 운전석에 올라타서 액셀러레이터를 밟았다. 차는 성호의 앞으로 거칠게 돌진했다. 놀란 성호가 주저앉자 심재연은 웃는 얼굴로 골목을 빠져나갔다.

성호는 오만상을 찌푸렸다. 그때 휴대폰 수신음이 울렸다. 심재연이었다.

"강동경찰서에서 몽타주 작성과 CCTV 분석 건으로 과학수사센터에 지원 요청했다는데 망신시키지 말고 일 잘해주고 와. 김성호가 이성을 잃은 모습을 보다니, 아주 유쾌했어!"

할 말만 하고 딱 끊는 게 그녀다웠다. 하지만 성호는 방금 전 육박전에서 그녀가 불안한 눈빛을 보였던 것을 잊지 않았다. 기분이 나쁘지 않았다.

강동경찰서 본관 과학수사팀 사무실에서 수진은 국립과학수사연구원에 보낼 감정 자료들을 포장하고 있었다. 스티커에 발견일시와, 사건 번호, 내용물, 사건 담당자의 계급, 성명 및 관서명 등을 써 붙이고, 감정의뢰서를 동봉한 후에 '과학수사'라고 적힌 하늘색 상자에 담아서 마무리 지었다.

수진은 민기의 집에서 가지고 온 책 등에서 유전자가 검출되는지 면밀한 감식을 의뢰했다. 이외 준성의 손 등에서 발견된 미세섬유 감식을 의뢰했다. 그때 뒤에서 인기척이 들렸다.

주영이 가슴에 종이 파일을 품고 들어왔다. 수진은 별다른 말 없이 작업에 열중했다.

"강태양 형사님 이리로 오셨다고 들어서요."

"잠깐 들렀다 다시 나가셨어요."

"아, 네."

주영은 수진의 책상 위에 놓인 지문을 확대하는 현미경, 가변광선기, 여러 가지 시약들과 용액들, 지문 도출용 분말들을 눈으로 훑었다. 그러고 나서 수진의 옆에 놓인 등받이 없는 의자에 앉았다.

"주임님 동생분 말씀인데요."

상자를 포장하던 수진의 손이 딱 멈췄다. 무표정하던 이마에 주름이 잡혔다. 수진은 주영을 쏘아봤다.

"무슨 말씀하시려구요."

주영은 파일을 내려놓고 황급히 두 손을 내저었다.

"아, 아뇨. 그렇게 심각한 얘기 아니에요. 우연찮게 청소년선도위원회분께 들었어요."

"우리 관할 아니고, 가족들도 잠적한 거라고 생각해요. 걱정 마세요."

수진은 타들어가는 속내와는 다른 말을 내뱉었다.

"그렇다면 괜찮기는 한데, 제가 개인적으로 도움을 드릴 수 있을 것 같아서요. 혹시 동생분이 사용하는 SNS 계정 같은 거 알고 계시면……."

수진은 잠시 목이 메었다.

"괜찮아요. 3년 전에 동생이 트위터를 조금 했었지만 지금은 그것도 안 해요."

수진은 말을 꺼내놓고 잠시 속으로 생각했다.

'대체 뭘 원하는 것인가. 찾고 싶은 건가, 찾고 싶지 않은 건가.'

"트위터가 아주 잠자고 있다고 생각하지 마세요."

주영은 빙글 웃으며 말을 이어나갔다.

"보통은 SNS를 하던 사람들은 지속적으로 자신의 근황을 올리고 싶어 하죠. 만약에 현규 씨가……."

수진은 '현규'라는 이름이 나오자 놀라면서 주영을 쏘아봤다. 주영은 미안한 얼굴로 미소를 지었다.

"아, 죄송해요. 경찰청 데이터베이스 실종자 검색에 들어가서 잠깐 봤어요. 하여간 트위터에 올렸다 지운 글을 복원해내는 사이트가 있어요."

"네?"

"폴리트웁스라고 네덜란드의 비영리재단이 만든 사이트인데 썼다 지운 트윗을 수집해서 실시간으로 공개해줘요. 현규 씨 트위터 주소를 알려주시면 제가 등록을 시켜놓고 지워진 트윗이 있나 알아볼게요."

수진은 미간을 찌푸린 채 잠시 생각해보다 말했다.

"저어……. 그, 그렇게 해주시면…… 감사하겠습니다. 시간이 나신다면요."

목이 메어 목소리를 쥐어짜냈다. 주영이 환하게 웃으며 수진의 손을 붙잡았다.

"그렇게 어려운 일 아니에요. 걱정 마세요."

주영의 손은 따뜻한 온기를 전해왔다.

"아차차, 강 형사님 빨리 만나야 하는데. 이만 가볼게요. 트위터 주소는 제 이메일로 보내주세요."

주영은 명함을 수진의 책상 위에 놓고 나갔다. 수진은 주영이 나가고 난 후에도 거듭 고개를 숙였다.

저녁 6시 강동경찰서 본관 1층 강력범죄수사팀 사무실에서 이번 사건에 관한 회의가 열리고 있었다. 형사과장 조동식이 상석에 앉은 가운데, 민찬이 브리핑을 하고 태양이 준비한 자료를 돌렸다. 과학수사팀장 차용근이 조동식 과장 오른쪽에 자리 잡고, 그 옆에 수진이 앉았다.

조동식 과장 왼편으로는 경찰청 파견으로 참석한 성호가 앉아 있었다. 성호는 날카로운 눈빛으로 설명을 듣고 있었다.

"현재, 이서연의 집에서 냉장고를 사 간 남자 중 한 명이 CCTV에 잡혀서 분석 중입니다. 마스크 때문에 얼굴은 자세히 보이지 않지만 이서연 씨한테 휴대폰 사진으로 확인해본 바로는 냉장고를 사 간 사람과 거의 비슷하다고 합니다. 조금 있다 이서연 씨가 경찰서 오면 확인을 해볼 겁니다. 그 남자가 전화한 휴대폰 번호는 임대폰으로, 안준성 아버지의 주민등록증 사본으로 빌렸습니다. 천호동 로데오 거리에 있는 대리점으로, 점내 CCTV를 확인해본 바로 5월 3일 금요일 저녁 7시경에 안준성이 휴대폰을 빌리는 모습이 포착됐습니다."

설명 자료에 CCTV 화면 속 준성의 모습이 보였다. 여리게 생긴 준성의 옆모습이 카메라 렌즈에 잡혀 있었다.

"가출했다면서 임대폰 값은 어떻게 지불한 거지?"

태양이 조동식 과장의 질문에 답했다.

"현금 카드가 있었고 부모들이 주기적으로 돈을 부쳐줬습니다. 로데오 거리나 일성동, 고이동 등지 은행에서 출금을 했고, 마지막으로 5월 10일에 40만원을 출금했습니다."

민찬이 이어 말했다.

"성선중학교 3학년 당시 학교폭력사건으로 갈등을 일으킨 고 안준성, 박훈정, 그리고 김민기를 중점적으로 조사하고 김성호 형사님과 몽타주 작성 및 특정인 확인을 위해 공조할 예정입니다."

"부검 결과는 어떻게 나왔지?"

과장이 질문을 던졌다. 민찬이 부검감정서를 들추며 읽어나갔다.

"뇌의 하측두구에서 시작된 골절이 출혈을 야기했고 중뇌막 동맥을 파열시킨 것이 주요 사망 원인입니다."

조동식 과장이 차용근을 보고 말했다.

"팀장님, 진행 상황 보고하세요."

차용근이 서글서글하게 웃으면서 일어났다.

"비가 와서 대다수 족적이 뭉개졌고 채취한 족적들은 확인 결과 형사들의 보급품이나 구급대원 안전화였습니다. 그리고 용달차가 냉장고를 싣고 왔다는 가정하에 산에서 내려가는 길의 2차선 도로를 면밀히 살펴보았는데, 너무 많은 족적으로 채취 불가능합니다. 산책로여서 여러 사람이 지나다녔죠. 냉장고 안에서 발견된 안준성의 배와 손톱에서도 동종의 폴리에스테르 섬유가 나온 것으로 보아 가해자 옷일 확률도 높습니다. 현재 국과수에 보냈고 일부는 시료 보관 중입니다. 그리고 이 주임이 뜬 지문은 이서연이라고 냉장고 주인의 것으로 나왔습니다. 산길에서 장갑 한쪽이 발견됐죠. 마트에서 파는 흔한 것이지만 국과수에서 장갑 안쪽 DNA를 추출해 박훈정, 김민기의 유전자 증거들과 대조 분석 중입니다. 이수진 주임이 김민기, 박훈정 집에서 지문을 확보한 상태입니다. 머리카락을 수거해 오려 했지만 김민기는 집에 거의 들어오지 않았고, 박훈정도 4월에 가출한 상태라 여의치 않아서 가족의 머리카락 등과 박훈정의 칫솔을 수거했습니다. 이것으로 설명을 마치겠습니다."

차용근이 숨을 내뱉고 자리에 앉자 조동식이 고개를 끄덕였다.

"과학수사팀 수고 많이 하셨습니다. 앞으로 수사 과정은요? 서 팀장님."

민찬이 말을 이어받았다.

"일단 저녁에 김성호 형사님과 이서연 씨와 함께 편의점 CCTV에 찍힌 인물을 살펴볼 것이고, 안준성의 임대폰 통화내역조회서 영장을 발부받아서 조회를 해볼 예정입니다. 기숙사에서 확보된 김민기의 휴대폰은 번호 몇 건은 조회를 해보았는데 서점 직원이나, 가족입니다. 그리고 박훈정의 휴대폰은 영장이 오늘 중에 떨어질 것 같습니다. 인터넷 관련 영장이 떨어지면 세 학생의 SNS 계정과 이메일 등을 열어보고 지워진 게 있으면 사이버수사팀에 복원 요청할 예정입니다. 이외 유미아파트, 재선고등학교 주변 등지의 CCTV와 주차된 차량의 블랙박스 영상을 임의제출 형식으로 받아 동선을 파악할 예정입니다. 그리고 김민기가 다니던 소아정신과 의사 명함을 과학수사팀에게서 넘겨받아 면담을 요청했습니다."

민찬은 말을 마쳤다. 사무실 문이 벌컥 열리면서 순경이 다급하게 들어와 조동식에게 보고를 했다. 조동식은 보고를 받자마자 목소리를 높였다.

"이거 경찰청에서 못 막아준 겁니까? 보도지침은 일단 비공개로 하기로 했잖아요?"

조동식이 성호를 노려봤다.

"저와는 상관없는 일이잖습니까."

"지금 포털 사이트에 메인 뉴스로 재선고 뒷산에서 발견된 냉장고에서 남학생 시신 나왔다 떴는데 어떻게들 수사할 겁니까!"

모두 깜짝 놀라서 휴대폰을 빼 들었다. 성호도 뉴스를 읽어 내렸다.

강동구 재선고 뒷산에서 냉장고 속 시신 발견

5월 28일 오전 10시 30분경 강동구 재선고등학교 뒷산인 일자산 중턱에서 벌거벗은 시신이 든 냉장고가 발견, 산책하던 인근 주민이 신고했다. 경찰에 의하면 서울 모 중학교를 자퇴한 안 모 군(만 17세)으로, 경찰은 교우관계나 학교폭력 등을 고려하여 다각도로 수사를 하고 있지만 용의자 특정은 3일째 오리무중으로 단서 하나 찾지 못해 미제로 남을 가능성도 있는 것으로 보인다.

강동경찰서는 현재 휴대폰 기록과 SNS 기록, CCTV 자료를 통해 조사 중이며 무동기 범죄 등의 다양한 가능성을 열어놓고 있다.

남동후 기자 namdonghoo354@sunghan-ilbo.net

조동식이 화가 나서 책상 위에 휴대폰을 탁 하고 엎어놓았다.

"참나, 사건 발생 3일 만에 미제? 포털 메인에 뜬 살인사건은 경찰에게 가장 큰 압박을 주게 되어 있습니다. 일주일 이내로 해결 못 하면 다들 인사상 불이익은 물론 여론과 네티즌 질타 공세에 시달리게 되는 거 다 알고 있죠? 총력을 다해 일주일 이내에 해결합시다! 지금 김민기, 박훈정에 수사 집중돼 있지만 확실치 않아요. 이 시간부터 서장님 지시로 수사과에서 합류합니다. 서로 공조하고 정보 오픈하세요!"

조동식의 목소리가 쩌렁쩌렁 울렸다. 형사들의 고무된 표정을 지켜보던 성호는 네티즌의 반응이 궁금해 뉴스 댓글을 클릭해 추천순으로 정렬했다.

aus1513 5월 30일 18:43

이래서 사형은 필요하다. 학교폭력 피해자면 가해자는 무조건 사형을 바란다. 좋아요 100 싫어요 3

oceanblue113 5월 30일 18:55

죽은 학생의 교우관계나 학교 생활 등 다각도로 수사에 집중해주세요. 사건 수사가 늦어지면 늦어질수록 범인 잡기 힘들어요. 좋아요 75 싫어요 4

rukamo09 5월 30일 18:59

고인의 명복을 빕니다. 범인 잡아주세요. 좋아요 71 싫어요 0

이런 식으로 댓글들이 나열돼 있었다. 성호는 이번에 비추천 순으로 정렬해봤다.

erow222 5월 30일 19:01

사이코패스가 되고 싶어요. 좋아요 13 싫어요 111

성호는 사이코패스가 되고 싶다는 글에 달린 댓글을 읽었다. '미친 녀석', '니가 범인 아냐?', '초딩은 나가라' 등의 글들이 줄줄이 이어졌다. 마지막 댓글은 '냉장고 속에 넣어서 죽일 정도면 지독한 사이코패스에다가 사망 시각을 흐리게 하려는 의도가 보인다. 진정한 악인이다. 이 정도 수준이 될 수 있겠냐?'라고 적혀 있었다.

사회면의 강력사건에 달린 댓글들을 분석해보는 것도 때로는 사건 수사에 힌트를 준다. 성호는 마지막 댓글을 주목했다. 미드 〈CSI〉를 즐겨 보거나, 인터넷에서 조금만 찾아보면 영하에서는 시신의 부패가 일어나지 않는다는 정도는 쉽게 알게 된다. 성호는 현장 사진을 검토했다. 냉장고 속 준성의 시신을 보고 곰곰이 생각을 거듭했다.

'범인은 피해자가 죽자마자 냉장고 속에 집어넣은 것인가. 그래서 마침 중고 냉장고가 나온 걸 보고 사러 간 것일까. 그렇다면 5월 27일 냉장고 구매의사를 밝힌 저녁 5시가 사망 시각에 근접한 것일까.'

생각에 잠겨 있던 성호를 민찬이 깨웠다.

"몽타주 작성과 분석 갑시다. 강 형사가 준비하고 있습니다."

"네."

진술녹화실에는 옅은 베이지색 니트 카디건을 입은 서연이 앉아 있었다. 태양이 CCTV 영상 파일을 불러와서 서연에게 보여주었다. 편의점에서 생수 등을 사는 마스크를 쓴 남자의 얼굴 부분을 크게 확대했다.

"이 남자가 냉장고를 사 간 남자가 맞는지 확인 좀 해주세요."

서연은 고개를 갸웃했다.

"인상착의는 굉장히 비슷해요. 옷차림이나 모자 쓴 것도 그렇고. 마스크로 얼굴을 가려 확실한 건 아니지만……."

"처음 진술에서 키가 큰 남자와 키가 작은 남자라고 하셨는데, 편의점 남자는 어느 쪽 같습니까."

태양이 슬금슬금 유도질문을 던져봤다.

"글쎄요."

서연이 머뭇거렸다.

"제가 몽타주 진행을 도와드려도 괜찮겠습니까?"

성호가 앞으로 나섰고, 민찬은 눈짓으로 태양에게 지시했다. 민찬과 태양이 나가고 서연과 성호만 남게 되었다.

"저는 과학수사센터에서 나온 김성호 형사라고 합니다. 불편하신 데는 없습니까?"

"괜찮아요."

"차 드릴까요?"

"아뇨."

"민기와 훈정이라는, 학교폭력과 관계된 학생들이 냉장고를 가지러 왔는지 의심되기에 혼란스럽죠."

서연은 불안한 눈빛으로 끄덕였다.

"기억에서 그들을 분리해내세요. 처음 보는 남자들이 냉장고를 운반했다고 생각하는 겁니다. 이제부터 제 말대로 생각을 정리하세요. 아예 편의점 남자를 머릿속에서 지웁니다. 그리고 5월 27일 월요일 저녁 8시에 냉장고를 가지러 온 남자를 떠올려보세요. 눈을 감아도 좋고, 생각에 잠겨도 좋아요."

서연이 머뭇거리면서 눈을 살며시 감는데, 성호는 휴대폰으로 명상음악을 틀었다.

"편안하게 떠올려보세요."

피아노 선율이 귀를 차분하게 간질이는 가운데 서연은 5분여가량 눈을 감고 있었다. 그동안 성호는 관련 서류를 훑었다.

잠시 후 서연이 조심스레 입을 떼었다.

"키 큰 남자가 모자, 노란 조끼, 그리고 회색 티셔츠, 청바지를 입었고 비슷하게 차려입은 키 작은 남자가 운전석에서 내렸어요. 키가 큰 남자가 냉장고 윗부분을 잡고, 작은 남자가 아래 부분을 잡고 차에 실었어요. 운전석에는 작은 남자가 보조석에는 키 큰 남자가 앉았어요."

"돈은 누가 건넸나요?"

"키 작은 쪽이 5만 원권으로 주었어요."

"몇 장이었죠?"

"정확하게 여섯 장. 아니, 키 큰 남자가 줬던 것 같아요."

"돈을 줄 때는 반드시 지척에서 손으로 건네야 하잖아요. 분명 서연 씨는 가까이 계셨어요. 모자나 조끼에 쓰여 있는 글자는 없던가요? 문양도 좋습니다. 장갑은 끼고 있던가요?"

서연은 성호를 봤다.

"장갑은 둘 다 끼고 있었던 것 같아요. 키 큰 남자는 모자에 NY라고 뉴욕 마크가 있었어요."

성호는 실망했다. 길거리에서 파는 모자 중에서도 가장 흔한 로고였다.

"근데 그 조끼 왼쪽 가슴 주머니에 아로아 공판장이라고 쓰여 있었어요."

성호는 특정 단서에 집중했다.

"공판장이라면 슈퍼마켓, 뭐 그런 걸까요?"

"아마도요."

"그럼 이제 조끼 부분의 가슴 주머니를 확대해볼게요. 서연 씨가 보신 것과 흡사한지 봅시다."

성호는 마우스로 CCTV 화면의 조끼 왼쪽 가슴 주머니를 확대했다. 화면 가득 들어오는 주머니에 '아로아 공판장'이라고 흘림체로 수가 놓여 있었다.

"어, 저한테서 냉장고 사 간 사람들 맞는 거 같아요. 그리고 이 남자는 키가 큰 쪽 같아요."

"왜 그렇게 생각하죠?"

"그, 그냥 길게 내민 팔이 그 남자 같아요."

"좋습니다. 냉장고를 옮기거나 할 때 키 큰 남자가 어떻게 걸었는지 생각나시나요?"

"글쎄요."

"기억을 잘 떠올려보세요."

성호는 따뜻한 눈빛으로 서연을 마주하고 부탁했다.

"잘 생각 안 나시면 먼저 이 편의점에 들른 남자와 비교를 해봅시다. 강태양 형사의 사전조사에 의하면 편의점 직원 키가 180센티미터 정도 된답니다. 키가 엇비슷하게 맞춰지는 것으로 봐서 키가 큰 남자 쪽일 거라고 추측하고 있습니다. 서연 씨 생각이 맞는 거죠."

서연은 남자가 편의점에서 물건을 사 들고 나가는 모습을 유심히 봤다.

"맞아요! 냉장고 실을 때 키 큰 남자가 다리를 불편해했어요."

"좋습니다. 다시 볼까요?"

성호가 CCTV에서 남자가 몸을 돌려 나가는 장면을 몇 번이고 돌렸다. 그리고 남자가 편의점 문을 빠져나갈 때까지 지켜봤다.

"오른발 각도가 약간 틀어져 있네요. 발목이 접질렸을 때 부상이 다 낫지 않으면 대략 오른쪽 다리에 힘이 덜 들어가서 절뚝거리죠. 서연 씨 말씀이 맞아요. 수사에 도움이 될 것 같네요."

성호는 서연에게서 인상착의에 관한 자세한 설명을 더 들었다.

서연을 집으로 돌려보내고 성호는 강력팀 사무실에서 민찬, 태양과 함께 햄버거를 먹으며 의논을 했다. 그들은 사무실 벽에 붙은 강동구 관내 지도를 유심히 살피면서 의견을 나눴다.

"아로아 공판장은 성나동에 있는 중소 마트인데, 여기 지도에서 성나동 보이시죠? 냉장고를 가져간 일성동 유미아파트에서 가깝습니다. 바로 옆 동네죠. 이곳에서 박훈정이 올 2월부터 3월까지 두 달 가량 배달 일을 했다는 것을 확인했죠. 오토바이 타다가 발목을 다쳐서 쉬는 중이라고 했고, 조끼는 잘 모르겠다고 하더군요. 직원들에게 나눠준 것을 회수하는 게 확인이 안 된답니다. 창고에 여러 벌 걸어둔 걸 출근하면 아무나 입는 거라서요."

태양이 말을 마치자 민찬이 이었다.

"좋아요. 이제 박훈정에게 의심점이 하나 더 추가되는데, 김성호 형사님은 어떻게 생각하세요?"

성호는 햄버거를 내려놓고, 콜라를 한 모금 마셨다.

"안준성이 죽고 박훈정이 연루됐고 김민기마저 실종 상태라면, 정황증거는 충분합니다. 하지만 학교폭력 조사서 분량이 너무 적고, 피해자의 입장만 적혀 있죠. 당사자 진술이 생략돼 있고요. 강제전학 징계를 받았는데 재심도 없고 한 명은 전학을, 다른 한 명은 자퇴를 했다는 게 걸립니다."

"제가 사건 관련 학생부장 선생님과 통화했는데, 사건조사서 외의 일은 모르고, 가해 학생들이 입을 닫아서 학부모들도 정확하게 아이들 간의 일을 파악 못 했답니다. 다만, 폭력적 언사가 카톡으로 오갔고, 직접적 폭행이 있었다죠."

태양의 말에 성호가 고개를 저었다.

"가해자들이 자기변호를 전혀 안 하다니 이상하군요. 오늘 김민기 진료한 정신과 의사를 만나고 싶은데 가능할까요?"

"그럼 이렇게 합시다. 저는 휴대폰과 SNS 기록을 추적할 테니 강 형사가 김 형사님 모시고 다녀오도록 하죠."

이때 사무실에 주영이 떡볶이와 순대 등의 간식거리를 들고 들어섰다.

"안녕하세요. 김 형사님."

성호는 깜짝 놀라 일어났다.

"이 부장님."

"경찰청 과학수사센터에서 나온다 해서 혹시나 하고 와봤죠. 반가워요. 근데 벌써 드시고 계시네요. 여기 떡볶이 죽이는데요."

성호는 주영이 내미는 간식들을 맛봤다.

"제가 서 팀장님 도와 SNS 분석을 하려고요. 근데 지금 상황이 어떻게 진행되는 거죠?"

"강 형사님, CCTV 자료 잠깐 열어주세요."

태양은 컴퓨터 파일을 불러와 화면을 가리키며 말했다.

"유미아파트에서 냉장고를 싣고 가다 8시 23분에 아파트에서 500미터 떨어진 편의점에 들렀습니다. 지금 차량번호를 알아내려고 이 부근 도로가에 설치된 CCTV를 모두 확인 중입니다. 자, 보시죠. 여기 들어와서 편의점 자사 브랜드에서 만든 도시락을 세 개 집습니다. 뭔가 급한 듯이 망설임이 없죠."

성호가 끼어들었다.

"도시락이 세 개라……."

"손에는 장갑을 끼고 있어 지문은 없을 걸로 추정됩니다."

주영은 고개를 끄덕이며 열심히 메모를 했다.

"참, 팀장님. 그 왜, 청소년계에 김민기가 관련된 소년범죄 입건 기록이 있나 CIMS*를 뒤져봤는데 없었어요. 마빈이라는 아

* Crime Information Management System: 범죄정보관리시스템.

이는 저도 아는데 본명은 이민후고, 갠 세 번 정도 입건에 한 번은 검찰과 법원 송치된 적이 있고요."

성호가 날카로운 눈빛으로 민찬을 봤다.

"무슨 말씀이시죠?"

"로데오 거리에서 가출팸에 있는 마빈이라는 아이를 탐문했는데 민기가 가출 청소년들 범죄를 설계해준다는 말을 들어서요."

성호는 의아한 표정을 지었다. 민찬은 태양에게 차를 배정해 주고 함께 정신과에 다녀오라고 일렀다.

어느덧 사위가 어둑어둑해져 있었다. 9시에 가까운 시각이었다.

"경찰청에서 굵직한 사건들 수사에 많은 도움 주셨다고 들었습니다. 그리고 삼보섬에서 일어난 여성연쇄실종사건 수사에서 큰 활약을 하신 걸로 알고 있는데요. 주간파 사이트 살인사건이라고도 하죠?"

운전 중인 태양의 말에 성호는 약간 불편한 기색을 비쳤다.

"알고 계셨네요. 보통은 삼보섬경찰서 형사들이 해결한 것으로 아시던데요."

"《수사연구》* 애독자거든요. 거기서 김성호 형사님 인터뷰 봤

* 경찰 수사 분야의 실무 자료를 발굴, 공급하는 교양지의 일종.

어요. 승진 상황 아닌가요?"

성호는 태양의 말에 어색한 표정을 짓다 입매가 일그러졌다.

권여일의 만류가 없었다면 지금은 경찰이 아니었다. 내부 소문에 따르면 권여일이 승진해서 지방경찰청으로 가고 그 자리를 심재연이 물려받을 거라는 얘기가 있었다. 꽤 정확한 소식통을 통해 들었기 때문에 성호는 불편했다.

심재연이 계장이 된다면 더 이상 경찰청에 있을 수 없었다. 아마 지방으로 발령 나 과학수사팀에서 증거물 채취팀과 일하거나 지구대에서 현장 근무를 할지도 모른다.

어느 쪽이든 프로파일러로서의 생명은 끝나는 것이다. 성호는 긴장된 표정을 풀면서 웃었다.

"그러게 말입니다. 하지만 승진하기 쉽지 않잖아요. 나이는 먹어가고 승진은 안 되고 모든 경찰의 고민거리 아닌가요? 본청도 다르지 않습니다."

태양이 묵묵히 운전하면서 고개를 끄덕였다. 어느덧 차가 삼전동 사거리에서 좌회전해 대형 마트 쪽으로 진입해 들어갔다. 대형 마트 뒤쪽의 번화가 거리에서 베이지색 벽돌의 메디컬센터 건물을 찾는 것은 어렵지 않았다. 건물 머리 부분에 조영희 소아정신과 간판이 여타 병원 간판들과 같이 붙어 있었다. 차를 건물 주차장에 대고 엘리베이터를 타고 4층으로 올라갔다. 4층에는 소아정신과와 치과가 나란히 마주 보고 있었다. 성호는 태양과 함께 병원 문을 열고 들어갔다. 병원 안은 붉은빛을 내는 할로겐 등 하나가 켜 있는 것을 제외하고는 어두컴컴했다. 클래식 음악이 흘러나왔다.

"조영희 박사님."

태양이 나직하게 이름을 불렀다. 안쪽에 위치한 문 하나가 삐거덕 소리를 내면서 열리자 사무실에서 환한 불빛이 새어나왔다.

"들어오세요. 병원 불을 꺼놔야 환자분이 더 이상 들어오시지 않거든요. 좀 전에 야간 진료 끝났습니다."

성호는 원장실로 들어갔다.

짧은 단발머리에 작은 키, 뿔테 안경을 낀 조영희는 언뜻 30대로 보였지만 가까이에서 눈을 마주치니 훨씬 더 나이가 든 것 같았다. 눈빛에 다정한 연민이 깃들어 있었다.

"죄송합니다. 늦은 시각인데요."

태양이 맞은편에 앉으며 말했다.

"아니에요. 보라매병원 '경찰 마음동행센터'에서 추천한 경찰관들 상대로 약 처방을 도와준 적이 있어요. 잠시 동안 촉탁의로 일했는데 얼마나 많은 경찰들이 외상 후 스트레스 장애에 시달리는지 알게 됐죠. 그때부터 경찰에서 요청이 오면 꼭 응하리라 마음먹었어요."

"경찰 마음동행센터라뇨?"

태양이 물었다.

"구 경찰 트라우마센터요. 서울 지역 경찰관 중에 하루에 세 분씩 의무적으로 센터에 오게 하셔서 상담을 받죠. 진료 기록은 비공개로 하고, 인사 기록에도 남지 않아요."

태양이 어깨를 으쓱했다.

"저희도 힘들면 여기 와서 박사님께 상담 받으면 되겠네요."

조영희가 활짝 웃었다.

"언제든 환영입니다."

태양과 성호가 뒤늦게 명함을 건넸다.

"아로마 향초인가요?"

성호는 향긋한 냄새에 집중하면서 물었다.

"네. 민기는 이 향을 좋아했어요. 머리가 맑아진다고요. 환자들과의 상담에 앞서 집중력을 높이기 위해 향기 요법을 쓰죠. 민기한테 무슨 일이 있나요? 걱정되네요."

태양이 심각한 어조로 말했다.

"지난 주 금요일, 10시 넘어 학교에서 나간 후 현재 실종 상태입니다."

조영희가 잠깐 생각을 하다 물었다.

"학교폭력사건과 관련 있나요? 제가 그 당시 민기를 진료했죠."

"가해자 한 명은 사망 상태로 발견되었습니다. 벌거벗긴 시신으로 발견돼 타살이 의심됩니다."

태양의 말에 조영희는 눈을 감고 양미간에 주름을 지었다. 잠시 후 조영희가 진료 차트를 컴퓨터로 훑어 나갔다.

"민기가 중학교 3학년일 때 학교폭력 피해자로 보호자 전주희 씨와 내원했죠. 민기는 눈매가 야무지고 똑똑해 보여서 호감이 갔어요. 누나가 의대를 다녀 의사라면 익숙하다고 어머니께서 말씀하시더라고요. 진료 기록을 보면 10월 14일에 첫 내원해 매주 금요일 저녁에 1시간씩 면담과 상담심리 치료를 했어요. 진정제나 항우울제 등의 약물은 어머니께서 거부해 처방하지 않고요. 대신에 심리 치료를 한 달 넘게 했죠."

성호가 나직하게 물었다.

"저희가 진료 차트를 볼 수는 없을까요?"

조영희는 고개를 저었다.

"영장 없이는 안 됩니다. 환자와 의사 사이의 비밀이에요. 하지만 강력사건이라면 제가 답해드릴 수 있는 건 말씀드릴게요."

태양은 성호에게 눈짓을 보냈다. 프로파일러로서 역량을 발휘해달라는 심정이 깃든 눈빛이었다. 성호가 의자를 끌어 적극적으로 다가갔다.

"박사님 보시기에 김민기는 학교폭력 피해자로서 트라우마를 겪고 있었나요?"

조영희가 몸을 돌려 벽을 쳐다봤다. 조영희가 바라보는 벽에는 여러 가지 영화나 만화 캐릭터 피규어가 놓여 있었다. 성호는 잠시 과거에 놀이 치료를 받던 때를 떠올려봤다. 예나 지금이나 치료 과정은 거의 비슷해 보였다.

"얘기가 긴데. 민기는 좀 특별한 아이였어요. 굉장히 똑똑했는데 경찰이 되고 싶어 했지만 어머니는 의사를 희망했죠. 아버지는 뵌 적이 없어요. 어머니께서 부부 사이가 그다지 좋지 않다고 하셨죠. 지금은 별거나 이혼 상태가 아닐까 싶습니다."

태양이 조용히 끄덕였다.

"보통 아이들 상담하면서 보호자도 같이 하는데, 부부 사이에 골이 깊었어요."

"이유가 뭐죠?"

"뭐랄까, 항상 어머니는 민기를 의대 진학한 누나와 비교했고, 아버지는 그런 어머니를 못마땅해했다고 했어요."

성호는 진중하게 물었다.

"민기가 어머니에게서 공부에 대한 스트레스를 심하게 받았습니까?"

"네. 제가 보기에는 학교폭력 피해자로 받은 스트레스보다 그게 더 심했죠."

성호는 침묵했다.

"민기는 초등학교 6학년 때에 이미 고등학교 수학 과정을 뗐어요. 그런 아이인데도 틀릴 때마다 모욕적인 언사를 들었죠. 체벌이 있었고요. 민기는 그걸 싫어했어요. 하나 틀릴 때마다 회초리로 손바닥 열 대, 두 개 이상은 머리나 뺨을 손바닥으로 때렸고요. 영어유치원 때부터 이어져온 폭력인데, 민기의 어머니께 행동 교정을 요구했지만 어머니께서 치료를 중단했어요."

성호는 고개를 갸웃했다.

"그럼 민기에게는 모친에 대해 분노가 잠재돼 있다는 건데, 제가 훑어본 학교폭력조사서에서 민기는 일방적인 피해자입니다."

조영희가 고개를 끄덕했다.

"네. 게다가 민기는 그 사건에 대해 말하는 걸 꺼렸어요. 대신 부모에 대한 원망을 털어놓았죠. 엄마에 대한 분노와 아버지의 무관심에 대한 원망이 가득 차 있었죠. 언제라도 분노가 폭발할 수 있을 정도로."

성호가 생각에 잠겨 있다 입을 열었다.

"그 말씀은 민기가 도리어 학교폭력사건에서 가해자 역할을 했을지 모른다는 말씀입니까?"

조영희는 고개를 저었다.

"모르죠. 민기는 입을 다물었고, 동물을 죽이는 등의 품행장애는 내가 들어본 바로는 절대 없다고 했어요. 어머니도 동일하게 답했고요. 보통 아이들은 오염되지 않아 속내를 감추거나 하지는 않거든요. 그런데 가끔은 독특한 아이들이 있죠……."

조영희의 말투에 머뭇거림이 나타났다. 성호가 부드럽게 재촉했다.

"말씀해주시죠, 박사님."

"저도 확신은 못 하지만 민기는 엄마의 체벌이나 언어적 폭력의 근원적 원인을 알고 있다는 듯 늘 말했어요. '엄마는 저보다 더 괴로우니까요.' '엄마는 그럴 만도 하죠.' 이런 식으로 말을 했지만 자세히 얘기해주지 않았어요."

조영희의 얼굴에 안타까움이 묻어났다. 조영희는 오디오를 껐다.

"제가 좀 피곤해서요. 오늘은 이만 돌아가주시고, 다시 연락주세요. 죄송합니다."

성호와 태양은 조용히 목례를 하고 나오는데 조영희의 마지막 말이 그들을 잡아끌었다.

"민기는 나비의 애벌레처럼 변태 과정을 거치는 중일 겁니다."

"네?"

태양이 뒤돌아보며 물었다.

"청소년기에 아이들은 성장을 하는데, 완성체를 이루기 위해서 괴로운 과정을 거치죠. 고치 속에 틀어박혀서 성인 사회로의 진입을 미루고 스스로 변화해요. 민기는 그 과정에 있어요. 선입견으로 민기가 어떻다고 단정 지을 수 없죠."

조영희는 마지막 말을 마치고 사무실의 전등을 껐다. 암전 속에 남겨진 그녀를 뒤로하고 성호는 태양과 함께 엘리베이터로 갔다. 지하 주차장으로 이동하면서 성호가 물었다.

"이제 수사 방향을 어떻게 하실 거죠?"

"좀 답답하기는 한데, 천호동 로데오 거리나 재선고등학교 주변 가옥 탐문 그리고 강동구 일대 박훈정과 안준성 관련 연고지 탐문에 나설 예정입니다."

"너무 광범위하고 시간을 많이 잡아먹어요. 제 생각에 일정 장소를 정해두고 수색하면 좋을 것 같아요. 학교 주변에서 그리 멀지 않은 곳에서 일이 벌어졌으리라 추정돼요. 실제적으로 경찰청에서 개발한 지리적 프로파일링 프로그램에서도 연쇄성범죄자가 피해자 집이나 사건 장소에서 멀지 않은 곳에 살고 있는 경우가 많죠. 학생이라는 신분, 시간과 돈의 제약 등으로 근처에 은거하고 있을 수 있어요."

태양이 반문했다.

"하지만 냉장고를 운반할 때 사용한 차량이 있다는 게 걸립니다. 먼 곳으로 갔을 가능성도 있죠. 지금 관내 CCTV를 이용해 용달차량의 행선지를 알아보는 중인데, 곧 밝혀질 겁니다. 그러면 구체적인 윤곽도 드러나겠죠."

성호는 고개를 끄덕이며 물었다.

"정신과 선생님 말씀 어떠세요?"

"김민기에 대한 평가가 인상적이던데요. 일단 민기가 되려 학교폭력의 가해자일 가능성도 시사하고 있는 것 같습니다."

"네. 걸리는 게 있지만 확언은 안 하시더군요."

한편 강력팀 사무실에서 주영은 분석한 메시지를 민찬에게 내밀었다.

"박훈정, 안준성의 임대폰 그리고 김민기 휴대폰의 문자 메시지와 카톡을 각 회사에서 받아보았습니다. 문자 메시지는 2개월치, 카톡 자료는 2주치고요. 그 이상 되는 자료는 보관돼 있지 않다네요. 그리고 김민기가 페이스북을 좀 했고, 안준성이나 박훈정은 SNS는 하지 않고 카톡을 주고받은 흔적은 있습니다."

민찬이 CCTV 자료 화면에서 시선을 떼고 눈을 비비며 주영을 봤다.

"유의할 만한 자료 있어요?"

"범죄모의에 관한 거라면 없어요. 일단 카톡이 그렇게 많지 않고요. 특히 안준성과 박훈정은 전화 통화가 좀 긴 게 5월 11일, 20일 딱 두 번 30분 정도 넘게 통화했고요, 이때 뭔가 말이 오갔을 수 있지만 통화 내용은 알 수 없죠. 문자 메시지는 5월 25일 '그럼 그때 보자.' 박훈정이 보냈는데 안준성은 답이 없습니다. 안준성은 5월 3일 임대폰을 구입했지만 그 이전에는 휴대폰이 거의 없었고, 친구들한테 빌려 쓰고 있었다고 제가 아는 애들 조사해서 알아놨거든요. 안준성은 서울이나 하남 등지의 가출팸에서 생활한 것으로 알려져 있고, 청소년 쉼터에서도 단기로 머물렀어요. 청소년계에 계시던 분이 부모님께 인계했는데도 거리로 돌아갔다고 하고요. 박훈정은 일하던 마트와 전화 내역이 많았고, 배달 고객과의 전화 그리고 그 이전에도 아르바이트 하던 가게와 통화 내역이 있어요. 최근에는 이렇다 할 친구 없이 보호자인 이복순 할머니와도 거의 통화를 하지 않았고요. 김민기도 휴대폰 통화나 문자 보낸 게 거의 없어요. 부모님과의 통화도 적고 누나도 3개월 전에 한 번 통화한 게 다죠."

"좋아요. 김민기의 페이스북 쪽은 어때요?"

"기록이 많지 않긴 한데 이런 게 있었어요."

> 김민기
>
> 4월 24일 오전 06시 00분
>
> 클래식 음악에 맞춰서 깨어난 하루, 오늘도 8시부터 6시까지 학교 수업을 마치고 나면 7시부터 11시 50분까지의 자기주도학습을 하게 된다. 공부와의 치열한 싸움, 하지만 경찰의 꿈을 위해 나는 오늘도 한다.

"경찰대 준비하는 건가?"

주영이 웃었다.

"팀장님 후배가 되고 싶은가보죠. 혈기왕성한 남학생이 매일 12시간 넘게 앉아서 공부를 한다는 자체가 놀랍네요. 저는 여기 댓글 중에 좀 특별한 게 있어서 걸려요."

'10명이 좋아합니다'라는 문구 밑으로 다섯 명 정도가 댓글로 '지극히 공감!', '너도 참 힘들겠다, 나도 그런데' 등을 달았다. 가장 밑의 댓글이 시선을 끌었다.

이동하 하, 네가 경찰이 된다면 나는 판사가 되겠다. 양심도 없는 XX.

그 밑으로 민기가 남긴 말이 있었다.

김민기 **이동하** 한 번만 더 이런 댓글 남기면 신고하겠습니다.

이동하 **김민기** 너 뒤 캐보니 소문 구리더라. 아빠 친자도 아니라고 파다하던데?

민찬은 출력물을 자세히 읽다가 주영을 봤다.

"이동하가 혹시 재선고 재학생인지 알아볼까요?"

"벌써 학교에 알아봤는데 없어요. 메시지 보냈는데 답도 없고 정보도 없고. 어떻게 생각하세요?"

"의미는 있군요. 학교폭력의 피해자인 김민기의 얼굴을 아는 누군가일 수 있겠어요."

"그게 저……."

주영이 머뭇거렸다.

"제가 좀 생각을 해보았는데, 보통 이런 식으로 글 남기는 사람은 소문만 듣고 악플을 남기거든요. 그래서 김민기에 대한 나쁜 소문이 없나 학교폭력 관련 인터넷 카페나 여러 소문이 떠도는 사이트에서 키워드를 넣었죠. 근데 민기의 별명이 엠케이고, 엠케이가 학교폭력의 희생자로 코스프레한다는 글이 있었어요."

주영은 서류 한 장을 건넸다.

"관련 글만 뽑아 출력했는데, 증거 없이 카더라 소문만 모은 거라서 확실치 않아요. 제가 더 조사해보고 말씀드릴게요. 확실한 것은 안준성의 시신이 발견되고 나서는 걔네들 더 이상 통화나 SNS 흔적이 없죠."

"편의점 남자가 박훈정이라는 가정 아래 편의점 인근 도로 CCTV와 블랙박스를 토대로 훑고 있는데요, 아무래도 김민기의 학교나 로데오 거리, 일성동 인근 혹은 박훈정 집 주변에 은신해 있을 확률이 높아요. 이건 뭐죠? 아빠 친자가 아니다?"

"아, 그건 소위 패드립이라고, 부모님 욕하는 게 아닌가 싶어요."

이때 주영이 놀란 얼굴로 민찬 뒤의 CCTV 화면을 가리켰다.

"어, 저기, 편의점 남자와 비슷한 조끼를 걸친 남자가 지나가요."

민찬이 깜짝 놀라 몸을 돌려서 화면을 정지시켰다. 노란 조끼를 입고 모자를 눌러쓴 남자가 걸어가는 모습이었다. 민찬이 마우스로 클릭했다. 남자가 걷다가 뒤를 잠깐 돌아봤다.

"잡혔네. 이게 어디에 있던 CCTV지?"

주영이 책상에 놓인 서류철을 들어서 봤다.

"파일 이름이 SPES 0112이면 고이동 농협은행 지점에 설치된 거예요. 고이동이면 재선고등학교가 위치한 곳이에요. 일시는 5월 27일 밤 9시 5분으로 되어 있네요. 냉장고를 싣고 고이동으로 와서 냉장고를 유기하기 전일 수 있어요."

이때 성호와 태양이 강력팀 사무실 문을 열고 들어왔다.

"다녀왔습니다."

"수고했어. 뭐 좀 건졌어요?"

"아직 정확한 것은 없습니다. 다만 김민기가 굉장한 분노가 차 있던 학생이었다는 게 인상적이네요."

민찬이 고개를 끄덕였다.

"우리도 SNS에 그와 비슷한 점을 잡아냈는데, 일단 냉장고 유기 전의 모습을 CCTV에서 잡아냈어요. 인근 도로의 자료를 받아서 배달차량이 움직인 경로만 알아내면 확실해져요."

성호가 두 손을 깍지 끼고서 허공으로 쭈욱 뻗었다.

"좀 피곤하네요. 당직실에서 쉬다가 내일 현장에 가보고 싶습니다. 지금은 밤이라 보이지 않을 테니까요."

"그럽시다. 더 이상 지체할 수 없고 위급한 상황이 되면 군부대에 인력지원 요청을 할 예정입니다."

"알겠습니다."

성호는 서민찬과 내일 일정 의견을 주고받고 사무실을 나와 주차장으로 갔다. 경찰 전용 버스들 옆 맨 끝에 주차해둔 차 트렁크에서 옷 등이 든 검은색 백팩을 꺼내 들고 경찰서 뒤편 별관으로 향했다. 별관 2층 교통지도계 사무실 옆으로 쉴 수 있는 공간이 있다고 했다. 2층 철문을 열고서 어두컴컴한 복도 안을 들여다봤다. 교통지도계 팻말이 보이고 그 옆으로 팻말 없는 문이 눈에 들어왔다. 문을 열고 들어가 어둠 속에 잠시 우뚝 섰다. 좀 전에 확인한 시각은 새벽 1시 즈음이었다.

자그마한 책상 위로 거울이 보였다. 성호는 불을 켜고서 거울을 들여다봤다. 눈자위 밑이 거무튀튀했다. 벽 쪽에 놓인 3인용 소파에 파란색 담요가 개어져 있었다. 성호는 가방 안에서 옷을 꺼내 갈아입은 다음 구석 세면대로 가서 세수를 했다.

성호는 불을 끄고 소파에 누워 발을 팔걸이에 걸치고 고개를 젖혔다. 눈을 지그시 감고 머리를 비우려 애썼다. 생각에 골몰하며 밤을 새기 일쑤였다. 불면증은 이따금 복면을 쓴 강도처럼 달려들었다.

성호는 뇌리를 비집고 들어오는 심재연, 남기의 눈빛을 지웠다.

가로등 하나만이 켜진 일자산 인근 도로. 후드를 깊게 눌러쓴 남학생 하나가 으슥한 산길에서 내려와 산중턱을 올려다봤다. 나뭇가지에 걸린 폴리스 라인 테이프가 바람에 휘날리면서 시선을 잡아끈다. 후드티셔츠에 트레이닝 바지를 입은 남학생은 두 손에 검정색 비닐봉투를 들고 쫓기는 듯 바삐 걸어간다.

남학생은 도로를 건너 철거 직전의 허름한 아파트 앞에서 위를 올려다봤다. 4층짜리 건물이 두 동인 시영아파트는 지은 지 30년이 넘는 낡은 아파트였다. 분양사, 시행사와 입주민 간의 분쟁으로 1년째 철거가 미뤄지고 있었다. 펜스도 쳐 있지 않은 아파트에는 인근 동네 주민들이 버린 폐가전 쓰레기들로 가득 차 있었다.

남학생은 뒤를 돌아보며 조심스레 쓰레기를 헤치고 아파트 입구로 향했다. 너덜너덜한 종이 상자들을 발로 차면서 계단으로 갔다. 어둠 속에서 분뇨 냄새가 났다. 가끔 노숙인들이 들어와 일을 보기도 하는 것 같았다. 하지만 지금은 그들마저 없었다. 여기에는 오로지 훈정, 민기 그리고 지금 음식을 가져다주는 승모뿐이었다.

승모는 계단을 천천히 올라갔다. 복도식 아파트는 쌀쌀한 밤기운을 막을 도리 없이 온몸에 한기를 들게 했다. 이상하게 이곳에만 오면 그렇게 춥게 느껴질 수가 없었다.

'왜 민기와 친해졌을까.'

모범생 민기와 친해지게 된 건 승모도 조용한 성격이었기 때문이었다. 하지만 민기는 좀 특별한 구석이 있었다. 동아리 과학반 활동에서도 법과학부를 따로 만들어 지문을 복제하는 법이

나 혈흔을 채취하는 방법을 연구하고 논문을 뒤져 새로운 기법을 알아냈다.

어느 날 민기가 승모에게 제안했다.

"학교 기숙사에서 이렇게 썩을 거야? 밖으로 나갈 수 있는 방법이 있는데. 할 거지?"

민기의 눈빛이 번쩍거리면서 승모의 반응을 살폈다. 승모는 수업 받는 내내 민기가 던진 말이 신경 쓰였다. 분명히 거절 못 할 것 같았다.

새벽 1시 30분에 민기는 자고 있던 승모를 조심스레 깨웠다. 민기는 윽박지르거나 강압적으로 나오지는 않았지만 눈빛과 표정으로 상대방을 복종시키는 능력이 있었다.

"어떻게 나갈 거야?"

"학생부장 샘 지문을 떴어. 걱정 마. 경비업체 아저씨들은 당직실에서 자."

"CCTV는 어떻게 하려고?"

"입구에 설치돼 있는 거 고장 난 지 오래야. 몰랐어?"

민기는 법과학 동아리에서 지문을 복제하는 방법에 대해 발표를 한 적이 있었다. 민기는 대략적인 방법을 파워포인트로 설명한 후에 실험을 했다. 유리컵 하나를 동아리 담당 선생님에게 만지게 한 후에 비닐장갑을 낀 손으로 돌려받았다.

그리고 민기는 유리어항에 알루미늄 용기를 넣고 그 안에 초

강력접착제를 부었다. 그 옆에는 선생님의 지문이 묻은 유리컵을 놓았다. 어항에 뚜껑을 덮었다. 잠시 후 접착제 증기가 유리컵에 달라붙자 조심스레 컵을 빼서 검은 분말을 붓으로 세밀하게 묻혔다. 그리고 전사테이프를 현출된 지문에 가만히 붙인 후 떼어내 지문을 살려냈다.

민기는 테이프를 붙인 전사대지의 지문을 접사렌즈가 장착된 카메라로 찍었다.

"이제 컴퓨터 파일로 만든 지문을 콘트라스트를 주어서 음영 효과를 만들어냅니다."

민기가 포토샵 프로그램으로 대비 효과를 주자 지문의 선명도는 뚜렷해졌다. 지문 융선의 밝은 부분과 어두운 부분이 대조를 이루면서 선명한 음화를 출력했다.

민기는 파일을 투명 아세테이트지에 사진 인화 형식으로 출력해서 인화 용지에 목공용 강력접착제를 붓으로 살살 펴 발랐다. 마지막으로 드라이기를 써서 완벽하게 말린 후에 투명한 양각 지문을 얻어냈고, 유리컵의 지문과 대조해 똑같다는 것을 증명했다.

선생님은 깜짝 놀랐고, 학생들은 혀를 내두르면서 박수를 쳤다. 그때 민기의 지독하게 똑똑한 부분을 이미 직감했지만 그 지식이 이렇게 쓰일 줄은 꿈에도 몰랐다.

"이걸 대고 나가면 학생부장 샘이 일 때문에 나간 줄 알지."

민기가 빙그레 웃었다. 그날 학교 밖 편의점을 다녀온 후로 민기는 승모에게 여러 제안을 했다. 승모는 점차 민기와 함께 불법적인 놀이에 빠져들었다.

야한 동영상을 함께 감상하기도 했는데, 민기는 남자가 여장하고 사진을 찍어 올리는 크로스 드레서들이 모인 인터넷 카페의 사진을 보여줬다. 어느 날 밤엔가는 택시를 타고 번화가로 이동해 민기의 친구들을 만나고 다녔다. 가출팸 아이들이었는데, 남녀가 뒤섞여 그날 묵을 방값을 구하러 다녔다.

승모는 민기와 멀티방에 가봤다. 방에는 침대가 놓여 있고, 오디오, 컴퓨터, 노래방 기계, 비디오를 볼 수 있는 TV 등이 갖춰져 있었다. 먹던 캔 맥주, 담배가 침대 가에 어지러이 흩어져 있다. 아이들은 민기가 들어오면 슬금슬금 눈치를 봤다. 그도 그럴 것이 민기가 방값을 지불했기 때문이다.

"블라인드 내려."

민기의 말에 외국인처럼 보이는 잘생기고 키 큰 남자애가 나서서 시키는 대로 했다. 그 아이는 이름이 마빈이라고 했다.

"돈 갚을 거면 지금 갚아. 꿀 녀석도 나오고."

민기의 말에 여자아이들은 뒤로 물러났고, 남자아이들이 쑥덕쑥덕대다가 돈을 꿔달라고 부탁했다. 민기가 가장 작았지만 거친 가출 청소년들이 함부로 건들지 못했고, 대우를 해줬다. 범죄를 계획하고 실행할 수 있게 코치해주는 것도 봤다.

승모가 보기에 민기는 껍데기만 학생이었지 그 속은 사채업자 서너 명이 들어 있는 것이나 다름없었다.

민기는 휴대폰이 두 개였다. 하나는 학교 전시용, 다른 하나는 사업용.

승모의 생각이 여기까지 미쳐 있을 때 3층에 도착했다. 305호에는 승모를 기다리는 이들이 있다. 어두컴컴한 복도를 지나 305호 문을 천천히 열었다. 삐걱거리는 소리가 귀에 거슬렸다.

"가지고 왔어."

승모가 검은 비닐봉투를 현관 선반에 내려놓았다. 벌어진 틈으로 돈가스 튀긴 것과 햇반이 보였고, 그 안쪽으로 삼각 김밥 등이 들어 있었다.

"이리 갖고 와봐, 볼 수 있게."

어둠 속에서 나직한 목소리가 들렸다. 승모는 뒷덜미에 소름이 끼쳤다. 승모는 비닐을 들고 천천히 앞으로 걸었다. 세간이 없는 텅 빈 20평대 아파트에는 뜯다 만 벽지가 뭉쳐져 있는 쓰레기 더미와 의자 몇 개 그리고 담요 몇 장이 뒹굴었다. 반쯤 떼어져 너덜거리는 커튼 사이로 들어온 달빛에 의자에 앉은 남자의 얼굴이 살며시 드러났다. 뾰족한 턱, 갸름한 입술 그리고 그 위로 날렵한 코가 나타났다. 남자는 킁킁대며 냄새를 맡았다.

"저녁 급식 돈가스 나왔냐?"

"다, 다른 건 용돈으로 사, 사 온 거야."

승모는 말이 더듬거리며 나왔다.

"이제 삼각 김밥 사 오지 마. 물린다."

"그, 그래."

승모는 가까이서 민기의 차가운 눈빛을 볼 수 있었다. 얼굴 살이 많이 빠지고 초췌해 보였지만 눈빛은 여전히 오묘하게 번들거렸다.

"손 풀어."

승모는 천천히 민기가 앉은 의자 뒤쪽으로 이동했다. 민기의 두 팔목은 하얀색 케이블 타이로 짱짱하게 묶여 있다. 오른손으로 타이를 붙잡고 왼손으로 잡아당기며 풀려고 애썼다. 이때 탁한 목소리가 거세게 허공을 질렀다.

"내가 없을 때는 그 녀석 함부로 풀어주지 마!"

운동모자를 푹 눌러쓰고, 성큼성큼 들어서는 키 큰 남자는 재빠르게 달려와 승모의 손을 붙잡았다.

"나, 난 아무것도 하지 않았다. 그냥 민기가 부탁해서."

"어이, 박훈정. 우린 이제 같은 배를 탄 사이잖아?"

훈정은 모자를 젖혀 승모와 눈을 맞췄다.

"김민기 말 신경 쓰지 마. 넌 내가 하라는 대로만 하면 된다구!"

승모는 고개만 간신히 끄덕이고 슬그머니 현관문으로 향했다.

"포털에 기사 떴더라."

승모가 작은 목소리로 말하는데 민기가 이죽거렸다.

"그래? 헐, 대박."

훈정이 모자를 바닥에 패대기치고는 와락 민기에게 달려들었다. 의자가 뒤로 넘어가면서 민기가 바동거렸다. 승모는 어깨를 움츠리고 밖으로 달려 나갔다.

"훈정아, 넌 날 어쩌지 못해. 자수할 거야?"

"함부로 이빨 까지 마! 아주 날려버릴 테니까!"

"왜, 준성이처럼 나도 그렇게 보내고 싶어?"

"이 새끼가!"

훈정은 말은 그렇게 하면서도 민기의 말에 꼼짝 못 했다.

승모는 옥신각신하는 말다툼을 뒤로하고 빠르게 내려갔다. 달빛은 창연한데 암울하고 탁한 잿빛 공기가 숨을 막히게 했다. 승모는 강한 구역질을 느끼면서 산길로 내달렸다.

준성이가 떠오를 것 같아 무섭지만, 기숙사로 가려면 이 길이 가장 빨랐다. 승모는 왼손으로 복받쳐 오르는 눈물을 닦았다. 자신도 모르는 사이에 울고 있었다.

승모는 밤에 몰래 빠져나갈 때 항상 트레이닝복을 입었다. 밤마다 산을 오르락내리락하면서 트레이닝복 밑단이 흙으로 시꺼멓게 뒤덮여버렸다.

처음으로 모르는 번호가 휴대폰에 떴을 때가 4월 22일경이었다. 민기의 페이스북에서 친구로 등록된 승모의 휴대폰 번호를 알아내서 연락을 한 거였다.

"김민기 엿 먹이고 싶지 않아?"

대뜸 이름을 밝힌 남자는 이 말부터 꺼냈다. 2학년이 되면서부터 방을 같이 쓰게 된 민기는 표면상으로는 승모와 친구였지만, 이제 승모를 완전히 지배하는 존재였다.

"김민기만 데리고 와. 너희들 금요일 밤에는 집으로 돌아간다며. 걔만 데리고 오면 너의 임무는 끝나. 너를 괴롭히지 못하도록 만들어줄게."

승모가 재선고를 선택한 것은 순전히 기숙사 때문이었다. 자라면서 부부싸움을 지긋지긋하게 봤다. 집에서는 책을 펴들거나 컴퓨터를 해서 엄마와 말을 섞지 않았다.

늘 여기저기 아프다는 엄마는 부옇게 뜬 얼굴로 아빠의 욕을 지겹도록 했다. 아빠는 사업을 핑계대고 집에 들어오지 않는 날이 많았다. 엄마는 승모에게 하소연을 했다. 죽고 싶다고, 우울하다고, 미안하다고 끊임없이 말했다. 승모는 중학교 3학년 때 공부에 매달렸다. 기숙사가 딸린 재선고에 진학해서 집과 결별을 하고자 했다.

드디어 합격 발표가 났고, 기숙사에 들어갈 생각에 들떴지만 방이 나지 않았다. 1년의 시간을 집에서 통학하다 겨울에 방을 배정받았다. 기숙사에 적응하지 못하고 나간 학생의 방이었다. 입실하고 보니 룸메이트는 민기였다. 전교에서 10등 내에는 꼭 드는 실력파인 것도 맘에 들었다.

"안녕. 내 룸메이트가 아파서 집으로 돌아갔다나봐. 너는 나랑 꼭 1년은 같이 보내자."

승모는 나중에 김민기의 룸메이트가 집으로 돌아간 것이 아니라 정신병원에 들어갔다는 이야기를 들었다. 신경과민과 불안증, 피해망상으로 입원했던 것이다. 퇴원 후에는 다른 학교로 전학을 갔다고 들었다.

처음에는 헛소문인 줄 알았으나, 승모는 민기와 방을 쓰면서 악몽에 시달리게 되었다.

"이것 좀 봐. 삼보섬 여성실종사건 수사 보고서야. 감식 사진 봐봐. 그런 데다 시체를 감춰두니까 못 찾았지."

민기는 경찰만 구독이 가능한 경찰잡지를 들고 와서 시신 사진을 승모의 얼굴에 들이댔다. 승모는 고개를 돌렸다.

"팩트를 팩트 그대로 봐. 내가 잔인한 걸 좋아하는 게 아니라, 경찰의 맘으로 살인자의 본성을 추측해보는 거야."

잔인한 사진을 보고 잘린 팔다리가 허공에 두둥실 떠오르는 끔찍한 악몽을 꿨다. 승모는 민기가 무서워 방을 바꿔달라고 함부로 말 꺼내기가 쉽지 않았다. 무엇보다 친한 척 다가오는 민기가 무서웠다.

"이런 새끼들은 그냥 싹 다 강간하고 죽여버려야 돼!"

휴대폰으로 크로스 드레서 사진을 검색하면서 민기는 싸늘하게 웃어 보였다.

왜 전 룸메이트가 신경과민으로 방을 빼고 나갔는지 어렴풋이 짐작이 되었다. 도저히 민기를 감당할 수 없었고, 한밤중의 불법 외출도 두려웠다. 잠자다가 민기가 목을 조르지나 않을까 불안감에도 휩싸였다. 그럴 무렵, 의문의 남자에게서 민기만 데려오면 다시는 괴롭히지 않게 해주겠다는 연락을 받았다.

승모는 눈을 질끈 감았다. 흐르는 눈물을 두 엄지손가락으로 꽉 눌러버렸다.

형사 두 명이 찾아왔다고 교실로 연락을 받았을 때 일이 터졌구나 하는 느낌이 들었다. 그리고 속으로 사실을 다 밝혀야 되나 싶었지만 고개를 저었다.

여기서 빠질 수는 없었다. 일단 훈정과의 약속은 지켜야 했다. 그리고 이제 지휘자는 바뀌었다.

훈정에서 민기로.

승모는 멀리 기숙사 건물 머리를 봤다. 스테인드글라스의 파란색 유리가 어둠 속 가로등 불빛에 반사되어 번쩍였다. 글라스에 조각된 천사의 날개가 반짝이면서 승모의 눈을 아프게 찔렀다.

'주님, 저를 지켜주세요.'

승모는 기숙사로 들어가기 위해 지문이 위조된 출입증을 빼 들었다가 몸을 돌렸다.

승모는 총총걸음으로 운동장에 난 쪽문으로 향했다. 쪽문 밖 길은 지하철역으로 향했다. 승모는 가로등 불빛 아래 고적하게

서 있는 축구 골대를 보면서 운동장을 바삐 가로질렀다. 이제는 사건에서 벗어나 도망쳐야 했다. 승모는 주머니 속 휴대폰의 전원을 껐다.

5. 어긋난 진술

5월 31일 금요일

해정은 부스스한 몰골로 일어났다. 한밤중에 소주 한 병을 비우고 음이온 매트를 켜고 잤던 게 기억이 났다. 화장실에서 보니 얼굴이 퉁퉁 부었다. 몸도 찌뿌듯한 게 여기저기 쑤셨다.

"아, 오늘 아들 오는 날인데."

불고기거리라도 사 와서 주말 동안 아들 식사를 챙겨야 했다. 내년에 고3이 된다는 스트레스 때문인지 지난 주말에 온 아들 얼굴이 해쓱한 것이 말이 아니었다.

벨소리가 났다. 현관문을 향해 빠르게 걸음을 옮겼다.

"누구세요."

"택배입니다."

"택배 시킨 게 없는데요."

해정은 문을 열어주지 않고 큰 소리로 답했다. 잠옷을 입은 상태에다가 겁도 덜컥 났다.

"홈쇼핑에서 온수 매트 반품하신다고 신청하셨는데요."

'아차차. 온수 매트.'

해정은 남편이 전화했나 싶었다.

"그거 그냥 쓸게요. 가세요."

택배 직원이 가려는데 해정이 뭔가 생각났다는 듯 큰 소리로 물었다.

"반품하면 돈 돌려주나요?"

"그럼요."

택배 직원의 대답을 마지막으로 엘리베이터 문 열리는 소리가 났다.

'가만있자, 환불 받는 돈으로 이자라도 내야겠다.'

매트를 사려고 끌어다 쓴 사채의 이자가 부담되었다. 해정은 안방으로 뛰어가 허름한 니트를 대충 걸치고 아래는 쫄바지로 갈아입었다. 아래층에서 쿵쿵 막대기로 천장을 찍었다.

"아유, 짜증 나. 노인네가 아침부터 정말!"

쿵쿵 소리와 함께 콜록콜록 잔기침 소리가 들렸다. 해정은 두 발뒤꿈치를 모아서 제자리에서 '쾅' 하고 뛰었다. 그렇게 연달아 네댓 번을 뛴 다음 부랴부랴 현관문으로 달렸다.

해정은 분리수거장에 가서 온수 매트 상자를 찾았다. 빈 상자들만 있었다. 해정이 깜짝 놀라 망연자실하게 서 있는데 저만치 경비원이 보여 재빨리 불렀다.

"아저씨. 엊그저께 밤에 온수 매트 상자째 여기다 버렸거든요. 그거 실수한 거라 다시 가져가려는데요."

"그거 201호 할아버지가 끙끙대며 가져가시기에 제가 도와드렸어요."

해정은 눈을 크게 치떴다.

"뭐라구요? 그걸 그 할아버지가 왜 가져가요? 제 건데."

"버리신 거잖아요."

"실수라니까요."

"그럼 가서 말씀해보세요."

해정은 경비원이 가자 눈을 데굴데굴 굴리면서 두 손가락을 바삐 움직였다.

"아, 정말 젠장맞을 노인네가. 나를 그렇게 괴롭힌 것도 모자라서 내 물건을 가져가?"

해정은 단걸음으로 아파트로 돌아왔다. 201호로 단숨에 뛰어 올라가 벨을 거칠게 눌렀다.

문이 천천히 열리면서 하얀 머리가 먼저 나오고 심술궂은 구용의 얼굴이 보였다.

"할아버지. 그거 내놔요."

"엉? 뭐라고?"

"내 매트 내놓으라고요. 홈쇼핑에 반품하려고 한 건데 왜 집어가요? 도둑이에요?"

"이 여편네가 보자보자 하니께. 만날 쿵쿵대는 것도 못 참겄는데 이젠 날 도둑으로 몰아? 당장 나가지 못해?"

해정은 구용을 와락 밀치고 막무가내로 집 안으로 들어갔다.

"내놔, 어서!"

거실에 들어서자, 상자가 구석에 치워져 있고 TV와 소파 사이에 깔린 온수 매트가 보였다.

"이걸 사용하면 어떡해요! 이 영감탱이야!"

해정이 두 눈에 쌍심지를 켜고 구용에게 버럭 소리를 질렀다. 구용도 비틀거리면서 지지 않고 맞고함을 쳤다.

"이 미친년, 내 집에서 썩 나가지 못혀?"

"뭐어? 미. 친. 년?"

해정은 몸을 날려서 구용을 향해 뛰어들었다. 구용이 뒤로 주춤하다 해정의 솟구쳐 오르는 상체에 밀려 발이 미끄러졌다. 구용은 뒷머리를 마룻바닥에 쿵 소리를 내며 찍었다.

"어쿠야, 어구구구……."

구용의 두 눈이 감기더니 기척이 없었다. 해정은 미동도 없는 구용의 가슴팍에 고개를 대봤다. 숨 쉬는 기색이 없었다. 코에 손가락을 대봤지만 호흡이 느껴지지 않았다.

"……할아버지, 할아버지. 장난치지 말고 일어나요, 네?"

해정은 구용을 몇 번 뒤척이다 풀썩 주저앉았다.

'이, 이럴 수가. TV에서나 보던 사건이 나에게 일어난 건가.'

범인이 시체를 캐리어에 숨겨 엘리베이터를 탄 모습이 CCTV에 찍히고, 급파된 형사에게 붙잡힌다. 이런 일련의 장면들이 눈앞에 보였다. 해정은 마음을 다잡았다. 결단을 내려야 했다.

해정은 반듯하게 누운 구용을 보면서 눈을 굴리며 손가락을 잘근잘근 씹었다.

어둠 속에서 몸을 웅크리고 있었다. 한줌의 빛도 없는, 옴짝달싹할 수 없는 좁은 공간이었다.

'여기가 어디지?'

등을 펴 일어나려고 하면 머리가 천장에 닿는다. 어깨를 펼 수도 없이 두 팔로 다리를 감싸고 있다. 성호는 실눈을 떠서 앞을 응시했다. 어둠 속에 기척이 있었다.

'누구세요. 저 좀 도와주세요.'

목소리를 내려고 했지만 소리가 나오지 않았다. 누군가 다가왔다. 얕은 발소리가 들렸고, 누군가가 성호에게 손을 얹었다. 성호는 뻣뻣한 고개를 들어 올려다봤다.

"누구……?"

자그마한 목소리가 나오는 순간 한 조각의 빛이 들어와 얼굴을 드러나게 했다. 아이의 얼굴이었다. 성호가 눈을 끔벅거리는

데 소년이 씩 웃었다. 오싹했다.

소년의 손이 성호의 어깨에 닿으려는 찰나 음성이 들렸다. 태양이었다.

"김성호 형사님. 새벽에 성나동에서 재선고가 있는 고이동으로 빠지는 2차선 도로 길가에 주차되어 있던 차 블랙박스에서 용의자들이 운전하는 용달차량이 잡혔습니다. 현대 포터 2이구요. 차 번호 확인됐습니다. 지금 차주 확인하러 갈 예정입니다."

"준비하고 나갈게요."

태양이 당직실을 나갔다.

성호는 몸이 뻐근했다. 기지개를 펴고 구석에 놓인 세면대로 가서 찬물로 세수를 했다. 정신이 말끔하게 개었다. 꿈이 거슬리기는 했지만 그런대로 잠도 잤다. 의자에 걸쳐둔 옷을 집어 들었다.

강력팀 사무실로 나가보니 형사들이 분주했다. 민찬이 다가와 설명했다.

"차량은 편의점을 운영하는 한정수 씨 소유로, 당일 본인은 사용한 적이 없다고 진술했습니다. 지금 저는 한정수 씨 집으로 아내분을 만나러 갈 겁니다. 아내분이나 자제분이 운전했을 가능성도 살펴봐야죠."

성호가 물었다.

"용달차는 어디에 있습니까?"

"지금은 일성동 편의점 뒤에 주차돼 있답니다. 주말에는 한정수 씨가 사용했지만 5월 27일 월요일 저녁에는 사용한 적 없고 차량 열쇠를 편의점 벽에 걸어둔다니 충분히 누군가 열쇠를 가지고 나갈 수 있죠. 아들 한승모는 휴대폰이 꺼져 연락이 안 되는 상태입니다. 학교에 전화를 해보니 기숙사에도 교실에도 없다고 합니다. 출입증으로 나간 기록도 없구요. 한승모는 김민기와 룸메이트로 우리가 잠깐 만났던 학생입니다."

성호가 고개를 끄덕였다. 성호는 사무실 벽에 붙은 강동구 상세지도 중에 고이동 부근을 유심히 봤다.

"여기 고등학교 뒷산 2차로 길 건너에 시영아파트가 있네요? 이 아파트로 검문 나가보셨습니까?"

민찬 곁에 서 있던 태양이 고개를 끄덕였다.

"네. 재건축이 늦어져서 빈 아파트인데, 지구대에서 꼼꼼하게 돌아봤습니다."

"빈 공간에 돌아가면서 숨어 있기만 하면 충분히 검문 경찰의 눈을 피할 수 있어요. 제가 오전에 냉장고 발견된 현장과 아파트를 둘러보죠."

민찬이 답했다.

"먼저 가 계시면 나중에 지원인력 보내겠습니다. 우리는 승모군 집에 다녀오죠."

해정은 구용의 집에서 나와 미친 듯이 계단을 올라갔다. "신고는 안 돼. 실수였을 뿐이야. 감춰야 돼……"라고 연신 중얼거리며 집 비밀번호를 눌렀다. 오류가 났다는 기계음이 들렸다. 서두르다가 번호를 두 개씩 겹쳐 눌렀다.

해정은 심호흡을 하고 정신을 가다듬었다. 간신히 문을 열고 화장실 앞을 지나치려다 거울을 봤다. 거울 속에 머리가 산발이 된 낯선 여자가 있었다.

해정은 불안해 거실을 왔다 갔다 하다가 집 전화기를 들었다. 119에 전화를 걸려다 그대로 수화기를 내팽개쳤다.

'안 돼. 감옥에 갈 수는 없어. 승모 얼굴을 어떻게 봐. 일단 집으로 옮겨서 숨기자. 할아버지를 감쌀 게 필요해.'

해정은 다용도실로 뛰어갔다. 김장용 비닐봉투를 찾다가 며칠 전 음이온 매트를 쌌던 대형 비닐을 버리지 않았던 것이 생각났다. 주 사장이 호들갑을 떨면서 비닐포장재를 뜯던 기억이 났다. 어디다 두었을까. 해정은 한달음에 안방으로 들어가 장롱 문짝을 활짝 열어 젖혔다. 둘둘 말린 비닐을 보고 얼른 잡아 뺐다. 그때 현관 벨소리가 났다.

'누, 누구지?'

비닐을 잡은 손이 부들부들 떨렸다.

'대꾸 안 하면 그냥 가겠지. 제발 그냥 가라.'

하지만 벨소리는 요란했다. 해정은 천천히 현관으로 가 조심스레 문을 열었다.

"누구……세요?"

문 밖에는 경찰신분증을 내민 양복을 차려입은 사내가 진득한 표정을 짓고 서 있었다.

"강동경찰서 강력 3팀장 서민찬입니다. 전화를 해도 받지 않아서요."

그제야 해정은 분리수거장으로 매트를 찾으러 갔을 때 휴대폰을 침실 화장대에 뒀다는 걸 알았다.

"무, 무슨 일로 오셨는데요?"

해정은 두근두근 뛰는 가슴을 억누르고 태연한 척 물었다.

"아드님 일로 여쭤볼 것이 있습니다. 들어가도 될까요."

해정은 하는 수 없이 문을 열었다.

"아드님, 한승모 군과 최근에 연락이 되셨는지 해서요. 아버님 명의의 차, 포터 2말입니다. 이 차를 한승모 군이 몰았을 가능성에 대해 수사 중입니다."

해정이 눈을 크게 치켜떴다.

"뭐라고요? 걔가 차를 왜 몰아요? 아직 고등학생인데. 그리고 걔는 토요일에 일찍 학교 가서 집에 오지도 않았어요."

"저희도 화요일에 사건이 터져서 한승모 군과 낮에 잠깐 봤습니다. 그러다 오늘 아침에 사건 연루 사실이 추가로 밝혀져 전화했는데 학교에 없어요. 아버님한테 연락 못 받으셨어요?"

해정은 생각지도 않았던 일이라 두 눈에 힘이 풀렸다.

"승, 승모……. 우리 승모는 괜찮나요?"

"저희가 알아봐야죠. 괜찮으시면 휴대폰 사용목록을 조사해 봐도 될까요?"

해정은 떨리는 손으로 휴대폰을 넘겨주었다.

"지금 경찰서로 같이 가주시죠."

해정은 얼른 안방에서 옷을 갈아입고 지갑을 찾아들었다.

해정은 현관문을 닫고 민찬을 따라 엘리베이터 앞에 섰다. 엘리베이터가 도착하는 소리가 들렸지만 해정은 잠자코 고개만 숙이고 있었다. 해정은 결심을 굳혔다.

"형사님, 제가 사, 사람을 죽였어요."

민찬이 깜짝 놀라 뒤돌아봤다. 엘리베이터 문이 그냥 닫혔다.

"그게 무슨……?"

"매트, 매트를 그 할아버지가 맘대로 가져가버려서……."

해정의 눈물보가 터졌다.

"네에?"

"제가 사, 살짝 밀쳤는데 할아버지가 뒤로 넘어져서, 저, 전, 119에 신고를 하려다가 너, 너무 겁이 나서……."

"가봅시다."

구용은 꿈을 꾸고 있었다. 구용은 집 툇마루에 앉아서 어머니가 우물가에서 막 길러 건네는 냉수를 냉큼 받아 마셨다. 바람 한 점에 얼굴 땀을 식히고 속히 읍내로 향했다. 싸전에서 받는 월급은 고스란히 동생들 학비로 들어갔지만 싫은 줄을 몰랐다.

하루하루 힘겨운 생활이었다. 하지만 어머니가 사랑으로 떠 준 냉수는 늘 힘을 주었다.

구용은 빛 속에서 꽃송이가 분홍빛, 보라빛으로 어우러져 내리는 것을 올려다봤다. 아름다웠다. 따뜻했다. 구용이 두 손을 뻗어 허공을 향해 손짓을 하는데 누군가 손을 잡아주었다.

"괜찮으세요! 할아버지 눈 떠보세요."

구용이 눈을 뜨자, 걱정스레 쳐다보는 20대 여성의 얼굴이 시야에 들어왔다. 머리를 단정하게 묶은 여성은 주황색의 119 구급대원 티셔츠를 입고 있었다.

"누, 누구시오?"

"할아버지, 신고가 들어와서 병원에 모셔다드리려고요."

"신고라니? 난 혼자 사는데. 게다가 아픈 데도 없고 멀쩡혀."

구용의 눈에 301호 여자가 보였다. 여자가 두 눈에 눈물을 그렁그렁하면서 구용에게 엎드려 통곡했다.

"할아버지, 죄송합니다. 아까 넘어지시는 바람에 제가 그만 너무 놀라서……. 죄송해요, 죄송해요."

"아, 아녀. 난 아주 편하게 한숨 잔 것 같은데. 그만들 돌아가. 난 괜찮여."

"아니에요. 병원 가셔서 CT 찍어보시고 검사해보세요."

구용은 들것에 실려서 아파트 밖으로 옮겨졌다. 응급차에는 해정이 올라탔다.

"형사님, 이 할아버지 병원 모셔다드리고 갈게요."

"알겠습니다. 일단 휴대폰은 저희가 가지고 가겠습니다. 집 전화 있죠? 승모 군과 연락되면 곧바로 제게 전화 주세요."

"네."

중앙종합병원 응급실에 도착해 해정이 중국에 있는 가족들에게 전화를 걸어주었다.

급한 대로 간병인을 구하고, 구용의 아내가 귀국하기로 했다. 해정이 응급실로 가보니 구용이 CT를 찍고 와서 링거액을 맞고 있었다. 그는 무념무상의 표정으로 천장만 응시했다.

"할아버지, 좀 괜찮으세요?"

구용은 말없이 고개를 돌려 해정을 응시했다. 지긋하고 차분한 눈길이었다. 미간에는 주름이 없었다.

"난 괜찮다니까 그러네. 죽으면 어떤 느낌일까 무던히도 걱정했는데 괜찮을 것 같혀."

"네?"

"그냥 그렇다는 말이제. 이제 나 괜찮으니 돌아가봐."

"죄송해요. 병원비는 제가 낼 테니 푹 쉬세요."

"내 잘못도 있지. 층간 소음이다 뭐다 귀찮게 했으니. 아까 왔던 양반과 급한 일 있담서? 어여 가봐."

그제야 해정은 정신이 번뜩 들었다. 승모. 승모가 사라졌다. 아들은 형사들이 수사 중인 사건에 관련이 있다고 했다. 해정은 두 손으로 새 나오려는 비명을 틀어막았다.

"아."

해정은 다급하게 고개를 숙이고 구용의 옷가지를 잘 접어서 침대 밑 보관함에 두었다.

"평온한 게 최고여. 그러니까 서둘지 마."

해정은 솟구쳐 나오는 눈물을 훔치면서 응급실을 빠져나갔다.

성호는 차를 일자산 아래 도로가에 세웠다. 인적이 뜸한 2차로가 보였다. 저 멀리에 대형 마트와 대학병원의 머리 꼭대기가 솟아 있다. 산중턱 너머로 노란 테이프가 바람에 펄럭이고 있었다. 성호는 아웃 도어 점퍼의 지퍼를 열었다. 약간 덥게 느껴졌다. 차 뒷좌석에 점퍼를 벗어두고 셔츠 소매를 걷어붙이고 산길을 접어들었다.

성호는 폴리스 라인 앞에 멈춰 서서 휴대폰에 다운받아놓은 현장 동영상을 틀었다. 과학수사팀이 놓친 것을 프로파일러들이 볼 때도 많았다. 그리고 첫 감식에서 찾아내지 못한 지문이나 미세증거물들을 두 번째 감식에서 찾아낼 때도 있었다. 프로파일러들이 주로 쓰는 프로그램 중에 SCAS*가 있다. 일반 사건 현장

임장기록뿐 아니라, 피의자, 피해자 면담 보고서와 비공식적 자료까지 담는 시스템으로 범인의 성장 배경과 피해자와의 관계, 범행 수법에 관한 폭넓고 세부적인 과학 정보를 담는 프로그램이다.

성호는 휴대폰으로 보던 영상을 멈추고, 산 가운데 우거진 나무들을 화면과 비교하면서 냉장고가 놓인 장소를 살폈다.

산길을 벗어난 곳에는 잡초들이 우거졌다. 성호는 잡초를 헤치면서 나슬나슬하게 풀들이 누워 있는 곳의 잔풀들을 훑었다. 분명 뒤로 보이는 아카시 나무로 보아, 여기에 냉장고가 놓여 있었다.

성호는 이번에는 현장을 찍은 사진을 휴대폰에 띄우고 확대해 세세하게 들여다봤다. 유전자는 국과수에서 감식 중이고 미세증거는 같은 섬유인지 확인 후에 피의자가 나올 때를 대비해 보관 중이다. 머리카락은 피해자 것 말고는 없었다.

피의자들은 운전하면서 얼굴을 감추기 위해, 혹은 머리카락을 흘리지 않을 요량으로 운동모자를 썼고 장갑도 꼈다.

하지만 냉장고의 세세한 지문은 지우지 않아 이서연의 신분을 노출시켰다. 그녀가 2년 전에 근무했던 중학교에서 일어난 학교폭력사건에 연루된 학생들이 피해자 및 관련자들이다.

* Scientific Crime Analysis System: 범죄분석시스템.

성호는 냉장고를 사서 지문을 지우지 않고 버렸다는 데 주목했다. 분명 의미가 있다. 이서연과 의도적으로 연결시키려 한다.

그리고 한승모, 차량을 운전했을 거라 추정되는 아이.

다리를 절던 키 큰 남학생이 훈정이라면, 나머지 키 작은 아이는 승모다. 그 둘이 냉장고를 운반했고 준성의 죽음과 연관돼 있다. 민기는 실종 상태. 승모는 민기와 룸메이트.

2년 전의 학교폭력사건과 지금 이 사건은 밀접한 관련이 있다.

성호는 번뜩 생각이 나 민찬에게 전화를 했다.

"팀장님, 접니다. 한승모 행적 잡혔나요?"

"아직입니다. 현장에 계십니까?"

"네. 아직 아파트에는 안 갔습니다."

"지원 보낼까요?"

성호는 몸을 일으켜서 허리를 반듯이 펴고 산길 너머 시영아파트를 쳐다봤다.

"아직은요. 둘러보고 전화 드릴게요. 인력이 분산되니까요."

성호는 현장을 마저 둘러보고 떨어진 테이프를 나무에 붙여줬다. 잠시 고등학교를 내려다봤다. 성호는 학교는 나중에 가보리라 마음먹고 나릿한 걸음으로 내려갔다.

'냉장고에 친구를 유기한 죄책감을 안고 이 길을 따라 내려간다. 2차선 도로에는 CCTV가 없다. 카메라가 없는 길을 달려 용케 여기까지 왔지만 도중에 편의점에서, 그리고 이 근처에 주차

된 차량의 블랙박스에 잡혔다.'

성호는 범인의 심정으로 프로파일링을 해보며 내려갔다.

성호는 산을 내려와 황량한 시영아파트를 바라봤다.

예전에 프로파일러로 근무한 지 얼마 안 지났을 때 사석에서 성호가 강력계 형사에게 던진 질문이 떠올랐다.

"범인을 잡으러 갈 때 위험하지 않습니까?"

어찌 보면 아마추어 같은 질문이었다.

유난히 숱이 많은 머리카락을 올려 깎은 형사는 씩 웃고는 점퍼 옷자락을 여미며 으쓱댔다.

"위험하기는. 살인범들은 거의 확정지어진 경우가 많으니까 순순히 따라오지. 이미 여러 차례 진술 받으면서 반 포기 상태가 되는데, 증거 들이대면 순순히 수갑 차. 마약사범들이 달려들면 위험하지."

지금 상대방은 고등학생들이었다. 성호는 크게 위험하지는 않을 거라 위안하며 발걸음을 옮겼다.

'그들은 냉장고에 시신을 유기하고 나서 이곳 아파트로 향한다.'

성호는 범인들의 마음가짐으로 아파트로 향하는 길로 올라갔다.

'친구다. 그것도 같은 사건을 겪은.'

민기를 단죄하려고 만났을지 모르지만, 준성이 먼저 피해를 보았고, 시신을 산속에 버려두었다. 그들은 깊은 죄책감에 휩싸이면서 등이 굽고 얼굴은 숙인 채 이곳으로 돌아온다.

'왜 냉장고인가? 기숙사. 갇혀 있는 것. SI*와 MO** 관점에서 본다면 냉장고에 시신을 넣은 것은 단순히 사망 추정 시각을 흐리기 위함인 것인가? 아니면?'

성호는 기숙사에 갇혀 있는 민기나 승모의 심리를 생각해보았다. 훈정도 학교를 나오고 나서 일터를 제외하고는 집에서 갇혀 지냈다. 가출해도 갈 곳들은 뻔했다. 갇힌 상황에서 벗어나고자 하는 심리의 투영이라면 버려진 아파트처럼 편한 곳이 있을까 싶었다.

성호는 주변을 둘러보면서 아파트 입구로 걸어 들어갔다. 폐가전 쓰레기더미들이 보이고 전기불이 들어온 흔적은 없었다.

101동과 102동 사이에서 성호는 잠시 아파트 옥상을 올려다봤다. 경찰들이 복도마다 수색을 해온다면, 아파트 한쪽 구석에 숨어 있던 아이들이 옥상으로 갔다가 경찰이 옥상에 올라오는 찰나에 아파트 배관에 발을 디디고 4층 어느 곳이든 깨진 창문으로 들어갈 수 있다.

성호는 101동 끝 출입구로 들어갔다. 입구에 놓인 파랑색 세발

* Signature: 범죄자 개인의 의도에 따른 행동으로 범행 자체의 성공과는 별도로 범인에게 만족감을 주는 의식적 행동을 의미함.

** Method of Operation: 범죄를 성공적으로 완수하기 위한 행동. 이른바 범행 수법으로, 일정한 경향을 지님.

자전거가 녹슨 채 방치돼 있었다. 그 뒤로 유모차도 있었다. 유모차 시트 위로 새카맣게 쌓인 먼지로 보아서 버린 지 3년은 넘어 보였다. 복도식으로 101호부터 저 끝에 114호까지 보였다. 101호 앞에서 장갑을 끼고 문고리를 돌렸다. 잠겨 있었다. 102호로 이동해 문을 열었다. 삐걱거리는 소리와 함께 철제문이 빙퉁그러지게 열렸다. 문이 휘청거려 간신히 벽에 기대놨다.

성호는 슬리퍼가 나뒹구는 현관으로 들어갔다. 봄날 햇빛이 열린 새시로 들어왔다. 화단에 핀 꽃들이 보였다. 성호는 눈을 돌려 방을 둘러봤다. 떨어져나간 벽지들, 곰팡이 핀 바닥, 책장 두 개가 눈에 띄었다. 부엌 구석에 있는 싱크대로 가봤다. 물도 나오지 않고, 가스레인지 불도 들어오지 않았다. 옆에 빈 컵라면 용기가 보였다. 용기를 들어 유심히 봤다. 말라비틀어진 지 꽤 되었다. 용기의 라벨을 뜯어서 주머니에 넣었다. 근처 편의점에서 사 간 사람이 있는지 CCTV로 조회해보면 나올 게 있을지도 몰랐다.

성호는 화장실 문을 열어봤다. 변기는 곰팡이 때로 가득했지만 변을 본 흔적은 없었다.

'컵라면은 이사 나가던 날 누군가 먹고 버렸던 것인가. 만약 내가 여기 불법으로 머무는 사람이라면 소변은 어디에 볼까. 여기서 먼 곳? 들키지 않기 위해 아파트 뒷산 자락에서 보고 올 것인가? 노숙인들이 이곳까지 와서 컵라면을 먹고 갈 확률은 있는

가?'

성호는 고개를 저었다. 근처에 지하철역은 있지만 무료급식소는 없다. 특별한 일이 있지 않는 한 이곳에 올 리 없다.

이 아파트와 비슷한 곳이 기억났다. 초등학교 6학년 때 전학을 갔다. 김홍택에서 김성호로 개명했고, 헤어져 살던 부모님도 같이 살았다. 외벽이 페인트가 떨어져 나가서 시커멓게 변색되었고, 엘리베이터도 없는 저층 아파트였다. 풀숲이 우거진 아파트 출입구는 누군가 내다 버린 철사나, 플라스틱 그릇 등의 쓰레기들로 지저분했다. 그나마 다행히도 주변에 공터가 없었고 부랑자가 드나들지 않았다. 아파트에 사는 아이들은 공부를 열심히 했다. 성호는 나름대로 안정돼가고 있었다. 하지만 엄마는 늘 풀죽은 표정으로 우울증에 시달렸고, 아버지는 여전히 툭 내지르는 말로 상처를 주었다.

"집안 꼴이 이게 뭐야."

"너를 닮아서 재가 저 모양이야."

"왜 이것밖에 성적이 안 되냐? 나처럼 살래? 아니면 노가다나 뛸 거야?"

아버지는 제약회사 영업 일로 받는 스트레스를 가족에게 풀었다.

지금 성호는 가족을 무던히도 괴롭혔던 아버지를 불쌍히 여기기도 한다. 하지만 그때는 그의 검은 구두, 헐렁거리는 양복바지, 후줄근한 재킷, 넓은 줄무늬 넥타이, 안경 그 모든 것을 증오했다. 그리고 아버지가 출근길에 구두를 신으러 숙인 등허리를 보며 안도했다.

성호는 깨끗한 새 아파트에서 살았다면 다른 모습의 가족이 되었을까 생각해본 적이 있었다.

답은 없었다.

성호는 나머지 집들도 순서대로 들어가 살펴봤다. 사람이 머문 흔적이 있는지, 그리고 최근에 찍힌 족적이 있는지 휴대폰 플래시로 확인했다.

성호는 계단으로 올라갔다. 뒷덜미가 서늘한 것이 위를 올려다보니 뭔가 휙 지나가는 게 보였다. 멈춰 서서 잠시 귀를 기울이는데 고양이가 바로 앞으로 뛰어내렸다. 성호는 깜짝 놀랐지만 고양이는 유유히 어디론가 사라졌다.

성호가 2층 복도를 훑고 3층으로 올라가는 도중 계단에 찍힌 발자국이 눈에 들어왔다. 270밀리미터 정도 크기로 최근 며칠 내에 찍힌 것이었다. 성호가 조심스레 위를 한 번 더 보고 족적을 살폈다. 물결무늬가 익숙했다. 경찰들이 주로 신는 보급품 족적이었다.

훈정은 280밀리미터는 신음직해 보였다. 민기는 키가 작아서 260에서 265 정도로 유추됐다. 성호는 벽을 등지고 서서 턱에 손을 댄 채 생각에 잠겼다. 혹시 이들이 낮에는 기숙사, 밤에는 이곳 내지 다른 곳에 머무는 것은 아닐까.

성호는 복도에 서서 해를 봤다. 해가 지려면 멀었다. 마지막 남은 4층으로 향했다.

한편 강동서에는 정수가 진술실에 출석한 가운데, 민찬이 질문을 던졌다.

"5월 27일 저녁에 편의점 뒤에 주차해둔 포터 2 말이에요. 차량번호 59 러 140X 차량 몰았던 사람 정말 없습니까?"

"네. 제가 확실하게 압니다."

정수는 답답하다는 듯 미간에 주름을 잡았다.

"열쇠는 편의점 벽에 걸어두시죠. 그날 누군가 몰래 썼을 확률도 있지 않습니까?"

"아르바이트생이 있는 한 불가능해요. 저도 왔다 갔다 하고요."

"최근에 편의점 영업이 안 돼서 줄이려고 하셨다면서요?"

정수가 억울하다는 얼굴로 물었다.

"어떻게 아세요?"

"본사에 물어봤죠. 한승모 군이 운전을 합니까?"

정수는 고개를 세차게 저었다.

"말이나 됩니까? 걔 고등학생이에요."

"이 화면 보시고 아드님인지 확인해주시죠."

민찬은 편의점 본사에 요청해서 입수한 CCTV 화면을 컴퓨터로 보여주었다. 화면에는 노란 조끼를 입고 모자를 눌러쓴 남자가 아르바이트생이 창고에 들어간 사이 열쇠만 몰래 빼 가는 장면이 담겨 있었다.

"알바생 말로는 그날 음료수 상자 세트를 세 개나 전화로 주문해서 창고에 들어갔는데, 산다는 손님은 오지 않았답니다."

정수의 입이 다물어지지 않았다.

"아드님인지 잘 보시죠."

정수는 시선을 내렸다.

"뉴스에서 보셨죠. 냉장고에서 발견된 시신이 재선고 학생들과 관련 있을지 모릅니다. 시급합니다. 아드님도 위험할지 모르니 도와주세요."

민찬이 굳은 눈빛으로 간곡히 부탁했다.

"운, 운전을 하기는 합니다. 제가 중학생 때부터 재미로 가르쳐줬어요. 그렇지만 시골 공터에서 몇 번 몰아본 게 다예요."

"열쇠를 가져간 남자가 아드님이 맞습니까?"

정수는 떨리는 눈으로 고개를 끄덕였다.

"마, 맞는 것 같아요."

"아드님과 지금도 연락 안 되십니까?"

"네."

가벼운 노크 후에 진술실 문이 열리고 태양이 들어왔다.

"팀장님, 어머니 오셨습니다."

해정이 따라 들어왔다. 해정은 맡겨둔 휴대폰을 돌려받고 나서 정수와 눈을 마주쳤다.

"여, 여보. 우리 이제 어떡해요."

해정과 정수는 누구랄 것도 없이 두 손을 잡고 울먹였다.

"팀장님, 그리고 지능범죄수사팀에서 수거해 간 휴대폰 관련해서 드릴 말씀이 있답니다."

복도에 지능범죄수사팀 박규영 경장이 서 있었다. 그는 다급한 얼굴로 비닐봉투에 든 휴대폰을 건네면서 말했다.

"지난번에 맡기신 휴대폰 장물 말인데요. 왜, 로데오 거리에서 마빈 말입니다. 그 녀석이 가지고 있던 휴대폰 중에서 이상한 것이 있어요. 이 사진, 김민기 아닙니까?"

민찬은 휴대폰을 건네받아 화면을 열었다. 민기의 얼굴 사진이 있었다. 학교에서 증명사진으로 볼 때의 얌전한 모습과는 다르게 입에는 담배를 문 채 도발적으로 찍혀 있었다.

민찬은 다른 사진도 봤다. 마빈을 포함한 불량스러워 보이는 아이들과 웃으면서 찍은 사진과 승모와 기숙사에서 찍은 사진도 있었다. 자신만만한 민기 옆에 어두운 낯빛을 한 승모가 보였다.

"팀장님, 좀 걸리는 것이 이 사진입니다."

박규영 경장이 야무져 보이는 눈빛으로 설명했다.

"이 커피숍에서 마빈 녀석과 찍은 사진 말입니다. 5월 27일 저녁 7시 30분에 찍힌 것으로 되어 있습니다. 그리고 이후 30분마다 연속 사진으로 8시에도 찍고, 8시 30분에도 찍고, 9시 사진도 있어요. 5월 27일이면 시신 발견 전날 아닙니까? 사진 찍은 시간들이 사건과 관련 있어 보입니다."

민찬은 민기의 굳은 눈매와 마빈의 억눌린 표정을 자세히 봤다. 커피숍의 갈색 테이블과 의자들, 서가에 꽂힌 책들이 굉장히 낯이 익었다.

"여기 알 것 같아요. 거리 입구 카페베네예요. 머그컵의 로고 보세요. 그리고 저 서가의 책들."

태양이 손가락을 튕기면서 큰 소리를 냈다.

"이 책들, 《총, 균, 쇠》, 《하루 만에 읽는 심리학》과 《형사소송법》이 같이 꽂혀 있던 기억이 납니다. 경찰시험 과목에 형사소송법이 있잖아요. 친구 만나다가 뭔가 하고 펴봤죠."

민찬이 고개를 끄덕였다.

"이민후 당장 불러서 진술 받아냅시다. 박규영 형사님이 휴대폰 장물 총책한테 연락해서 불러낼 방법은 없습니까?"

박규영이 단호히 답했다.

"도와드리죠. 경찰서 현안이 걸린 건데요."

"강 형사는 카페베네 가서 이 날짜 전후 CCTV 수거해 오고."

"알겠습니다."

민찬은 사건을 풀 단서를 획득한 느낌이 들었다.

4층 복도를 훑은 성호는 옥상으로 올라갔다. 쇠문의 자물쇠가 비틀려 있었다. 손으로 밀고 들어가니 흙바람이 코를 간질였다. 미세먼지 농도가 높은 날이었다.

휴대폰으로 시간을 보니 오후 5시경, 아직 해가 저물 기색이 없었다. 성호가 둘러보니 저쪽 구석에 생수병이 나뒹굴고 있었다. 성호는 생수병을 살폈다. 푸른색 치약 거품이 묻어 있었다. 장갑을 벗어서 손가락으로 거품을 문지르니 물기가 묻어났다. 누군가 여기서 반나절 이내에 양치질을 했다.

성호는 재빨리 뒤를 봤다. 소름이 끼쳤다. 누군가 있다.

성호는 발을 성큼성큼 디디면서 문으로 다가가 휴대폰을 터치했다. 그때 "에잇" 하는 기합 소리가 뒤에서 났다. 성호는 눈앞이 컴컴해졌다.

정신을 잃었던 성호는 눈을 가물가물 떴다.

'얼마나 시간이 지났을까.'

뒤통수에 고통이 느껴졌다.

"아, 뭐야."

성호는 두 주먹을 쥐어봤다. 손목이 잘 돌아가지 않았다. 정신이 번득 들었다.

한. 남. 기.

이 세 글자가 머리를 혼란스럽게 하면서 온몸에 소름이 끼쳤다.

"누, 누구야!"

제발 이곳에 한남기가 없기만 바랐다. 다섯 달 전의 공포가 훅 밀려들었다. 남기에게 납치를 당하고, 과거 기억을 되찾은 후 성호의 삶은 180도 변했다. 심재연에게 덜미를 잡히고, 동료들에게 얼굴을 들 수 없었다. 남기가 가졌던 복수심은 성호의 인생을 엉망으로 만들어버렸다.

성호는 양심과 본성에 회의가 들었고 공황 상태가 한 달 간격으로 찾아왔다. 그래도 잘 이겨내고 있다 여겼는데 다시 같은 곳으로 되돌아왔다.

'여긴 어디지?'

성호는 주변을 둘러봤다. 눈이 어둠에 적응하자, 여러 사물들이 들어왔다. 커튼으로 가린 창문에서 한줌의 햇빛이 비추고 있었다. 도시락 용기, 젓가락, 빈 물병 따위의 쓰레기와 의자, 옷가지, 이불, 전선줄 등으로 너저분했다.

도움이 될 만한 가위나 칼은 보이지 않았다. 다리를 옴짝달싹해봤다. 발목에 피자 로고가 찍힌 붉은 끈이 묶여 있었다. 다리를 마구 흔들자 끈이 느슨해졌다. 이때 목소리가 들렸다.

"누구세요?"

변성기를 갓 지난 날카로운 목소리. 그 속에는 두려움과 의문이 뒤섞여 있었다. 상대방은 아직 어린애다. 내가 찾던 그 아이들인가?

"난 경찰청 과학수사센터 소속 김성호 형사야. 이 줄 좀 풀어줄래."

공포에 질린 상대방을 달래서 신뢰감을 줘야 한다.

"죄송해요, 저도 묶여 있거든요. 머리 괜찮으세요?"

"아……. 누가 뒤에서 때렸나봐."

"각목 같은 걸로 때렸을 거예요."

성호는 어둠 속에서 들려오는 목소리를 향해 질문을 했다.

"이름이 뭐니?"

차분하게 하나씩 물어보기로 했다.

"김민기예요."

성호는 잠시 침묵했다.

"재선고 2학년 김민기?"

"네."

"왜 여기 묶여 있지?"

"훈정이랑 준성이가 저를 금요일부터 가둬놨어요."

"학교에서 자율학습 끝나고 나와서 그렇게 된 거야?"

"맞아요."

"안준성은?"

잠시 침묵이 흘렀다.

"몰라요."

민기는 말이 짧았다. 성호는 단도직입적으로 물었다.

"안준성이 죽은 일에 네가 연관돼 있니?"

"전혀 아니에요."

"나를 때린 애가 훈정이야?"

"네."

"어떻게 된 건지 얘기해줄 수 있니?"

잠시 한숨이 흘렀다. 목소리는 또다시 어둠 속으로 묻혔다.

"민기야, 민기야?"

"네."

"안준성이 언제 어떻게 그렇게 된 거니?"

"월요일 저녁으로 기억하고 있어요. 준성이가 훈정이와 말다툼이 벌어졌어요. 저를 풀어주자는 훈정이와 그럴 수 없다는 준성이가 맞붙어 싸운 거예요. 그리고 준성이가 훈정이 멱살을 붙잡고 잡아당겼는데, 그 순간 훈정이가 준성이를 와락 밀쳤어요. 준성이는 벽에 부딪히고 나서 쓰러졌어요."

성호는 잠시 정신을 가다듬었다. 뒤통수가 아려왔다. 제대로 맞은 것 같았다.

"준성이는 이곳에서 그렇게 된 거야?"

"여긴 아니에요. 305호였나?"

"나를 어떻게 여기까지 데리고 온 거니? 여기가 어디지?"

"훈정이가 형사님을 어깨에 들쳐 메고 들어와서 다짜고짜 묶었어요."

기억이 났다. 옥상에 올라가 살펴보다가 휴대폰으로 전화를 걸려던 순간 누군가 뒤에서 덮쳤다.

"밥은? 화장실은?"

"밥은 훈정이가 사 오기도 하고, 승모가 갖다 주기도 했고. 화장실 갈 때는 풀어주고."

"힘들지 않아? 계속 갇혀 있는 게."

"그다지. 갇혀 있는 데 익숙해서요."

성호는 민기가 기숙사에서 산다는 것을 떠올렸다.

"도대체 이유가 뭐야?"

상대는 대답을 머뭇거렸다. 민기의 얼굴을 볼 수는 없었으나, 주저하는 느낌이 들었다. 그때 뒤쪽에서 희미한 빛이 느껴졌다. 성호가 뒤돌아보니 누군가가 플래시를 들고 다가왔다. 큰 키에 약간 절름거리는 모습이 암흑 속 한줄기 빛 속에 슬쩍 보였다.

이미 CCTV 영상을 통해 수십 번 본 아로아 공판장 조끼를 입은 남자아이. 절름거리는 모습이 확연하게 일치했다.

"박훈정?"

성호가 무심코 입 밖으로 소리를 냈다. 남자는 플래시를 창틀에 올렸다. 빛이 넓게 분산되면서 남자의 얼굴이 보였다. 성호의 시야에 남자의 눈이 들어왔다.

고독하고 피폐한, 감정 없이 처진 눈.

초췌하고 허름한 행색을 한 남자가 다가왔다.

"박훈정, 괜찮아?"

큰일을 벌여서 스트레스를 겪는 사람에게는 차분히 다가가는 게 먼저다. 다급하게 죄를 묻거나 하면 일을 나쁜 방향으로 몰고 갈 확률이 높다. 돌발 상황에서는 이성적으로 진정시키면서 상대방의 양해와 동의를 구해야 한다.

"박훈정, 이야기 좀 하자."

훈정은 민기에게 다가갔다. 훈정이 삐딱하게 민기를 봤다.

"경찰청에서 나온 김성호 형사님이야. 자수해."

민기는 침착하게 말했다. 훈정은 머리를 긁적였다.

"훈정아, 준성이는 걱정 말고 문제를 같이 해결해보자. 민기를 풀어주고 나를 잡아두는 건 어때?"

훈정은 말없이 성호를 지나쳤다. 훈정을 이렇게 보낼 수는 없었다. 어떻게든 자신이 사건을 해결할 수 있다는 믿음을 주어야 했다.

"훈정아, 나가도 갈 데가 없다는 거 알아. 내가 도와줄게."

훈정은 저벅저벅 소리를 내며 밖으로 나가 문을 쾅 닫았다.

"소용없을 거예요. 말 한 마디 없어요."

"탈출하려고는 해봤니?"

"아뇨. 어차피 복도를 지키고 있어서 소용없어요."

성호는 민기의 말투에서 위화감을 느꼈다. 절망에 빠진 것도 아니고, 스톡홀름 신드롬처럼 인질범에 동화된 어투도 아니었다. 지극히 일상적인 말투였다. 불안한 기색이 없었다. 성호는 놓치지 않고 물었다.

"화나지 않아? 일주일씩이나 갇혀 있는데도?"

"어차피 학교에서도 갇혀 있어요."

민기의 화법은 설득력이 있었다.

"탈출 시도도 안 해봤다니, 좀 의아한데?"

"훈정이와 한편 같아 보여요? 전 피해자라구요."

"내가 만나본 범죄 피해자들은 모두 불안감에 떨었어."

"아, 네."

민기의 말수가 갑자기 줄었다. 성호는 손을 재바르게 놀려서 매듭을 느슨하게 했다. 케이블 타이가 아니라 노끈인 게 다행이었다.

금요일 밤 로데오 거리, 클럽의 입간판을 자세히 보고 있던 마빈이 스냅백을 머리에 눌러쓰고 담배를 물었다.

휴대폰 장물을 넘기면 대당 15만원 이상 쳐준다는 형님의 전화를 받고 나오긴 했지만 꺼림칙했다. 처음 거래를 트는 경우 물건만 주고 돈을 떼먹히지는 않을까 불안했다. 일이 벌어져도 경찰에 도움을 요청할 수도 없다. 이래저래 불법적인 일은 늘 피곤함을 동반했다.

마빈은 담배를 절반쯤 피다 꾹 눌러 끄고 클럽 앞에서 10여분을 기다렸다. 아이폰 최신형 세 대와 갤럭시 구형 신형 각각 두 대였다. 일주일간 클럽과 호프집에 아이들을 풀어 훔쳐온 것으로 강남역 부근과 홍대까지 가서 갖고 왔다.

"이민후!"

어디선가 마빈의 본명을 부르는 소리가 크게 났다. 기분이 좋지 않았다. 5년 전 아버지는 이렇게 이름을 크게 부르며 몽둥이부터 찾아 들었다. 그의 입김에서는 늘 진한 소주 냄새가 막걸리 냄새와 뒤섞여 풍겼다. 엄마와 도망치다시피 집을 나와서 숨어 살았다. 그리고 3년이 지나 아버지가 한 번 찾아왔지만 더 이상 민후를 때리지 못했다. 그는 덩치가 쭈그러들고 온몸을 사시나무처럼 떨었다. 그렇게 아버지가 조용히 떠나고 나서 다시는 얼굴을 볼 수 없었다. 아버지의 폭력에서 벗어났지만, 마빈은 종종 가출했다.

'설마, 아버지?'

뒷덜미가 서늘해져 뒤를 돌아보는데 박규영이 서 있었다.

"씨발, 재수 없네."

마빈이 꺾어 신은 운동화를 고쳐 신고 도망치려는데 그 앞을 다른 남자가 가로막았다.

"이민후, 가자."

더 볼 것도 없이 형사였다.

"우씨, 왜 그래요? 이거 놔!"

"경찰서 가서 얘기할래, 여기서 얘기할래?"

"여, 여기서요. 이것 좀 놔요, 쪽팔려요. 애들이 보잖아요!"

마빈은 능글능글 웃으면서 태양의 손을 뿌리치고 몸을 수색하는 박규영을 밀쳤다.

"너 김민기 알지? 이 사진 모르겠어? 월요일 민기와 만나서 밥 먹고 헤어진 거 아니지? 카페에 오래 남아서 사진 찍었던데."

태양이 사진 네 장을 순차적으로 보여줬다.

"근데 왜요?"

"김민기 어디 있어? 이 휴대폰 김민기 거 맞아?"

태양이 큰소리로 묻자 마빈은 고개를 떨어뜨렸다.

"제대로 대답하면 휴대폰 넘기려던 거 선처해줄게. 어서 대답해!"

"재선고 뒤편에 허름한 아파트 하나 있잖아요. 거기에 있다고 들었어요."

"뭐야?"

마빈이 기어들어가는 소리로 답하자마자, 태양은 다급하게 전화를 걸었다.

"서 팀장님, 시영아파트로 지원 보내주셔야겠습니다. 거기 있대요. 저희는 일단 이 녀석 데리고 경찰서로 가겠습니다."

강동경찰서 앞마당에는 경찰차량 세 대가 출발 준비를 하고 있었다. 순찰차 두 대와 기동버스 한 대에 형사들이 나눠 탔다. 민찬은 민기의 휴대폰 사진을 뚫어져라 보고 있었다. 8시에 찍은 사진과 8시 30분에 찍은 사진 사이에 공통점이 있었다. 바로 민기와 마빈의 사이에 있는 테이블에 놓인 하얀색 종이였다. 종이에 무언가 매직으로 써놓았는데 확대를 해도 잘 보이지 않았다. 운전석에 김순호 경장이 타자 민찬은 부탁을 했다.

"형사님, 돋보기안경 쓰시죠?"

"네. 왜 그러시는데요?"

"잠깐 안경 좀 빌릴 수 있을까요."

김순호 경장은 안경을 빼서 뒷좌석의 민찬에게 건넸다. 민찬은 휴대폰 사진의 종이 부분을 확대한 후에 돋보기안경을 갖다 댔다. 해상도는 낮았지만 희미하게 보이는 글씨는 분명 숫자 '101 305 405'였다.

"101이라. 저기 김 형사님, 고이동 시영아파트 총 몇 동입니까?"

"아마 두 동 정도 될걸요. 재건축 아파트 말씀이시죠? 지금 거기 간다고 들었는데요."

"맞습니다. 그럼 101은 동일 것이고 나머지는 아파트 호수 같네요. 어서 출발합시다. 김민기가 힌트를 줬네요."

김순호 경장이 모는 순찰차가 출발하자 또 다른 순찰차량과 기동버스가 꼬리를 물고 뒤따라 나갔다. 민찬은 휴대폰으로 태양에게 현장 상황을 알려주었다.

경광등 소리에 차들이 길을 터주었다. 순찰차량은 빠르게 달려 재선고등학교가 보이는 고이동 사거리에 진입했다. 사거리에서 우회전을 해 2차선으로 접어들어 직진을 하자 시영아파트가 저 멀리 보였다. 아파트는 어둠 속에 우중충하게 서 있었다. 아파트 근처에 다다르자 경광등을 끄고 조용히 접근했다.

순찰차가 서고 민찬이 내렸다. 민찬은 38구경 리볼버 권총을 손에 쥐고 엄호 자세를 갖춰 101동으로 앞장섰다. 깨진 유리창으로 들어오는 가로등 불빛이 유일하게 앞길을 터줬다. 등을 벽에 대고 계단을 한 걸음 한 걸음 올라가는데, 바스락대는 소리가 들렸다. 밑을 내려다보니 김순호와 순경 두 명이 뒤따라 올라오는 소리였다. 민찬은 입가에 손을 댔다. 부산대다가는 피의자가 흥분할지 모른다.

민찬은 301호부터 천천히 문을 열었다. 문에서 삐걱대는 소리가 났다.

민찬은 301호가 비어 있는 것을 확인 후, 뒤따라오는 김순호와 순경들에게 나머지 집들을 손가락으로 가리키며 일일이 들어가라고 지시했다. 기동버스를 타고 온 형사들이 102동으로 올라가는 모습이 아파트 거실 창문에서 보였다. 만약 훈정이나 민기가 눈치가 빠르다면 경찰들이 아파트에 잠입했다는 걸 알아챘을 것이다. 민찬은 그들이 102동으로 이동할 가능성을 염두에 두고 흩어져서 살펴보도록 지시했다.

305호에 민찬이 들어갔다. 발에 뭔가가 채였다. 음료수 병 따위였다. 방문을 열어보았지만 인적은 없었다. 314호까지 순경들과 김순호에게 부탁을 하고 홀로 4층으로 향하는 계단을 올랐다. 401호부터 들어가 살폈다. 어두컴컴한 속에서 부루퉁한 괴물 얼굴이라도 나올 것처럼 스산했다. 뒷덜미가 서늘했다. 두런두런거리는 소리가 났다. 민찬은 뒤를 돌아봤다. 유리창 밖 나무 잎사귀가 사각대는 소리였다.

민찬은 권총을 조준하던 손을 내리고 401호를 나왔다. 402호, 403호를 거쳐서 404호에 들어갔다. 열린 방문들이 보였다. 그때 닫혀 있던 화장실 문이 왈칵 열리며 누군가 암흑을 뚫고 공격해 왔다. 민찬은 당황해 뒤로 넘어졌다. 괴한은 민찬을 넘어서 마구 달려 나갔다. 민찬은 무전을 쳤다.

"404호! 방금 뛰쳐나갔다! 어서 잡앗!"

무전이 요란하게 오가고 경찰들이 계단을 뛰어가는 소리가 들렸다. 민찬은 즉시 일어나 문을 향해 달렸다. 어둠 속에 녀석이 어디로 튀었을지 재빨리 머리를 굴렸다.

민찬은 계단을 내려가보았다. 빠르게 뛰다 아차 싶었다. 분명 멀리 가지 않았다. 촉은 계단 구석을 향했다. 몸이 움찔 굳었다.

민찬은 고함을 질렀다.

"거기 나왓!"

어둠 속, 누군가 몸을 둥글게 말고 있다 일어서는 실루엣이 보였다.

“꼼짝 마! 그대로 있어!”

괴한이 서서히 민찬이 발을 걸친 계단 가로 왔다. 민찬은 노리쇠를 당겼다. 일촉즉발의 상황이었다.

이때였다. 뒤에서 소리가 났다.

“서 팀장님? 김성호입니다. 박훈정 비무장 상태입니다. 쏘지 마세요!”

이때 민찬에게 괴한이 와락 덤볐다. 성호가 다급하게 말렸다.

“박훈정, 가만있어. 임마! 위험해!”

민찬은 괴한을 잡아서 그대로 바닥에 패대기치듯이 던졌다. 그리고 날쌔게 뒤 허리춤에서 수갑을 빼 들었다. 주춤거리는 상대를 잡아 일으키면서 상대방의 오른손에 수갑을 덜커덕 채웠다. 상대의 왼손을 잡으려는 찰나, 주먹이 날아왔다. 민찬은 얼굴을 한 대 맞고 휘청거렸다.

그때 편의점 카메라에 잡힌 다리를 약간 절던 녀석의 모습이 뇌리를 스쳤다. 오른발을 들어 녀석의 오른다리에 걸고서 바깥다리 자세를 해 그대로 녀석을 주저앉혔다. 김성호가 민찬을 도와 남자의 왼손을 제압해 마저 수갑을 채웠다. 민찬이 포박해 일으키자 녀석의 초췌한 눈빛이 설핏 보였다.

“박훈정, 너를 김민기 납치 및 감금 혐의와, 안준성 사망 관련하여 사체유기 사건의 피의자로 체포한다. 너는 진술을 거부할

권리가 있으며 아울러 변호사 선임의 권리도 있다. 순순히 경찰서로 가서 조사받아!"

민찬이 강압적으로 훈정을 끌고 가려는데, 순경과 김순호가 민기를 양팔로 부축해 405호에서 데리고 나오는 게 보였다.

"인질을 구출했습니다."

"형사님은 김성호 형사님과 뒤 순찰차를 타시고 저는 박훈정과 앞 순찰차를 타고 경찰서로 갑니다. 작전 마감합니다. 기동버스 타고 온 형사님들께도 무전 쳐주십시오. 수고하셨습니다."

경찰차량 세 대는 아파트를 빠져나와 구청과 경찰서가 있는 중심 지구에 도착했다. 민찬이 훈정을 경찰서 본관 1층 강력팀 사무실로 데려갔다. 성호는 민기를 본관 2층에 위치한 휴게실로 안내했다. 성호는 자판기에서 음료수를 뽑아 민기에게 건네며 말했다.

"이거 먹으면서 쉬고 있어. 부모님께 연락드릴 테니까 걱정 말아."

민기는 길게 자란 앞머리로 반쯤 감춰진 눈동자에 호기심을 담아 말했다.

"저도 진술을 하나요?"

성호는 맞은편 자리에 앉았다.

"안준성 죽는 것을 목격했다면 피해자 진술을 받아야 돼. 물론 부모님 허락 하에 이뤄질 거야."

"미드에서 보던 거랑 똑같네."

성호는 민기를 노려봤다.

"지금 친구가 죽었어. 심각한 상황이야."

"알고 있어요. 제가 하기 나름으로 형사님 역량이 달라지죠?"

성호는 잠깐 한숨을 쉬었다.

"진실만 말해야 돼."

"알았다고요."

민기는 천연덕스럽게 음료수를 마셨다.

진술실에 훈정과 들어앉은 민찬은 진술을 받을 만반의 준비를 했다. 카메라 녹화 버튼을 누르고, 컴퓨터와 녹음기도 준비했다. 초췌한 얼굴에 허름한 회색 티셔츠를 걸친 훈정은 고개를 푹 숙이고 아무 말도 없었다. 민찬 옆에 앉은 태양은 녹음기 버튼을 누른 후 컴퓨터 키보드에 손을 올렸다.

"박훈정, 이름 맞아?"

훈정은 눈을 감아버리고 고개를 뒤로 젖혔다.

"이름이 맞는지 확인하자."

민찬이 재차 부탁했지만 여전히 아무 말이 없었다.

"주민등록상 주소지를 확인해보니까 같은 동네긴 하지만 할머니 살고 있던 데와 다르던데, 이 집은 누구 집이야?"

훈정은 고개만 푹 숙일 뿐이었다. 민찬이 재차 물었다.

"교회 목사님이 우편물 받아주려고 올려준 데야?"

민찬이 질문을 던졌지만 반응은 여전했다. 보다 못한 태양이 화를 버럭 냈다.

"야! 왜 그렇다고 말도 못 해. 할머니 기초생활수급비 제대로 나오게 해주려고 교회에서 너만 따로 주소지에 올려준 거잖아."

훈정은 미동도 없이 돌처럼 앉아 있었다. 민찬은 태양을 진정시킨 후에 잠깐 한숨을 쉬며 침묵을 지켰다. 답답했다.

"진술 거부하는 거 맞아?"

25분 동안 여전히 어떤 질문에도 답하지 않았던 훈정은 민찬이 던진 마지막 물음에는 고개를 끄덕였다. 그리고 여전히 조가비처럼 다문 입으로 옆을 쳐다봤다. 태양은 속이 타는지 주먹으로 책상을 한 번 내리쳤다.

"강 형사, 잠깐 쉬었다 하지."

민찬은 성호가 민기에게서 의미 있는 진술을 받기를 기대하며 일단 진술실을 나왔다. 좀 기다리는 게 나을지 모른다.

민기는 눈을 가늘게 뜨고 진술실 위쪽의 카메라를 쳐다봤다. 그리고 질문할 준비를 하는 성호를 봤다. 민기는 손에 난 거스러미를 뜯었다. 성호는 잠시 민기를 살피다가 의자를 바짝 당겨 앉았다. 질문할 내용을 간단하게 수기로 써 왔다. 질문 순서를 정해야 했다.

"괜찮으세요?"

"어?"

성호가 민기와 눈을 마주쳤다.

"훈정이가 형사님 뒤통수를 갈겼잖아요. 각목으로."

성호는 잠시 머리 뒷부분을 쓰다듬었다.

"괜찮아."

민기는 가느다란 손가락을 구부리고 배시시 웃었다.

"웃음이 나오니? 이 상황이?"

성호는 민기가 피해자지만 할 말은 해야겠다 싶었다.

"그럼 어떡해요?"

성호는 민기를 자세하게 뜯어봤다. 여린 얼굴선만 보면 중학생으로도 보일 법했다. 덩치도 자그마했다. 두 다리를 곧게 모으고 오른손의 집게와 엄지손가락으로 왼손에 일어난 살갗을 잡아떼고 있다가 성호가 시선을 두자 멈췄다. 성호는 언뜻 강박증이 연상되었다.

"잠 못 자죠."

"어?"

"형사님 얼굴이 안 좋아요. 가장 최근에 꾼 꿈이 뭐예요?"

성호는 상대방의 유도에 휘말릴 생각은 조금도 없었다. 민기의 질문을 무시하고 바로 갈고리가 될 질문을 던졌다.

"마빈 아니?"

성호는 은근한 표정으로 민기를 봤다.

"마빈?"

민기는 뜬금없다는 얼굴로 되물었다.

"본명은 이민후, 로데오 거리에서는 마빈이라고 불리지. 엄마는 필리핀 사람이고. 학교 보관함에 넣어둔 휴대폰 말고 네가 진짜 사용하는 스마트폰을 가지고 있던데."

"근데 왜요?"

"아느냐고 물었어."

불안해하는 피의자는 신체를 비틀거나, 뒤로 몸을 빼거나, 시선을 정면을 향하지 않고 위를 쳐다보거나 한다. 민기는 손거스러미를 뜯는 걸 빼고는 안정적인 편이다.

"제 신체동작을 살피시나요?"

성호는 반응하지 않았다.

"그럼 왜 짧게 대답하는지 아시겠네?"

"뭐?"

"검찰이나 경찰 진술분석할 때 피의자가 같은 단어를 되풀이하면 거기서 사건의 결정적 단서가 잡히잖아요. 암초효과. 그래서 단답형이 좋죠."

민기의 당돌한 말에 성호는 화가 났지만 재차 물었다.

"마빈 아느냐고."

민기는 살짝 웃었다.

"네라고 할게요."

"5월 27일 천호동 카페베네에서 저녁 7시 30분경부터 9시 넘어서까지 같이 있었지?"

"휴대폰으로 사진을 찍었죠."

"7시 30분, 8시, 8시 30분, 9시에도 사진을 찍었지. 카페 CCTV로 확인했어. 왜 그렇게 그 시각 같이 있던 사진을 남겼지?"

"박훈정이 그러라고 명령했어요."

성호는 답답한 표정을 지었다.

"마빈이 왜 네 휴대폰을 갖고 있어?"

순간 민기의 싸늘한 눈빛을 본 것은 잠깐이었다. 1초가량.

"것도 박훈정이가 시켰다니까요."

"마빈은 어디서 만났어?"

"거기서 만났어요. 박훈정이 다 시킨 거예요."

성호는 방향을 돌리기로 했다. 민기의 행동으로 보아 친밀감을 형성하는 것은 효과가 없었다. 치밀하게 질문하는 편이 나을 것 같았다.

"네가 중학교 3학년 때 박훈정, 안준성과 학교폭력사건으로 엮였지. 둘은 강제전학 처분됐고. 넌 피해자, 그들은 가해자였지. 어떻게 생각해?"

"학교 기록 보세요."

"너는 5월 24일 금요일 밤 10시부터 연락이 끊겼어. 10시 이후에 어디로 어떻게 간 거지?"

민기는 잠시 일자로 입을 다물었다 풀었다.

"승모가 시영아파트에 가보자고 했죠."

"그래서?"

"뭘 두고 왔다고 해서 갔는데, 101동 305호던가? 박훈정이 뒤에서 달려들어 제 손과 발을 의자에 억지로 묶어서 꼼짝 못 했죠. 스마트폰과 가방은 뺏겼고."

"그때가 몇 시였는데?"

"10시 30분 정도요."

"근데 방금 '305호던가'라고 했지. 왜 단정을 못 짓지? 너 머리 좋잖아?"

진술에서 장소나 시간을 나타내는 단어는 중요했다. 그 단어를 피의자가 헷갈려하면 거짓말일 확률이 높았다.

"어두워서 정확치 않아요."

"그럼 승모는?"

"걔네들 옆에 섰어요. 안준성이 플래시를 켰는데 박훈정이어서 놀랐어요. 2년 전에 나 때문에 전학 가고 인생 망쳤다면서 안준성이 윽박지르고 뺨을 때렸어요."

성호는 민기의 신경을 긁어보았다.

"확실한 거 맞지?"

민기는 두 손목에 난 붉은 상흔을 손가락으로 어루만졌다.

"여기 증거요. 이쪽도 멍들었어요."

민기는 눈두덩에 작은 멍이 있었다.

"계속 해봐."

"밤에 의자에 묶인 채로 잠들었는데, 다음 날 점심 전에 안준성이 먹을 거 주고 그랬어요. 그날 그거 한 끼 먹었어요."

"뭘 먹었는데?"

"기억 잘 안 나요."

"그런 게 기억 안 날 리 없잖아."

"몰라요."

"그럼 안준성이 음식 사러 가면 박훈정 혼자 남았어?"

"네."

"승모는?"

"걔는 금요일 밤 11시 전에 집에 갔어요."

"시간을 어떻게 기억하지? 휴대폰도 없는데."

"그냥요. 느낌으로."

"무슨 말을 나눴지?"

"나를 혼내줄 거라는 말."

"걔들이 너를 얼마나 때렸어?"

"박훈정이가 따귀 여러 번. 그리고 안준성은 발로 여러 번 찼고."

"바지 좀 걷어봐."

"의심하시는구나. 자, 보세요."

민기는 바지를 걷어 보였다. 작은 멍 자국이 여럿 있었다.

"2년 전 학교폭력으로 피해를 봐서 너한테 복수하려고 그런 거야?"

"네."

민기는 단호했다.

"일요일은?"

"승모는 일요일에 안 왔고 박훈정하고 안준성이 지키고 서서 나보고 사과하라고 했어요."

"그래서 어떻게 했는데?"

"사과 안 하고 입 다물고 있었어요. 잘못한 게 없으니까."

"일요일에 밥은 어떻게 먹었어?"

"점심때쯤인가, 안준성이 사다준 편의점 김밥 먹었어요. 입에 넣어주고 손은 묶인 채로 먹었어요."

"토요일 먹은 건 기억 안 난다면서."

"그건 그거고 이건 이거고."

"좋아. 화장실은 어떻게 했니?"

"박훈정이 풀어주고 따라가서 봤어요."

"어디에서 소변을 보게 했지?"

"옥상, 계단 같은 데나 그냥 옆 아파트 화장실서도 보게 했고."

민기는 흔들리는 눈빛 없이 질문에 답했다. 감정의 동요가 안 보였다.

성호는 민기의 진술이 몇 개 걸리는 게 있었다.

"일요일에는 뭐 했어?"

"사과하라고 난리 치고 그랬죠."

"사과하라고 하는 것 외에 다른 일은?"

"딱히."

"지금 네가 인질로 잡힌 얘길 하는데 전혀 힘들어 보이지 않네."

민기는 침묵했다.

"월요일에는 무슨 일이 있었지?"

"승모가 점심시간에 비닐에 급식에서 싸 온 반찬이랑 밥을 가져다줘서 애들끼리 나눠 먹고 저는 안 먹었어요. 그리고 편의점 삼각 김밥도 사 오고요."

"왜 안 먹었지?"

"입맛 없어서요."

"점심시간에 학생이 학교 밖으로 나올 수 있나?"

"몰래 나왔대요."

담담한 표정의 민기는 말을 이었다.

"승모는 학교로 갔고, 안준성, 저 그리고 훈정이 이렇게 셋이 남았어요."

성호는 이제 결정적 질문을 던질 때라는 생각이 들었다. 민기의 눈을 똑바로 봤다.

"안준성이 죽은 거 알지?"

민기는 시선을 피하지 않고 잘 받았다.

"안준성은 언제 어떻게 죽었지?"

"말씀드렸잖아요."

"진술서 받아야 돼. 다시 말해."

민기는 입을 다물고 시선을 피했다. 잠시 침묵을 지키다가 입을 열었다.

"월요일 저녁 5시 즈음에 준성이랑 훈정이가 옥신각신 싸우다가 훈정이가 밀쳤어요. 처음에는 아파트 거실 벽에 부딪쳤는데, 준성이가 정신을 잃었죠. 훈정이가 놀라서 일으켜 세우고 깨웠는데 정신이 돌아왔거든요. 그래서 잘 눕게 했는데 잠이 들더니 일어나지 않았어요. 훈정이가 깜짝 놀라서 맥박을 짚어보고 저를 풀어주고 확인해보라고 했죠. 저도 목에 손을 갖다 댔는데 뛰지 않았고, 죽은 것 같았어요."

성호는 다시 물었다.

"훈정이가 밀친 것 확실하니?"

"네. 개한테 물어보세요."

"좋아. 왜 싸우게 됐는데?"

"일단 신경들이 날카로워져 있었는데, 하여간 저를 어떻게 해야 된다 그런 문제로 싸웠어요. 준성이가 훈정이 옷을 잡아챘는데 훈정이가 와락 밀치는 바람에 그리 된 거죠."

"그래서 어떻게 했어?"

"승모가 안준성이 죽고 나서 들어왔거든요? 빈손이었어요. 그런데 안준성이 누운 거 보더니 깜짝 놀라면서 차로 옮길 수 있다는 거예요. 아빠가 편의점을 하는데, 차 키를 몰래 가져올 수 있다고요."

성호는 침을 삼켰다. 이제부터 사체유기에 관해 질문을 던질 차례였다. 단순상해치사였다면 짧게 잡아 3년 정도의 형량도 가능하겠지만 사체유기와 사건 은폐라면 형량은 몇 배가 늘어난다.

"그래서 안준성을 어떻게 했지?"

"박훈정이 안준성 신원이 들통날 것 같다면서 옷을 벗기고 생수병에 있던 물로 몸을 닦아줬어요. 그리고 입고 있던 옷으로 물기를 닦았고요."

"이 티셔츠 말하는 거야?"

성호는 사건 당일 편의점 CCTV에 잡힌 훈정의 사진을 보여주었다.

"맞아요. 닦고 나서 다시 입었어요."

"준성이 옷은 어디에 뒀는데?"

"가지고 나갔어요. 저도 몰라요. 그런데 나가기 전에 안준성 몸을 감출 만한 대형 박스가 필요하다기에 제가 자주 가는 중고거래 사이트 ID와 비밀번호를 알려줬어요. 박훈정이 일성동에서 냉장고를 파는데 가본다 하면서 나갔죠. 저도 같이 갔어요."

성호는 걸리는 게 있었다.

"넌 처음에 내가 질문을 시작할 때는 안준성, 박훈정으로 지칭했는데 아파트에서 안준성이 죽게 되는 과정을 말할 때는 훈정이, 준성이로 불렀지. 그런데 안준성 유기하는 거 관련해서는 왜 또 박훈정, 안준성으로 부르는 거지?"

민기가 깜짝 놀란 눈을 해 보였다.

성호는 범인이 피해자를 부르는 호칭에 중요한 단서가 있는 경우를 많이 보았다. 이름을 붙이지 않고 '그녀', '그' 등의 삼인칭을 쓰면 뭔가 꺼림칙하거나 거짓말하는 경우가 종종 있었다. 지금도 민기는 뭔가를 감출 때 성을 붙이는 느낌이었다.

"그럼 이제부터 그냥 훈정이, 준성이라 하면 되죠? 혼동되니까?"

민기는 유도신문에 걸려들지 않았다.

"하여간 훈정이 승모랑 같이 나갔어요."

"같이 나가다니?"

"제 손발을 풀어주고 어차피 살인에 연관되었으니 도망 못 갈 거다 하면서 고이역에서부터 천호역까지 같이 지하철을 타고 나갔어요. 일회용 카드를 사서요. 그리고 저한테는 스마트폰을 돌려주고 마빈을 불러서 같이 있으라고 해놓고 둘이서 갔어요. 그 이후는 몰라요. 저는 카페베네에 9시 25분까지 있었는데, 그때

훈정이가 와서 같이 돌아왔어요."

"마빈과 박훈정은 아는 사이니?"

"아뇨."

"근데 어떻게 너와 같이 7시 30분부터 9시 25분까지 같이 있으라 했지?"

"그냥 저보고 스마트폰 맡길 만한 녀석을 부르래서요. 빨리 뛰어올 수 있는 녀석하고 같이 있으라 했어요."

성호는 고개를 저었다.

"김민기, 그때 휴대폰으로 누구에게든 도움을 요청할 수 있는데 박훈정의 지시대로 얌전히 카페에 있었다고?"

"30분 단위로 사진을 찍어 현장에 있었다는 걸 증명하지 않으면 우리 가족을 죽인댔어요."

훈정에게 임의제출 받은 휴대폰에 사진 네 장이 전달돼 있었다. 성호는 잠깐 한숨을 쉰 후 입을 열었다. 중요한 질문을 던질 차례였다.

"너는 안준성의 죽음에도 책임이 없고, 박훈정, 한승모가 차로 안준성의 시신을 유기할 때 그 현장에도 없었다는 게 사진들과 동석자 이민후에 의해 증거가 서지."

민기는 강한 눈빛으로 성호를 봤다. 더 이상 입을 열지 않았다.

훈정이 묵비권을 행사하고, 승모가 잠적한 가운데 유일한 진술은 민기의 말이다.

이로써 민기는 안준성의 죽음과 시신유기에 있어서 혐의를 받지 않게 된다.

"민기야, 이걸 좀 봐줄래?"

성호는 주영이 출력해주었던 인쇄물을 내밀었다. 민기의 SNS 글이었다.

김민기

4월 24일 오전 06시 00분

클래식 음악에 맞춰서 깨어난 하루, 오늘도 8시부터 6시까지 학교 수업을 마치고 나면 7시부터 11시 50분시까지의 자기주도학습을 하게 된다. 공부와의 치열한 싸움, 하지만 경찰의 꿈을 위해 나는 오늘도 한다.

ㄴ**이동하** 하 네가 경찰이 된다면 나는 판사가 되겠다. 양심도 없는 XX.

ㄴㄴ**김민기 이동하** 한번만 더 이런 댓글 남기면 신고하겠습니다.

ㄴㄴㄴ**이동하 김민기** 너 뒤 캐보니 소문 구리더라. 아빠 친자도 아니라고 파다하던데?

성호가 출력물을 읽는 민기의 표정을 용의주도하게 살피면서 은근하게 물었다.

"이 페이스북 글, 어떻게 생각하니?"

민기는 자신만만하게 웃으면서 책상에 내려놓았다.

"패드립이나 치는 미친놈들이죠. 고소해야 되는데 귀찮아서."

"우리가 조사한 바에 의하면 네가 성선중학교 3학년 때 겪었던 학교폭력이 사실은 조작이라고 보는 애들이 있어."

"그거 헛소문이에요. 제가 일방적으로 맞았어요. 자치위원회 조사서 안 보셨어요?"

"악플 단 것도 그 이유 중 하나일 거라는 생각도 들고."

"그렇게 따지면 지금 이 사건도 제 진술만 받아서 되겠어요? 인터넷 댓글 보고 사건 수사 결과 발표하셔야죠? 경찰이 수사 종결해도 인터넷 댓글로 다시 원점으로 돌아가네요."

민기는 눈을 똑바로 뜨고 따박따박 답했다.

'분노가 잠재돼 있다는 조영희 박사의 의견은 무엇인가? 김민기에 대한 선입견에서 자꾸 오해를 하는 건 아닌가? 하지만 마빈이 민기가 범죄를 짜줬다는 말은 무엇인가? 지금 제대로 질문을 던지고는 있는가?'

순간 성호는 면담주도자 스스로 회의를 품는 중대한 오류를 범했다. 면담주도자가 방향을 못 잡으면 진술은 붕 떠버린다.

헤매던 성호를 민기가 도리어 붙잡았다.

"꿈에서 중학교 교실에 있었어요. 교실 안에 학생은 한 명도 없고 강아지와 고양이만 있었죠. 교실 뒤로 비품함이 있어요. 그 안에서 어린 남자아이가 울고 있어요. 난 놀라서 비품함을 열고 아이를 안고 같이 울었어요."

민기는 바닥을 무연히 보면서 홀린 듯 말했다. 성호는 순간 민기가 진실을 말한다고 느꼈다. 민기는 돌연 성호를 봤다.

"형사님은 학교폭력사건에는 한 번도 연루된 적 없었죠?"

웃는 민기를 보자 익숙한 단어가 떠올랐다.

리틀 몬스터. 김성호로 이름을 개명하고 폭력 가해자로서의 기억을 잊고 치료를 받던 시절이 떠올랐다. 두통이 왔다.

머리가 깨질듯이 아프자, 성호는 주춤거리며 일어났다. 잠시 쉬어야겠다는 생각이 들었다.

"화장실에라도 다녀올래?"

"아뇨. 형사님이 쉬세요. 피곤해 보여요."

성호는 천천히 밖으로 나왔다. 피의자보다 먼저 진술실에서 나오기는 처음이었다. 민기는 진술이 이어지는 2시간 동안 화장실도 다녀오지 않고 종일 일관된 표정으로 진술을 했다.

성호는 복도에 몸을 기대고 두 눈을 지압하는데 누군가 다가왔다. 눈을 떴다.

"김성호 형사님이시죠? 말씀 좀 나눌까요?"

머리를 단정히 묶고 뿔테 안경에 갈색 슬랙스 정장 차림을 한 30대 여성이 성호 앞에 섰다.

"민기 군 어머님의 의뢰를 받고 오늘부터 김민기 변호인으로 일하게 된 정소정입니다. 미성년자는 진술 받을 때 보호자나 변호사가 동행하게 되어 있는 것 아시죠?"

"지금 임의동행하여 진술 받는 중입니다. 부모님께 허락 받았습니다."

"아직 부검감정서 완결서류가 안 나온 것으로 알고 있는데 설마 피해자 김민기 군을 피의자로 조사하는 건 아니죠?"

성호는 집게손가락으로 눈썹 위를 문지르면서 난감한 표정을 지었다.

"원하는 게 뭐죠?"

"저는 제 의뢰인이 받게 될 진술이나 수사 방향을 알고 싶어요. 그리고 정확한 증거 없이 구금할 수 없으니 집으로 데려가려고요."

"일단 심리 검사를 진행할 예정이고요, 오늘은 나갈 수 없어요."

정소정은 안경테를 들어 올리며 미간에 주름을 살짝 지었다.

"어떤 종류의 검사죠?"

"MMPI-2*나 PCL-R(Psychopathy Checklist-Revised)을 진행할 예정입니다."

* Minnesota Multiphasic Personality Inventory: 다면성 인성검사.

정소정이 목소리를 높였다.

"미쳤어요? 미성년자에게 사이코패스 감별조사법을 시행한다구요? 이게 기록에 남으면 앞으로 학생 인생에 어떤 걸림돌로 작용할지 아세요? 그 검사를 받았다는 이유만으로 범죄자 낙인이 찍혀요. 둘 다 안 돼요. 민기는 피해자입니다. 그건 중학교 3학년 때나 지금이나 마찬가지죠."

"그래서 심리 검사로 진위를 가려내자는 겁니다."

"비행촉발요인조사서* 정도로 끝내주세요. 그 이상은 안 돼요."

비행촉발요인조사서는 폭력성에 대한 검사로는 부족했다. 성호는 난감했다. 하지만 변호사의 태도는 확고했다. PCL-R 검사를 진행하면 당장 인권위원회에 도움을 요청하겠다고 윽박질렀다.

한편 강력팀 사무실에서는 차용근이 민찬과 태양에게 감정 서류를 보여주었다. 훈정은 잠시 유치장에 수감됐다.

"박훈정이 입고 있던 회색 티셔츠 소매 끝부분을 임의제출 받아서 현장에서 발견된 미세섬유 열세 올과 대조감정한 결과가 나왔어요."

* 가족의 구조나 학교생활, 가출 경험, 비행 전력이나 주변 환경 등을 단순하게 조사해 위험요인을 파악하는 심리 검사.

"어떻게 되었습니까?"

태양이 서류를 보면서 물었다.

"거기 현미경 사진 대조한 것 보이죠? 박훈정이 입고 있던 티셔츠 섬유와 정확하게 일치해. 두께나 꼬임 등의 형상이 동일하고, 색상이 상당히 유사하다고 감정 결과 나왔어요. 안준성의 목과 손톱 부분에서 나온 유전자는 양이 적어서 배양에 실패했고. 대신에 박훈정 집에서 채취한 유전자와 산길에서 발견된 장갑 안쪽 유전자가 일치해. 국과수 보고서 팩스로 왔어요. 즉 박훈정이 유력한 용의자라는 증거지. 장갑 안쪽으로 이수진 주임이 지문 채취를 시도했지만 실패했고. 일단 여기까지. 서류 원본은 내가 보관 중이고 카피본 여기 둘게요."

"팀장님, 감사합니다."

차용근이 사무실을 나가고 민찬은 서류를 유심히 살피는데 태양이 말했다.

"박훈정이 입을 다물고 있지만 안준성 손에서 섬유 증거가 나왔고, 김민기 진술로 박훈정이 안준성을 밀쳤다는 증거도 확보했어요. 박훈정을 안준성 살인 및 사체유기 건과 김민기 납치, 감금 사주 건에 관해 구속영장을 올려볼까요?"

"아니, 이걸로 부족해. 박훈정의 입을 열어야지. 2년여 전의 폭력사건이 어떻게 원인이 돼서 박훈정이 안준성과 함께 김민기를 납치했는지 이유를 알아내는 게 급선무야."

이때 조동식 형사과장이 사무실 입구에서 민찬을 불렀다.

조동식은 작은 목소리로 민찬에게만 들리도록 속삭였다.

"오늘이나 내일 중에 간략한 범인추정 보고서라도 올리지 못하면, 서울지방경찰청에서 광역수사대가 내려와서 사건을 다 가져간다는데? 나도 선배한테 들은 얘기야. 광수대 내려오면 피차 업무 인수인계 힘들어지고 사건도 산으로 간다고."

민찬이 보기에 조동식은 범인을 잡은 공을 뺏기고 싶지 않은 의지가 강했다.

"아직 수사 결과가 확정되지 않았습니다."

"미세섬유 증거나, 김민기 진술 등에 의하면 박훈정이 범인이라면서."

"박훈정이 입을 다물고 있어서 살인 동기 파악이 힘듭니다. 김민기 말만 듣고 판단할 수는 없잖습니까?"

"지금 포털 난리 난 거 알아, 몰라? 댓글에는 범인이 경찰 아버지를 둬서 풀려난다나 뭐라나 말도 안 되는 루머가 판을 친다고. 어서 사건 종결짓고 검찰에 송치해."

민찬은 고개를 저었다.

"말도 안 됩니다. 또 다른 증인 한승모를 찾고 있습니다. 반드시 찾아서 정확한 진술을 확보한 후 결과를 발표할 겁니다."

조동식은 눈을 부라렸다.

"이틀 안에 사건 해결해. 결과 발표도 하고. 브리핑 현장에서 범인 지목하라고. 길어지면 유족들도 피곤해진다는 걸 잘 아는 사람이!"

"최선을 다하겠습니다."

"최선, 최선, 하는데 내가 서 팀장 실력 모르는 건 아니지만, 목숨을 바쳐서라도 결과 끌어내란 말이야! 에이, 쯔쯔."

태양의 귀에 조동식의 경찰대 어쩌고저쩌고 하는 소리가 들렸다.

태양은 그간 경찰 업무를 수행하면서 경찰행정학과 출신들, 고시패스 출신자들, 경찰대 출신들 이렇게 세 종류의 상사를 모셨다. 그들이 경찰 내에서 주요 요직을 맡고 있는 것에 대한 우려의 눈길이 많았다. 특히 경찰대 출신에 경위 임용 특혜에 반대하는 내부 의견도 많았다.

조동식은 일반대 석사학위 취득 후 경찰공무원 특채시험을 합격하고, 차근차근 범인을 잡아 착실하게 이 자리까지 올라왔다. 그의 눈에 단숨에 팀장 자리까지 고속 승진한 경찰대 출신들은 곱게 보일 리가 없다. 증거를 모두 정직하게 확보하는 게 성에 안 찰 수도 있다.

하지만 선불리 범인을 잡고 수사 종결하면, 재판에서 피의자가 풀려날 빌미를 만들어줄지 모른다. 태양은 민찬을 믿고 그가 지시하는 일이 귀찮아도 따라보기로 마음먹었다.

민찬은 태양에게 훈정을 유치장에서 진술실로 이동시켜 진술을 진행하라고 했다. 그리고 이서연에게 수사 협조를 요청하라고 지시했다. 피해자, 가해자 중 하나만 입을 열고 사건의 동기가 묻혀 있을 때는 제삼자의 진술을 확보하는 게 중요했다.

밤 11시가 가까워오고 있었다. 민찬은 전화를 걸었다.

"어머님, 승모 군 연락 온 거 있습니까? 지금 댁으로 찾아뵙고 의논드리고 싶습니다. 아버님은 집에 계신가요?"

성호가 휴대폰을 보니 밤 12시가 다 되어 있었다. 주영이 퇴근 전에 문자를 주었다. 민기의 부모님과 변호사가 강동경찰서 밖에 위치한 민원실에서 기다리고 있고, 강력팀 요청에 의해 이서연이 강력팀 사무실에 와 있다고 했다. 성호는 강력팀 사무실로 갔다. 자리에 앉아 있던 민찬이 일어났다. 옆에 서연이 있었다.

"저는 한승모 군 집에 가려고요. 이서연 선생님께서 협조를 해주실 겁니다. 민기 군과 대질 신문도 괜찮을 것 같습니다."

서연은 하얀색 면 티셔츠에 감색 재킷을 걸치고 수척해진 얼굴로 고개를 숙였다. 성호가 정중하게 부탁했다.

"협조 잘 부탁드립니다."

성호는 상황을 간략히 설명하고 사무실을 앞장서서 나갔다. 복도를 걷던 서연이 물었다.

"민기는 좀 어때요?"

"차분하게 진술하고 있습니다."

서연은 어두운 표정으로 말했다.

"여기까지 오긴 했지만 겁도 나고 불편한 생각도 들어요."

성호가 진술실 문을 열어주었다. 진술실에 발을 디딘 서연은 떨리는 마음으로 민기의 맞은편에 앉았다. 민기가 기침을 심하게 했다.

"형사님. 저 물 한 잔이랑 간단한 간식이라도 가져다주세요. 부탁드려요. 배가 고프고 잠이 오네요."

민기는 고통스런 얼굴을 해 보였다. 성호는 휴대폰을 들어 태양에게 전화를 걸었다. 전화를 받지 않았다. 이번에는 주영에게 걸었지만 전화가 연결되지 않는다는 음성메시지가 흘러나왔다. 하는 수 없이 성호가 일어났다. 성호는 복도로 잠깐 이서연을 불렀다.

"신뢰를 형성하려면 선생님은 자리에 계셔야 돼요. 일단 제가 간식 사 올 동안 말도 하지 마시고 앉아만 계세요."

서연은 고개를 끄덕이고 진술실로 들어가 떨리는 눈빛으로 민기를 응시했다.

서연은 자신이 알던 민기가 맞는지 궁금했다. 서연은 그의 얼굴을 찬찬히 살펴봤다. 다소곳하고 얌전하게 생긴 모범생. 몸집이 작은 것은 여전했다.

그 순간 어깨를 구부리고 있던 민기가 등을 곧추세웠다. 이상

하리만치 키가 커 보였다.

민기는 당당한 눈빛으로 서연을 봤다.

"선생님, 지난번 살던 집에서 큰일 겪으실 뻔하셨죠?"

순간 서연은 싸한 공포감이 들었다.

"선생님의 신상정보는 구글이나 네이버에 이름과 '선생님', '국어교사', 그리고 계셨던 성선중학교 등을 키워드로 치면 여러 개가 나와요. 그리고 선생님이 중학교 시절 가르쳐주었던 메일 ID를 신상정보를 터는 프로그램에 입력하면 바뀐 휴대폰 번호나 페이스북의 친구들 그리고 이사 간 집 주소도 알 수 있죠. 중고거래 사이트에 올린 냉장고도 알 수 있어요."

"무슨 말을 하는 거야?"

"난 말이죠, 선생님의 신상정보를 어떤 사이트에 올려놨어요. 전과가 있는 사람들이 서로의 고민을 토로하는 카페인데요, 특히나 성범죄 전과가 있는 사람들은 성범죄자 알림e서비스에 대해 고통을 호소하고 전자 발찌의 괴로움을 말하죠. 그러면서도 고난을 단박에 잊을 수 있는 돌파구를 찾더라구요. 그러니까 범죄모의를 한다구요. 저는 선생님 이름, 주소, 전화번호 그리고 신체의 대략 사이즈와 혼자 산다는 정보를 올려놨어요. 선생님과 찍은 사진도요. 기억나죠? 담임일 때 사진 찍었잖아요."

"대체 무슨 말이야!"

서연의 목소리가 격앙지게 울렸다.

"저는 어차피 금방 풀려나요. 훈정이가 범인이죠. 저를 납치, 감금했고, 준성이와 티격태격하다가 밀쳐서 죽게 만들었어요. 그리고 훈정이는 승모와 함께 선생님한테 산 냉장고에 준성이를 넣고 산에 유기했어요. 난 피해자라고요. 나는 풀려나면 선생님 정보를 그 사이트에 또 올려서 다른 남자들이 보게 만들 거예요. 선생님께 그 일 벌어지고 나서는 정보를 지웠거든요. 아시죠? 그. 일. 이란."

서연은 부들부들 떨리는 두 손을 꽉 쥐고 눈물을 흘리며 물었다.

"너, 너, 왜 이, 이렇게 나를 괴롭히는 거야."

"그냥 싫었어요. 당신이."

"뭐?"

"당신이 한 마디라도 김성호에게 뻥긋하면 그 일을 또 겪게 될 거야."

민기가 말을 마치는 순간, 김성호가 빵과 생수병을 들고 들어왔다. 성호는 흐느끼는 서연과 민기의 나와는 상관없다는 제스처에 낙담했다.

실수했다. 민기를 서연과 둘만 남겨놓았던 것은 최악의 결과를 낳았다. 무슨 말을 했는지 모르겠으나 서연은 성호가 묻는 질문에 대답을 하는 둥 마는 둥 면담을 흐지부지 만들어놓았다.

"선생님, 나갑시다."

성호는 서연에게 바깥공기를 쐬라면서 비상문으로 나가 계단 난간에 서 있게 했다. 성호는 커피를 뽑아 건넸다. 내일이면 6월이지만 밤공기가 차가웠다. 서연은 성호가 건네는 커피에 입만 댔다가 뗐다.

"저 못 해요."

"협박이 있었나요?"

"아뇨. 개인적으로 힘들어요. 못 도와드려서…… 정말 죄송해요."

서연은 커피를 난간 위에 두고 계단을 내려갔다. 어깨를 좁히고 등을 작게 말아서 종종걸음으로 내려가는 서연을 성호는 잡지 못했다.

승모의 집은 거실 등을 반만 켜놓아 어두운 느낌을 주었다. 소파에 앉은 민찬은 맞은편에 의자를 두고 정자세로 앉은 정수와 해정을 똑바로 봤다.

"가장 빠른 방법은 한승모 군이 진술하는 겁니다. 아직도 전화가 오지 않았나요?"

민찬은 재차 물었다.

"안 왔어요. 우리 승모가 차로 범죄에 가담했다면 어떤 처벌을 받게 되는 거죠?"

정수가 떨리는 목소리로 침착하게 물었다. 해정은 몸을 가누

지 못하고 흐느끼면서 손을 벌벌 떨었다.

"진정하십시오. 사건과 관련 없으면 큰 처벌은 받지 않습니다. 걱정 마시고 도와주세요. 아드님이 쓰는 다른 전화기 정말 없습니까?"

해정은 고개를 저었다.

"없어요."

"현재 휴대폰이 꺼져 있어 추적이 안 됩니다. 동네나 학교 근처에 짐작 가는 곳 없습니까?"

정수가 고개를 저은 후 심각한 얼굴로 물었다.

"승모가 관계된 사건이 뭡니까?"

"시신유기를 도왔고, 이와 관련해 말을 들어봐야 합니다. 한승모 군의 계좌에서 돈이 빠져나갔는지 알아봐야 되는데, 계좌번호와 위임장 한 장 써주십시오."

정수가 담담하게 말했다.

"통장 찍어보니 오늘 저녁에 30만원 인출했습니다."

"통장 좀 주시죠. 어느 지점인지 알아보게요."

"알겠습니다."

"형사님. 승모가 사, 사람을 죽였을까요? 버, 범인인가요?"

해정은 차마 떨어지지 않는 말을 끄집어냈다. 그 말을 꺼내는 3, 4초의 찰나에 과거 기억이 생생하게 떠올랐다.

열한 살의 승모는 얼굴 근육이 떨리고 근육이 굳는 증상으로 휴학을 하고 집에서 쉬었다. 검사 결과 신체의 병보다는 부모 간의 불화와 공부에 대한 압박으로 심리적으로 근육이 굳는 것이라는 진단이 나왔다. 해정은 남편과 이혼하려던 결심을 접고 승모를 잘 간호했다. 승모가 4학년을 다시 다니자 공부에 대한 압박은 줄었으나, 남편에 대한 미움은 커졌다. 하지만 아들 생각에 누르고 살았다.

민찬이 말했다.

"아직 확정적인 건 없습니다. 연락 오면 꼭 알려주세요."

해정은 민찬이 가고 나서 음이온 매트를 치웠다. 저 비싼 매트를 들여와서 이 모든 사달이 난 것 같았다. 그리고 해정은 구용에게 들러 안부를 물었다. 다행히 응급실 다녀오고 나서 별 이상한 점은 없다고 했다.

해정은 거듭 사과를 했고, 차후 어떤 일이 일어나도 책임지겠다고 약속했다. 구용은 괜찮다며 도리어 소음 문제로 시비 걸었던 일을 사과했다.

집으로 돌아온 해정은 회한에 젖었다.

'승모야, 승모야. 엄마가 미안하다.'

해정은 마음속으로 숱하게 사과했다. 이때 휴대폰에 모르는 번호가 떴다. 해정은 떨리는 손으로 휴대폰을 귓가에 댔다.

"여보세요."

"엄마……."

"승모야, 어디야? 왜 기숙사 안 들어갔어? 학교에서 전화 왔어."

해정은 민찬이 일러준 대로 차분하게 대응을 했다.

"엄마……, 미, 미안해."

"괜찮아. 어디야? 그러지 말고 집으로 와, 제발."

승모는 떨리는 손으로 공중전화를 붙들고 있었다. 옷은 더러웠고, 멀티방에서 게임하고 하루 종일 보내느라 돈도 꽤 썼다. 꺼진 휴대폰을 켜려다 겁이 나서 공중전화를 찾아 아울렛 쇼핑몰까지 왔다.

승모는 훌쩍거리는 엄마의 목소리에 약해지는 마음을 추슬렀다.

"나 집에 못 가. 갈아입을 옷 좀 갖다줘."

해정이 벌떡 일어나 전화를 두 손으로 붙들었다.

"어, 어디로?"

"24시 맥도널드, 강동구청 옆에 있잖아. 내가 택시 타고 갈게."

"그, 그래. 지금은 어딘데?"

"빨리 나와. 한 15분 정도 걸릴 것 같아."

해정은 끊긴 휴대폰을 붙들고 손을 벌벌 떨었다. 해정은 진정하고 겉옷을 걸쳤다. 남편은 편의점 일을 보러 나가서 집에 없었다. 오늘만은 제발 같이 있자고 통사정했지만 계약 위반을 하게 되면 나중에 위약금을 문다고 나갔다.

무미건조한 생활이 이토록 그립게 될 줄은 몰랐다는 생각을 하며 해정은 서둘러 밖으로 나섰다.

6. 돌아갈 곳 없는 사람들

6월 1일 토요일

새벽, 서연이 경찰서를 나간 후에 성호는 민찬에게 민기를 구금할 수 있는지 물었다. 민찬은 하루이틀은 어찌해볼 수 있으나 변호사의 강력한 항의에 더 이상은 어렵다고 했다. 현재 민기는 집에 가서 잠시 쉬겠다고 해서 풀어줬다.

성호는 맥이 탁 풀렸다. 서연을 불러 진실을 밝히려는 계획은 단단히 틀어져버렸다.

성호는 진술실 의자에 앉아서 민기가 작성해놓은 비행촉발요인조사표를 들여다봤다.

가족의 구조 항목에서는 부모와 누나를 적어놓고 아버지와 누나가 따로 산다고 했다. 성호는 얼른 다음 장을 넘겼다. 가정불화, 냉담이나 가족 간 심리적 학대에서는 엄마 전주희에 대해 언어폭력과 신체적 학대에 기표가 되어 있었다. 자세하게는 학교 성적에 따라서 차등을 두어 초등학교, 중학교 내내 폭행을 했다고 적어놓았다.

민기는 거짓말을 하기보다 최소한의 답을 하고 빠져나갈 구멍을 만들고 있었다.

성호는 민기가 사건 배후로 의심이 가지만 훈정의 진술거부권, 승모의 부재에서 밝혀낼 방법이 없었다.

성호는 등받이에 기대고 손을 아래로 늘어뜨린 채 앉아 있었다. 심리 조사 결과 총점을 다해보아도 10점을 넘을 것 같지 않았다. 술과 도박이나 성범죄, 전과나 학교생활, 교우관계나 장기결석, 유죄판결 전력, 소년원 전력 등에서 모두 0점이 나왔다. 이것은 모두 사실이다.

벨소리가 울렸다. 심재연이었다. 안 받을까 하다가 벨소리가 3분여간 끈질기게 울리자 마지못해 받았다.

"네. 김성호입니다."

"일은 잘 돼요? 피의자 진술 받고 있는 중이라던데?"

"맞습니다."

"잘 할 거라 믿어. 참, 좋은 소식이 있어."

"네?"

"한남기가 면담을 허락했어."

잠시 성호는 말을 이을 수가 없었다.

"단 김 형사가 면회 와달라는데. 빠른 시일 내에. 할 말이 있대."

"네?"

"해줄 수 있죠?"

성호는 잠시 후 답했다.

"이 사건 마친 후에 생각해보겠습니다."

"알았어요."

전화는 끊어졌다. 성호는 잠시 두 팔을 서류에 올렸다.

'남기가 내게 할 말이란 무엇인가?'

고개를 흔들었다. 지금은 눈 앞의 사건에 집중해야 했다.

새벽어둠 속에 붉은 벽돌건물 외벽으로 맥도널드 간판이 보였다. 문 앞에 붉은 배달 가방을 단 여러 대의 오토바이가 서 있다.

해정은 오슬오슬 불어오는 새벽바람이 춥게 느껴졌다. 맥도널드 안으로 발을 들이니 진한 커피 향과 기름진 고기 냄새가 풍겼다. 손님이 드문드문 앉아 있고 카운터를 보는 직원은 졸린지 눈을 끔벅거리고 있다. 해정은 잔기침을 하며 두리번거렸다. 심장이 요동을 쳤다.

'없으면 어쩌지?'

해정이 오른편을 살피고 왼편으로 고개를 돌리는 순간 아들이 눈에 띄었다. 검은 얼룩이 여기저기 묻은 티셔츠를 입고 마스크와 모자를 쓰고 앉아 있었다.

"승, 승모야."

해정은 구석자리로 다가가 앉았다.

"엄마."

승모가 모자 속에 감췄던 눈을 드러냈다. 퀭한 눈빛에 두려움과 살고자 하는 의지가 뒤섞여 있었다.

"옷은?"

"집에 가자. 네가 골라 가. 엄마, 너무 무섭고 떨려서 그냥 왔어. 집에 아빠도 없어. 걱정 마. 집에 가자."

"엄마, 나 무서워……."

"무, 무섭다니? 뭐가? 형사가?"

승모가 소스라치게 놀랐다.

"형사가 여기 왔어?"

해정은 두 손으로 입을 막았다.

"아, 아냐. 아무것도 아냐."

"엄마, 다 알아?"

"뭐, 뭘 다 알아?"

"그 일 말이야. 민기가 시킨 일들."

"대체 김민기가 누구야? 너랑 같이 방 쓰던 애?"

승모가 채 대답을 하기 전에 민찬과 태양이 성큼성큼 들어섰다. 다부진 체격의 태양과 진중한 표정의 민찬이 들어서자 약간의 긴장감이 감돌았다. 해정이 쏜살같이 일어나 두 손을 흔들었다. 민찬이 왼쪽으로 태양이 오른쪽으로 갈라져 둘이 앉은 자리를 향해 걸어왔다.

"어, 엄마!"

승모가 소리 지르자 해정이 울음을 터뜨렸다.

"걱정 마, 승모야. 다 너를 위해서 그런 거야."

승모는 벌떡 일어나 해정을 밀치고 달렸다. 해정이 의자에 털썩 주저앉았다. 강하게 저항하는 승모의 등을 민찬이 붙잡고, 태양이 허리를 와락 껴안았다. 그들은 승모의 양팔에 단단히 팔짱 꼈다. 손님들이 놀라서 웅성거렸다.

"경찰입니다. 진정들 하십시오. 한승모, 당신은 안준성 사망사건과 관련하여 안준성의 시신을 운반한 혐의를 받고 있습니다. 사체유기죄 용의자로 연행하며 변호사 선임권과 진술거부권도 있습니다."

해정은 아들이 TV에 나오는 범죄자처럼 체포되자 애원을 했다.

"아, 아니에요. 형사님 제발 부탁해요. 우리 애, 그런 애 아니에요."

"죄송합니다. 임의동행 형식이지만 나중에 문제가 될까 싶어, 미란다 원칙을 고지하였습니다. 보호자로서 임의동행 허락하시죠?"

"네, 그럴게요."

민찬이 해정을 안심시키고 태양과 함께 승모를 데리고 갔다. 뒤늦게 달려온 정수가 해정을 달래면서 연행되는 아들의 처량한 뒷모습을 지켜봤다. 어느덧 새벽 3시가 가까워왔다.

민찬은 곰곰이 생각해봤다. 승모와 진술실에 들어가면 3일 연장 밤을 새는 거였다. 하지만 몸의 피곤함보다 사건의 진실에 한발 더 다가갈 수 있다는 쾌감이 컸다.

도로에 차들이 씽씽 지나갔다. 태양과 민찬은 한시도 늦추지 않고 강하게 승모의 팔짱을 낀 채 경찰서 쪽으로 향했다. 다행히 경찰서와 거리가 멀지 않았다.

진술실 두 개에 훈정과 재출두한 민기가 나눠 들어가 있었다. 남는 진술실이 없어 본관 뒤편 별관 2층에 위치한 경목실에 비디오 촬영기를 준비하고 노트북을 연결해 진술 받을 준비를 했다. 승모는 어리둥절해진 얼굴로 벽에 붙은 나무 십자가상을 쳐다봤다.

"성경책에 선서하고 진술하는 건가요?"

민찬은 노트북을 열었다.

"아니. 여기는 기도하는 곳인데 잠깐 빌렸어."

"네."

승모는 담담하게 답했다.

"나 기억나지? 기숙사에서."

"네."

"그날 왜 사실대로 말하지 않았지?"

"제가 납치하는 데 앞잡이 노릇을 했거든요."

"먼저 5월 24일 금요일 밤 10시 김민기가 납치되던 시점으로 돌아가자. 네 처음 진술은 둘이서 자율학습을 끝내고 기숙사를 나와 헤어졌다, 이랬지. 사실이니?"

승모가 풀죽은 얼굴로 고개를 숙였다.

"아뇨."

"그렇다면 10시 이후에 어떻게 됐어?"

"민기에게 시영아파트에 가보자고 했어요. 아파트에 뭐 두고 왔다고 거짓말 치고 101동으로 들어갔어요. 305호에서 기다리던 훈정이가 민기를 제압하고, 안준성이 구석에 숨어 있다 나와서 민기 휴대폰이랑 가방 뺏었어요. 훈정이가 민기 손발을 의자에 묶었고요."

민찬은 가볍게 고개를 끄덕였다.

"그때가 몇 시지?"

"글쎄요. 한 10시 2, 30분 정도? 학교에서 아파트 가는 시간 더하면 그렇죠."

"그래서 그 뒷일은 어떻게 됐는데?"

"애들이 둘 다 민기 빰 때리고 준성이는 발로도 차고 그랬어요."

"그다음에는?"

"저는 일단 집으로 가서 자고, 토요일, 일요일은 걔네들만 남아 있었죠. 그래서 그날 일은 몰라요. 저는 토요일 오전에 집 나와서 기숙사에 있었어요."

"진실을 말하는 거 맞지?"

"네."

"그래. 그럼 월요일은? 시신유기했던 날, 5월 27일 말하는 거야. 아침부터 말해봐."

"4교시 듣고 점심 먹고 나서 비닐에 음식거리 좀 싸다가 아파트에 가져다주고 다시 학교로 왔어요. 뭐, 별일 없어 보였어요. 민기는 묶여 있고 훈정이랑 준성이는 감시하고."

"학교는 어떻게 나왔어?"

"기숙사 뒤 후문으로 몰래 나가면 아무도 몰라요."

"조사해보니 네가 사라진 날 학생부장 선생님 카드로 기숙사를 나갔는데 선생님은 그런 일이 없다고 했어. 지갑 보자."

승모는 하는 수 없이 지갑을 내밀었다. 민찬은 지갑 안에서 위조한 출입증과 현금 10만원을 확인했다.

"이걸로 다녔니?"

"네."

"어디서 난 거야?"

"민기가 선생님 지문 떠서 만들었어요."

"좋아, 월요일 오후에는 어떻게 했어?"

"교실로 와서 그날 정규대로 7교시 수업하고 나서 배가 아프다고 하고 자습실 조퇴 신청하고 밖으로 나왔어요. 저녁거리 가져다준다고 약속을 해놨거든요. 근데 그날따라 식당에 선생님들이 계셔서 빈손으로 갔어요."

"그때가 몇 시였지?"

"한, 5시 정도?"

"305호에 도착해서 무엇을 봤지?"

"준성이가 쓰러져 있었어요."

승모는 시선을 떨어뜨렸다.

"바닥에 누운 준성이를 민기가 살펴봤어요. 민기가 여러 번 맥박을 짚어보고 죽었다고 했어요. 저도 봤는데 죽은 것처럼 고요해서 그런 줄 알았어요."

"그렇다면 김민기가 죽었다고 확인을 해준 거니?"

"네."

"정말 맥박이 뛰지 않았어?"

"그게 저어……, 저는 잘 모르겠어요. 일단 짚어봤는데…… 몰라요."

승모는 말끝을 흐렸다.

"왜 죽었는지 물어봤니?"

"훈정이와 준성이가 싸우다 넘어졌대요. 그 이상은 몰라요.

제가 못 봤으니까."

"그래서, 시신을 어떻게 옮기자고 말이 나온 거야?"

"제, 제가, 어휴. 그냥 아빠 편의점에서 차를 가지고 올 수 있다고 했거든요. 스트레스 받을 때마다 종종 몰래 운전했어서. 근데 훈정이가 가져오라고 시켰어요."

승모는 볼멘 얼굴로 말했다.

"준성이 여기 두면 상하니까, 가족에게 보내더라도 우선은 학교 뒷산에 두자고 했어요. 그리고 중고거래 사이트 알아보니 누가 냉장고 내놨다면서 가지러 가자고 했어요."

"누가 그런 거야?"

"민기요, 아아니, 훈정이가요. 기억 잘 안 나는데. 하여튼 큰 박스가 필요한데 사이트에 냉장고가 있었대요. 훈정이가 돈이 있었고요."

"냉장고 주인 이서연 씨가 박훈정, 안준성, 김민기 중학교 담임 선생님인 거 알았어?"

승모는 고개를 저었다.

"모르는 사람인데요."

"김민기는 그날 천호동 로데오 거리에 7시 30분경에 갔던데 어떻게 된 거야?"

"훈정이와 민기가 무슨 말인가 주고받았는데, 일단 민기를 풀어주고 다 같이 고이역에서 천호역으로 갔어요. 민기는 로데오 거리로 가서 마빈을 만나고, 우리는 일성동 쪽으로 걸어가서 아빠 편의점서 차 키를 빼내 포터를 몰고 냉장고 가지러 가는 걸로 결론 냈어요."

민찬이 되짚어 물었다.

"안준성은 어디에 뒀었지?"

"짐칸에요. 우리는 냉장고와 준성이를 싣고 산으로 옮겼어요. 짐칸에 비닐이랑 담요가 있어서 감출 수 있었어요."

"냉장고를 산 시각 그리고 아파트에서 준성이를 포터에 실은 시각이 정확히 몇 시지?"

"한 8시쯤 냉장고를 사서 8시 3, 40분에 일자산 도로로 가서 냉장고 올려놓고 준성이를 옮기고 한 것은 모두 훈정이 혼자서 했어요."

"냉장고가 못해도 40킬로인데 어떻게 박훈정 혼자서 옮겼다는 거지?"

"가능해요. 걔는 마트에서 엄청 무거운 것도 잘 들어요. 끈으로 고정만 시키면 든다니까요?"

"거짓말은 안 돼."

"거짓말 아니에요."

"일이 끝난 게 정확하게 몇 시지?"

"정확하게 9시 정도? 아니면 조금 넘어서요."

"그럼 그 후에는?"

"민기가 있는 로데오 거리로 가니까 9시 30분 정도? 애들 아파트로 데려다주고 나는 차를 반납하러 갔죠."

"그때 민기는 누구랑 있었지?"

"마빈. 희멀쑥하고 키 큰 외국인 같이 생긴 애요."

"그 후에 너는 어디로 갔지?"

"기숙사에 가서 잤어요. 다음 날 형사님이 불러서 얼마나 놀랐는데요."

"이 사진은 뭐지?"

민찬은 훈정이 편의점에서 찍힌 CCTV 사진을 보여주었다.

"냉장고 싣고 가면서 너무 목이 타서 생수도 사고 도시락도 샀어요."

"그때가 몇 시지?"

"글쎄요. 8시 이후요."

"도시락 세 개던데?"

"전 안 먹었어요."

"이 모든 진술 확실한 거야?"

승모는 고개를 갸웃했다.

"시간은 정확하게 모르겠지만, 대략은 맞을까 싶은데요."

"잠깐 쉬자. 나중에 현장검증 시 중요한 진술이 될 거야. 고맙다."

승모가 등받이에 기댔던 등을 구부리면서 한숨을 내쉬었다.

민찬은 무력한 표정을 짓는 승모를 꼼꼼하게 살폈다. 승모에게 물을 권하고, 자신도 한 모금 마셨다.

"저기 형사님, 저 좀 풀어주세요. 유치장 같은 데 있기 싫어요."

"시신을 유기하는 데 가담해서 어려워."

"아니, 그치만 준성이 산에 데려다놓은 건 박훈정이에요. 저 가두시면 묵비권 행사해서 절대 진술하지 않을 거예요. 법정에도 안 나갈 거예요. 제발 풀어주세요."

"나중에 생각해볼게. 자, 이런 사태가 왜 벌어졌어? 먼저 박훈정은 김민기를 왜 납치했지?"

"사람이 왜 죽는지 알겠더라구요."

승모는 담담하게 이어나갔다. 민찬은 논점을 벗어난 대답이었지만 계속 말하도록 두었다.

"내가 준성이라도 스스로 죽었을 거예요."

승모는 비장한 어투로 말하면서 민찬을 올려다봤다. 두 눈에 눈물과 연민이 어려 있었다.

"민기가 날 괴롭힌 건 그렇다 쳐도 준성인 달랐어요. 그 녀석은 CD 카페에 이미 민기가 올린 사진이 많았단 말이에요."

"CD 카페가 뭐지?"

"크로스 드레서 카페라고 여장 사진 올리는 카페예요. 민기가 말하기에 몇 번 들어가본 게 다예요. 안준성은 여장한 모습이

섹시해요."

민찬이 승모가 일러준 카페명을 검색란에 쳤다. 남자가 스커트를 입고 긴 가발을 쓰고 찍은 사진이 보였다. 회원이어야 모든 게시판을 살필 수가 있었다. 승모가 가르쳐준 ID로 로그인을 했다.

'갑 오브 갑' 게시판에 들어가니 여러 장의 사진들이 있었다. 미니스커트를 입고 검은색 스타킹을 걸친 10대 후반에서 20대 초반에 이르는 날씬한 여성들의 사진이었다. 하지만 자세히 보니 모두 남학생들이었다.

"이제 아시겠죠?"

"이런 사진들은 왜 올리는 거야?"

"그냥 처음에는 장난삼아 올리죠. 근데 사람들이 좋은 댓글 달아주면 으쓱하겠죠. 아, 찾았다. 안준성 사진들."

준성은 긴 가발에 레이스 머리띠를 하고 검은색 쫄티에 미니스커트를 걸치고 검은 망사 스타킹에 힐을 신었다.

"이런 옷들은 어디서 난 거야?"

"카페 회원이 빌려줘요. 어차피 다 싸구려인데요. 하여간 민기가 준성이 사진을 발견한 게 중학교 1학년 겨울방학 때래요. 사진을 친구들한테 보여준다 그러고 빵셔틀 시키다, 결국에는 더 큰일을 벌였죠."

"더 큰일이라니?"

"카톡이나 SNS나 카페에다가 안준성 사진 올려놓고 돈 받아서 성매매시켰어요."

승모는 거침없이 말했다. 민찬의 표정이 굳었다. 키보드에 올려둔 손가락이 그대로 굳었다.

"성매매라니?"

"아저씨들 중에 손님을 받았다고요. 준성이는 민기가 시키는 대로 했대요."

"누구한테 들었지?"

"민기요. 그리고 훈정이한테도요. 훈정이는 민기가 죗값을 치러야 된대요. 민기는 나도 뼛속까지 지긋지긋하게 괴롭혔어요. 전 좀비처럼 됐죠. 그러다 훈정이가 연락했을 때 흔쾌히 꾀어주겠다고 했어요."

"네 연락처는 어떻게 알았지?"

"페이스북 민기 친구에 등록돼 있는 걸로요."

"연락 온 게 언제지?"

"4월 22일이에요. 박훈정이 나한테 김민기 엿 먹이고 싶지 않냐고 물었어요."

"민기가 성매매를 시켰다는 증거 있니?"

"듣기만 한 거라서."

"물론 우리가 이메일이나 메시지 뒤져봐야 돼. 준성이 죽음에 관해서 묻자."

"네. 제가 직접 본 것만 말씀드릴게요."

민찬은 굳은 얼굴을 보였다.

"이건 아주 중요한 사안이야. 형사 한 명을 더 동석해서 듣고 싶은데?"

"네."

민찬은 휴대폰으로 태양을 호출했다. 15분 후 진술실에 들어온 태양은 요깃거리로 샌드위치와 음료수 그리고 소형 비디오카메라를 가지고 들어왔다. 이중으로 비디오를 녹취하려고 준비하는 동안, 민찬이 승모에게 당부했다.

"지금부터는 정확한 일시와, 상황 사건 설명이 필요한데 네가 목격한 게 아니라면 누구를 통해 혹은 어떤 인터넷 사이트나 카페를 통해 알아냈는지 알려줘야 된다."

승모는 다부진 얼굴로 끄덕였다.

"네."

승모가 식사하는 동안 민찬은 진술실을 나와서 성호를 만났다. 성호는 민기와 면담을 마치고 나오는 중이었다. 민찬은 승모가 진술한 내용을 알려줬다.

"이제부터 김민기가 안준성에게 성매매시켰다는 증거를 확보할 겁니다."

성호가 약간 찝찝한 얼굴을 했다.

"당사자가 죽었고, 제삼자가 증언을 하는 거라 확실하지는 않겠군요."

"물론 증거 확보가 어렵겠죠. 카톡이나 이메일도 오래전 삭제했다면 회사 서버에도 저장되어 있지 않으니까요. 그래도 뒤져봐야겠죠. 사이버수사팀에 도움 요청할 겁니다."

"2년 전 일, 피해자 사망, 그리고 가해자의 진술이 아닌 제삼자의 진술. 유가족들이 뒤늦게 고소를 한다 하더라도 증거가 불충분합니다."

"그래서 부탁드립니다. 이제 김민기 면담과 진술은 안준성에게 성매매를 시켰는가 그리고 시신유기를 계획적으로 지시했는가에 초점을 맞춰야 합니다."

성호는 머리를 긁적였다.

"애가 굉장히 똑똑합니다. 분명 진실 선에서 이야기를 하는데 어떤 질문은 아예 대답을 회피하죠."

"오늘내일 중으로 언론 앞에서 브리핑해야 합니다. 그럼 민기는 두고, 박훈정 진술을 받아주세요."

"박훈정은 여전히 묵비권으로 응하나요?"

"네."

민찬이 무겁게 대답을 했다.

"하지만 형사님은 다르실 것 같습니다. 긴 하루가 되겠지만 오늘에서야 사건의 실마리가 풀리네요. 부탁드려요."

"알겠습니다."

성호는 다른 진술실로 들어갔다. 훈정이 미동도 없이 앉아 있었다. 공간은 사람에 따라서 분위기가 무척 달랐다. 진술실 전체가 고요의 침묵 속으로 빠져든 것 같았다. 숨은 쉬고 있나 하는 생각이 들 정도로 훈정은 움직임 자체가 없었다.

성호가 큼 헛기침 소리를 냈지만 아이는 반응이 없었다. TV가 꺼져버린 것 같은 암전이었다. 이제 프로파일러에게 가장 어려운 상대와 마주해야 한다. 거짓말을 밥 먹듯이 하는 진술자는 차라리 편했다. 허언을 할 때의 행동과 태도, 말들을 살피다보면 거짓 속에서 진실이 툭 튀어나왔다. 하지만 묵비권으로 일관하는, 세상을 저버린 듯한 얼굴의 피의자는 상대하기가 쉽지 않다.

"힘들지 않니?"

훈정은 얼굴을 들지 않았다. 다만 푸르죽죽한 낯빛이 언뜻 보였다.

"불편한 데는 없니?"

아무런 말도 행동도 하지 않는다.

"변호사 불러줄까?"

역시 아무 제스처도 없다.

"가만있자, 할머니와 살고 있던데 할머니를 잠깐 뵙지 않을래? 소식 듣고 여기 와 계셔."

찰나 동요하는 눈빛이 보였다. 그러나 성호의 추측일 뿐 그는 여전히 시선을 구석에 뒀다. 성호는 책상 위 훈정의 왼손을 만졌다. 차가운 기운이 느껴졌다.

훈정이 주먹을 쥐어 성호의 손을 부드럽게 뿌리쳤다.

"네가 때린 사람이 나인 거 아니?"

성호는 훈정의 발을 주시했다. 오른쪽 허벅지가 살짝 들렸다.

성호는 오른손으로 뒤통수를 살살 문질렀다.

"아직도 아프네? 너 오토바이 타다가 발목 다쳤다면서 괜찮아?"

훈정이 미세하게 오른다리를 움츠렸다. 마음의 반응이 신체로 전달됐다. 깃털 같은 희망이 엿보였다.

성호는 서류들을 들춰서 사진을 내밀었다.

"추워 보여."

과학수사팀에게서 준성이 냉장고 속에서 발견될 당시의 사진을 미리 받아 왔다. 훈정은 움찔하며 시선을 옆으로 돌렸다.

"처음에 준성이에게 몹쓸 짓을 했다고만 생각했지. 근데 자세히 보니 그런 것만은 아냐. 깨끗하게 닦아줬지. 애정이 있는 사람이 데려다놨던 거야. 어떻게 닦아주었지?"

훈정은 여전히 말이 없었다.

"그리고 발견돼서 장례를 치르게 해줬구나 하는 생각이 들어. 배려지. 나쁜 맘 먹으면 가족의 품에 돌아가지 못하게 하잖아."

그의 뺨이 떨렸다. '가족의 품에 돌아가지 못하게'라는 말을 할 때였다.

"준성이 부모님이 아파하는 걸 원치 않았지? 미안하지?"

훈정은 입가가 약간 씰룩였다. 성호는 놓치지 않았다.

"준성이 언제 어떻게 죽은 거야?"

훈정은 고개를 숙였다.

"네가 죽였다고 민기가 진술을 했어. 거기에 동의해?"

여전히 말이 없었다. 성호는 침착하게 다음 질문을 던졌다.

"왜 119 부르지 않고 민기의 말대로 준성이를 옮겼어?"

"밀그램이라는 사람 아세요?"

훈정이 뜬금없이 입을 열었다. 성호의 귀가 번쩍 뜨였다. 낮지만 우직한 목소리였다.

"어."

훈정의 말을 이끌어내려면 성호가 다물어야 했다. 짧게 대답을 던졌다.

"슈퍼마켓 배달 다녀오는 짬짬이 신문을 들여다봐요. '밀그램의 실험'에 대한 기사를 읽었어요."

훈정은 뜸을 들인 후 말을 이었다.

"김민기는 통제관이죠. 그리고 나, 준성이, 승모까지도 실험대상이에요."

훈정이 목이 메는지 말을 멈췄다.

1960년대 미국 심리학자 스탠리 밀그램에 의해 행해진 심리실험은 영화로 제작되었을 만큼 세계적으로 파장을 불렀다. 돈을 받고 실험에 참가한 사람을 교사 역과 학생 역으로 나눠 교사가 학생이 틀린 답을 말하면 통제관의 지시에 따라 전기 충격을 가했다. 전기 충격에 학생들이 고통을 호소하자 교사를 맡은 사람들이 항의했지만 통제관이 권위적인 지시를 내리자, 참가자 40명 중 26명이 마지막 단위인 450V를 눌렀다. 인간이 권위자 앞에 양심을 버리고 복종하는 모습을 통해 권위자의 권력이 얼마나 대단한지 보여주는 실험이었다.

"네 말에 모순이 있어. 민기가 통제관이라면 왜 아파트에 묶인 채 있었지?"

"일을 어떻게 끝내야 될지 도저히 모르겠으니까. 민기도 묶으라고 동의했어요. 결국 걘 지시자 역할을 끝까지 했죠."

훈정은 다시 입을 굳게 다물었다. 성호가 답답하다는 듯 말했다.

"야, 임마. 감금, 상해치사, 시신유기까지 네가 미성년자여도 10년 넘게 받을지 몰라. 그런데도 입 다물래? 냉장고는 너 혼자 들기 힘들어. 한승모가 도와서 같이 갖고 올라간 거야? 걔는 어디까지 연루된 거야?"

그러나 훈정은 입을 다물었다.

민기가 통제관이었다는 말처럼 그의 위치를 분명히 설명해주는 말이 있을까. 하지만 비유에 불과할 뿐, 훈정은 왜 민기를 납치했는지, 왜 준성이를 밀어뜨리고 유기를 했는지에 대한 답은 없었다.

성호는 실낱같은 희망의 줄이 끊어지는 것을 느꼈다.

서연은 침대에 누워 이불을 머리끝까지 덮어쓰고 떨었다. 시계를 보니 새벽 5시를 지나고 있었다. 이불을 열고 상체를 세웠다. 거실로 나가 커튼을 살짝 들춰서 밖을 봤다. 어둠 속에 갇힌 새벽이 고요했다.

서연은 신경 하나하나가 곤두섰다. 검은 안개가 곳곳에서 덮쳐왔다.

"훈정아. 나는 어쩔 수가 없어."

박훈정이 학교폭력사건이 지나고 밤중에 휴대폰으로 도움을 요청했을 때 왜 그렇게 싸늘하게 전화를 끊었을까.

전화 받기 전부터 서연은 훈정, 준성에게 불편한 마음이 있었다. 사제 간에 못 도와줬다는 죄책감에서가 아니었다. 민찬에게는 그 후 소식을 모른다고 했지만 준성이가 가출했다는 소식을 우연찮게 전해 들었다. 그때 서연의 마음은 차갑게 식었다.

가출. 말로만 들어도 끔찍한 단어. 먹을 것도 잘 데도 없고 아파도 도움을 청할 수 없는 상황. 서연은 가출이라는 단어에 혐오감을 느껴왔다.

서연은 고등학교 2학년 때 공부를 강요하던 엄마에게 반발해 가출했다. 고속버스를 타고 서울에 올라와서 번화가를 쏘다니고 옷 사 입고 하니 4일 만에 수중에 돈이 떨어졌다.

명동과 종로를 오가며 갈 데 없이 밤중에 혼자 떨고 있는 서연에게 한 남학생이 접근했다. 서연이 찜질방에서 자고 나오는 것을 며칠간 눈여겨봤다고 하면서 패스트푸드점에서 햄버거를 사주었다. 이틀간 굶었던 서연은 남학생이 싫지 않았다. 남학생과 영화를 보고 저녁을 먹던 중 선배라는 남자들이 두 명 와서 합석을 했다.

남학생은 손 인사를 하고 떠났고, 서연은 영화, 식사 값은 모두 남학생이 빚진 것이라며 대신 갚으라는 선배들의 강짜에 아연실색했다. 서연은 그들에게 끌려가 종로 3가 뒷길의 여인숙에 갇혀 손님을 받았다. 일주일간을 사람답지 못한 생활을 했다.

이틀은 죽는 것밖에 없다고 여겨 되는 대로 손님을 받았다. 선배라는 작자들이 던져주는 김밥을 먹고 하다가 일주일이 지나자 적응하는 자신을 거울로 보고 속에 든 것을 모조리 게워냈다. 서연은 눈을 피해 손님 중 나이가 좀 있는 사람에게 도와달라고 간청하며 연락처를 적어줬다.

다음 날 서연은 경찰을 대동하고 나타난 부모님에 의해 풀려났다. 그들은 경찰에 붙잡혔다. 그 후에 서연은 학교와 학원을 오가는 평범한 생활로 돌아갔다.

지옥 같은 가출 경험을 잊고 싶었다. 하지만 책을 펴도 자신을 가둔 인간들 얼굴이 떠올랐다. 죽이고 싶었다. 그들도 가출한 학생들이 분명했다.

'먹고 살자고 그런 거다. 벼랑 끝 약자이다. 용서하자.'

10년 넘게 수천 번을 다짐했지만 잊을 수 없었다. 가출이란 단어만으로도 떨렸다.

그래서 준성이 가출을 했다는 걸 아는 상태에서 훈정에게 매정하게 거절했다. 서연은 커튼을 붙잡고 있던 손을 떨어뜨렸다.

'언제까지 마음에 커튼을 쳐야 되는 걸까.'

훈정이 입을 다문 지 1시간여가 지났다. 성호는 밖으로 나갔다.

진술실에 홀로 남은 훈정은 눈을 감고 침을 삼키며 갈급함으로 무언가를 찾았다.

이런 일들을 벌일 결심을 하게 만든 계기는 무엇인가.

강렬하게 떠오르는 영상이 있었다.

4월이었지만 쨍한 태양빛이 운동장을 내리쬐었다. 체육 시간에 두 반의 남녀 학생이 뒤섞여 피구를 하고 있었다. 강속구로 내뻗는 공에 여학생 하나가 소리를 빽 지르면서 아웃되었다. 상대편 팀의 환호성이 운동장에 퍼졌다. 학생들의 탄성과 시시덕대는 왁자지껄한 소리가 가득했다. 이런 즐거운 풍광과는 다르게 한 남학생이 쓸쓸히 스탠드 석에 앉아 있었다.

홀쭉하고 마른 몸, 큰 키를 웅송그리면서 피구 게임을 하는 학생들을 노려봤다. 날카롭던 눈동자는 어느 순간 햇빛에 풀리면서 텅 빈 표정으로 바뀌었다. 그에게는 아무도 다가오지 않았다. 슬금슬금 눈치만 살폈다.

훈정은 투명인간이 돼서 1년을 보냈다. 가출한 지 1년이 넘은 준성과 연락도 하지 않았다. 훈정은 차라리 준성이처럼 자퇴를 해버릴 걸 하는 생각도 간간이 들었다.

성적은 하위권으로 오후에는 마트에서 배달 아르바이트를 했다. 과거 사실은 페이스북이나 카톡으로 한 다리 건너 다 알고 있었다. 대학 진학률 높다는 고등학교에서 그는 눈엣가시 같은 존재로 찍혔다.

'은따'는 훈정의 트레이드 마크였다. 아무도 건드리지 않았고, 앞에서 욕하는 사람도 없었다. 하지만 훈정은 알고 있었다. 애들은 자신이 사고를 치고 다른 학교로 전학 가리라 예상한다는 것을.

훈정은 피구 게임이 끝나기 전에 일어나 절뚝거리면서 교문 밖으로 향했다. 발목 뒤쪽이 시큰거렸지만, 육체적 고통은 마음이 입은 상처에 비하면 아무것도 아니었다.

지글거리는 태양 아래 훈정은 이제 다시는 교실로 되돌아가지 않겠다고 마음먹었다.

학교는 자신이 있을 자리가 아니라는 걸, 중학교 때 다 풀지 못한 사건들을 정리해야 될 때라는 걸 알았다. 어떻게든 준성과 연락해서 진실이 더럽게 각색된 사건을 바로잡을 것이다.

지금이 딱 좋은 시기였다. 잊었을 거라 생각하는 그 누군가에게 복수하기에는.

훈정은 굳게 다짐했다. 이번만큼은 빠져나가지 못하게 하리라.

강동구청 맞은편 커피숍에 서연이 나와 있었다. 성호가 서연에게 다가갔다.

"커피 한잔 하시겠습니까?"

서연은 넌지시 끄덕일 뿐 고개를 들지 않았다. 잠시 후 커피 두 잔을 들고 온 성호가 맞은편에 앉아서 물었다.

"휴대폰을 정지시켰다고 들었는데요?"

성호가 서연을 경찰서 부근으로 불러달라고 했다. 태양은 서연 휴대폰이 정지돼 집으로 직접 찾아갔다.

"사정이 있어서요."

"커피 좀 드십시오."

서연은 커피 잔을 두 손으로 감싸 쥐었다.

"이 사진들을 보세요."

성호는 휴대폰에 저장한 준성의 여장 사진을 보여줬다.

"이 사진들로 민기가 준성이를 협박해서 강제 성매매를 시켰다는 증언이 나왔어요. 민기의 이메일이나 메신저를 봤는데 이미 지웠더군요. 민기는 성매매한 사실을 부모님과 친구들에게 알리겠다고 협박했고요. 여기부터는 승모 증언이나 정황증거 등을 토대로 제 추정인데, 그걸 알게 된 훈정이가 민기를 손봐준 것이 문제가 돼 학교에서 쫓겨난 거죠. 준성은 가출을 했고요. 이 사건으로 민기를 준성이와 훈정이 그리고 승모가 합세해 납치하게 된 겁니다."

서연은 성호를 응시했다.

"2년 전에 선생님이 담임으로 있었을 때의 학교폭력사건에 대해 증언을 해주세요."

서연은 천천히 고개를 저었다.

"전 잘 몰라요."

"피해자인 준성이는 죽었고, 그 죄를 훈정이가 덮어쓰고 김민기 납치죄, 안준성 상해치사죄로 재판받을 수는 없어요. 선생님이 안 도와주시면 법정에서 강제구인할지 모릅니다. 지금 진술해주세요."

"그럼 당신들이 안전하게 지켜줄 수 있나요?"

성호는 평정을 잃은 서연을 지그시 응시했다.

"당신들이 한 번이라도 준성이가 성매매를 하기까지 이야기를 들어줬나요? 고통에서 구하려 노력한 적이 있나요? 사람이 죽은 뒤에야 움직이잖아요. 아무도 도와주지 않아요. 스스로 헤쳐 나가야 한다구요!"

언성을 높이는 서연을 손님들이 힐끗 쳐다봤다.

"심지어, 나, 나……조차도 걔네들을 모른 척했다구요……."

서연은 고개를 옆으로 돌렸다. 강제 성매매를 하게 된 다음 날 한 대학생에게 구해달라고 부탁했다. 안경을 낀 대학생은 도와주겠다고 약속했지만 들통이 났다. 남자들은 한 번 더 그러면 죽이겠다며 칼을 들이댔다. 서연은 며칠간은 그들이 시키는 대로 했다. 하지만 며칠 후 지옥 같은 생활에 적응되어가는 것이 두려워져 또다시 쪽지를 손님에게 건넸다.

'도움을 청하면 된다. 도움이 묵살돼도 살 수 있는 기회가 또 있다.'

이 단순한 이야기를 곤란에 처한 훈정, 준성에게 알려주지 않은 것이다.

그 대가를 이렇게 치르고 있는 것이다. 모른 척한 대가를.

"전 안 되겠어요. 이제부터 하는 말은 비밀로 해주세요. 이걸 발설하면 저는 죽어요."

서연은 주먹으로 눈물을 훔치고 성호를 강렬하게 쏘아보았다.

"지난 4월에 광진구에서 살던 빌라에서 성폭행당할 뻔한 적이 있었어요. 3년 넘게 살던 집을 처분하고 이곳으로 이사 와야 했죠. 그리고 냉장고를 팔았다가 이렇게 큰 사건에 얽히게 됐어요."

"천천히 말씀하세요. 말하기 힘드시면 좀 쉬었다가……."

성호는 흥분한 서연을 달래기 위해 끼어들었다.

"내 말 끝까지 들어요! 누군가 비밀번호를 누르고 들어와 나를 강간하려 했고 범인은 못 잡았어요. 그런데 그 일에 민기가 얽혀 있어요. 민기와 저를 남겨놓고 간식 사러 나갔던 거 기억하시죠? 민기는 범죄모의 카페 같은 데에 저의 신상정보를 올려놓았대요. 그래서 휴대폰 번호를 바꾼 거예요. 민기는 제가 증언을 하면 다시 제 신상 올린다 했구요. 저는 형사님들을 못 믿지만 걔는 믿어요. 저 지켜주실 수 있어요? 있냐구요……."

서연은 테이블에 머리를 숙이고 아이처럼 목 놓아 울었다. 서연의 흐트러진 머리카락이 커피 잔을 덮었다.

성호는 서연을 진정시켜 집으로 데려다준 후 경찰서로 돌아왔다. 잠깐 생각할 시간이 필요했다.

"김성호 형사님, 별관으로 좀 와주세요."

주영의 다급한 전화였다. 성호는 즉시 청소년계 사무실로 뛰어갔다. 주희가 막무가내로 주영과 실랑이를 벌이고 있는 걸 정소정 변호사가 중간에서 말리고 있었다.

"어머니, 참으세요. 이러시면 도움이 안 돼요."

"아니, 우리 민기가 피해잔데 무슨 근거로 유치장에 가둬두냐고요."

주영이 답답하다는 듯이 말했다.

"유치장에 있지 않아요."

민기는 집에 다녀온 후에 피곤해하면 숙직실에서 쉬게 했고, 진술실에 머무르게 했다. 그에 반해 훈정은 유치장에서 밤을 보냈다.

조동식 과장이 소식을 듣고 달려왔다. 그 뒤로 민찬이 따라 들어왔다.

"어머니, 제가 형사과장입니다. 먼저 사과의 말씀드립니다. 조속히 수사해서 억울한 피해자는 풀려나도록 하겠습니다."

주희는 조동식 말에 진정을 찾았다. 주희를 내보내고, 조동식이 무거운 표정을 지었다.

"오늘 중에 검찰로 송치할 테니까, 수사 종결 지어. 기자들이 경찰서 안팎을 둘러싸고 있어. 오늘 오후 중으로 언론 브리핑 들어가."

민찬이 진지하게 말했다.

"아직은 안 됩니다. 지금 김민기가 정확한 진술을 하지 않아요. 박훈정은 묵비권을 행사 중입니다."

"무슨 소리야? 진술조서 보니까 박훈정이 안준성을 밀쳐서 죽게 만든 것은 맞던데. 경막하출혈, 박훈정이 유발시킨 거 맞잖아."

"2년 전 학교폭력사건의 피해자와 가해자가 뒤바뀌었을 수 있습니다."

성호가 나직한 목소리로 말했다. 조동식은 성호를 똑바로 쳐다봤다.

"이봐요, 김 형사. 그건 학교장 처분이고 2년 지난 일입니다.

김 형사가 맡은 일을 빨리 끝내지 못해서 이렇게 된 거 아닙니까? 현장 검증은 검찰 송치 후에 합시다. 미성년들이니."

조동식은 민찬을 노려봤다.

"서 팀장! 브리핑 보고서 당장 올려! 발표는 내가 할 테니까. 그리고 얼른 김민기는 풀어주고 박훈정, 한승모는 검찰에 넘길 준비해."

조동식이 문을 쾅 소리 나게 닫으며 나가자 민찬은 쓴웃음을 지었다.

성호가 화를 내며 말했다.

"원래 저런 식입니까?"

"과장님 말씀이 틀린 건 없죠. 범인은 명확하게 밝혀졌으니까요. 민기를 내보낼 수밖에 없어요."

성호는 손을 내저었다.

"이서연 선생님 만나고 왔습니다. 이서연 선생님이 4월에 성폭력사건 미수로 신고한 건 알고 계시죠?"

민찬이 미간에 주름을 잡는데 성호의 목소리가 높아졌다.

"그 사건에 김민기가 개입했습니다. 민기가 이서연 씨의 신상정보를 인터넷 게시판에 올려서 범죄를 유도했다고 했습니다."

"그 말이 사실이라고 이서연 씨가 증인 서줄 수 있습니까?"

성호는 고개를 저었다.

"그건 어렵습니다. 경찰에 대한 불신이 깊고, 민기가 풀려나

다른 짓을 모의할까봐 이제 경찰 출두 안 하겠다네요."

"제가 설득해봐야겠네요."

"저는 민기의 범죄 관련 여부를 다시 캐나갈 겁니다."

민찬과 성호는 수사 방향을 모색해나가면서 의논을 거듭했다.

수진은 모든 증거들과 함께 관련 감정서와 보고서를 정리하고 있었다. 이제 검찰로 가해자가 송치되면 모든 감정서류를 넘겨주어야 했다. 그리고 수사종합검색시스템이나 지문자동검색시스템 등의 데이터베이스에 자료들을 올리는 일도 남았다.

수진은 손톱을 봤다. 어젯밤 네일숍을 찾아가 처음으로 라이트 퍼플색으로 칠해봤다. 어차피 업무 들어가기 전에 지우겠지만 한 번은 해보고 싶었다. 사무실 문이 열리면서 주영이 들어왔다.

"주임님, 잠깐 시간 되세요?"

"네, 들어오세요."

"지난번 말씀드린 것 때문에 그러는데……."

수진의 표정이 굳었다.

"폴리트웁스 사이트에 들어가서 이현규 씨 트위터가 지워진 것을 새벽에 확인했어요."

수진은 입을 꾹 다물었다. 두 눈에 말할 수 없는 복잡한 심경이 드리웠다.

"어, 어떤 내용인데요."

"여기 두고 가겠습니다. 혹시 트위터 작성 IP 주소 알고 싶으시면 실종자 가족으로 도움 청하세요. 그러면 저희가 알아낼 수 있어요."

"아뇨, 송파경찰서 형사님께 말씀드려볼게요."

"네, 알겠습니다."

주영이 두고 간 종이를 수진이 들어 읽었다.

> 보고 싶은 사람이 있을까 생각해봤다.
>
> 고마웠던 사람들…….
>
> 파란 하늘 올려다보며,
>
> 누군가를 생각한다. 엄마, 아빠 그리고 누나.
>
> 나를 생각해주는 그 사람들에게 미안하다.
>
> 오전 1:25 6월 1일

수진은 덜덜 떨리는 손으로 각각의 줄마다 손가락으로 점자책을 보듯이 더듬어봤다. 3년 만에 동생이 보내는 메시지는 이렇게 다섯 줄에 불과했다. 수진이 맨 첫 줄의 '보'에 손가락을 한참 동안 두었다.

동생은 숨겨진 메시지를 보냈다. 그것도 누나인 자신한테만. 각 행의 맨 첫 번째 글자만 따니 '보고파 누나'라는 문장이 나왔다.

동생은 나를 보고 싶어 했다.

수진은 눈가에 눈물이 핑 돌았다. 봇물 터지듯 눈물이 쏟아져 내렸다.

죽었을 수도 있다고 생각을 했다. 하지만 살아 있다. 이제는 안심하고 변사자 지문을 뜨러 갈 수 있다.

잠시 후 수진은 사무실 전화기를 들었다. 그리고 실종사건 담당 형사의 전화번호를 눌렀다.

"트위터를 올린 IP 주소를 알아보고 싶은데요, 어떻게 해야 될까요."

형사의 안내를 들으면서 수진은 한 손으로 필기를 했다. 전화를 끊고 조만간 송파경찰서를 방문해 실종자 수색 서류를 작성하리라 다짐했다. 항상 침잠하던 수진의 얼굴에 잠시나마 웃음꽃이 폈다. 그녀의 손톱에는 내일이면 지워질 라이트 퍼플이 반짝였다.

경찰서 본관 휴게실에서 민기와 주희가 실랑이를 벌였다. 주영이 중간에 말리고 있었지만 역부족이었다.

"민기야, 집으로 가자. 변호사님이 나가도 된다잖아."

"이거 놔! 놓으라고! 엄마 있는 집으로는 다시는 안 돌아가! 감옥 가는 일이 있어도."

민기는 경찰서에서 풀려나 잠시 쉴 때에도 집에 들어가기를 극구 거부해 모텔에서 지냈다고 했다.

“민기야, 엄마가 이렇게 빌게. 용서해줘. 내가 집을 나갈게. 집으로 돌아와, 민기야.”

주희가 무릎을 꿇었다. 화를 내던 민기의 표정이 싸늘하게 식었다.

“10년 전에 했어야지.”

민기는 웃으면서 변호사와 밖으로 나갔다. 통곡하며 바닥에 쓰러진 주희를 주영이 달래주었다.

“어머니. 진정하세요. 민기, 상담 받으면 나아질 거예요. 제가 좀 도와드릴까요.”

주희는 부정했다.

“아뇨, 아뇨. 우리 아이가 왜요. 괜찮아요, 괜찮다고요. 사건도 잘 마무리 되고 있잖아요. 다만 왜 저렇게 날 밀쳐내는지 모르겠어요. 몇 년간이나 혼내온 건…… 사실이지만요.”

주영은 주희와 시선을 맞췄다.

“어머니, 아이는 도움이 절실히 필요해요.”

주영은 그녀를 의자에 앉히고 휴게실로 온 성호를 봤다.

“김 형사님은 나가 계세요. 제가 잘 정리할게요.”

성호가 나와 보니 민기가 복도 끝에서 음료수를 마시고 있었다. 창을 통해 오후 햇볕이 강하게 들어왔다. 성호가 다가갔다. 민기는 발그레한 얼굴로 히죽댔다. 성호는 불쑥 치밀어 오르는 화를 잠재웠다.

"얘기 좀 하자."

"여기서 하세요."

"이서연 선생님을 만나고 왔다."

민기의 표정이 잠깐 굳었다가 입매가 올라갔다.

"선생님을 협박했지. 네가 인터넷에 정보를 올려서 괴롭혔다는 게 사실이야?"

민기는 음료수를 들어 창밖으로 그대로 던져버렸다.

"진짜 맛 더럽게 없네. 진술실을 비운 건 형사 책임이잖아."

"뭐라고?"

"프로파일러들의 행동규칙상 그렇죠."

"그 이전에 너의 협박에 대해 말하는 거야. 강간미수사건을 진짜 네가 벌였다면 처벌을 받아야 해."

민기는 심각한 표정을 지었다.

"이서연 샘이 증인 선대? ID 남의 거였고 올린 후에 싹 지워버렸어요. 어떻게 증거 캐죠?"

성호는 와락 화가 치밀었다. 그동안 피의자 앞에서 침착하려 무던히 노력했던 것이 한순간 무너졌다.

성호는 민기의 멱살을 잡았다. 민기는 흥미롭다는 표정을 지었다.

이때 계단참에서 실랑이가 벌어지는 소리가 났다.

"제발 부탁드리니께. 변호사님, 다친 아이와 부모님 좀 만나게 해주소. 부탁잉께."

"안 돼요, 할머니. 뜻은 알겠지만 불편해하세요. 이런다고 박훈정 학생에게 도움되는 거 하나 없어요."

정소정이 할머니를 뜯어 말리고 있었다.

"아니 훈정이도 만나지 않겠담서 못 만나뿌리고, 다친 아이도 못 만나게 허면 어쩐당께? 사과를 무릎 꿇고라도 할 텐께 소원 들어줘."

"캑캑, 숨 막혀."

성호는 민기의 멱살을 풀어줬다. 이복순이 민기와 성호를 보자 정소정의 손을 뿌리치고 빠른 걸음으로 다가왔다.

"형사님, 이 학생이 우리 훈정이가 때린 아이 맞소? 미안혀다, 미안혀. 나 훈정이 할미야. 대신 사과할 텐께 훈정이 용서해줘."

민기는 이복순의 손을 확 뿌리쳤다. 이복순이 제풀에 뒤로 넘어졌고, 그 뒤로 급하게 말리러 온 정소정이 놀란 눈이 되었다.

"너 지금 뭐 하는 짓이야!"

성호는 민기를 붙들고 오른손으로 거세게 따귀를 때렸다.

"아야!"

민기가 성호 손을 강제로 뿌리친 후, 신음을 냈다. 정소정이 강하게 항의했다.

"지금 뭐 하시는 겁니까? 의뢰인에게 폭력 행사하셨죠? 김성호 형사님, 사건에서 배제할 것을 강력하게 요청하겠어요. 경찰서에서 계속 구금하면 인권위원회에 알려서 가만있지 않을 겁니다. 자, 가자."

정소정이 내미는 손을 민기는 살짝 잡고서 붉어진 뺨을 하고 성호를 봤다. 소름이 끼쳤다. 민기의 눈빛은 많은 것을 담고 있었다. 성호는 고개를 돌렸다. 민기는 정소정과 함께 정문을 나갔다. 성호는 이복순을 손으로 부축해 일으켰다.

"할머니, 좀 괜찮으세요?"

"아이고, 나는 괜찮아. 우리 훈정이, 부모님 없이 불쌍하게 자란 우리 훈정이만 내보내주소. 아이고, 형사님아……."

이복순이 눈물을 터뜨렸다. 성호는 당황스러웠다. 화가 치솟아 민기의 뺨을 후려쳤지만, 민기가 이복순을 넘어뜨려서 그런 게 아니었다. 민기가 이서연을 힘들게 해 그런 것도 아니었다.

기어이 성호에게 불리한 연구를 진행하려는 심재연의 강압, 훈정의 진술거부, 민기의 조롱과 꼼수에 말려드는 자신에 대해 굴욕감과 비하가 뒤엉켰다.

성호는 이복순을 경찰서 밖 민원실로 안내한 후 밖으로 나왔다. 가슴이 터질 것처럼 꾹 뭉친 것이 답답했다. 두통이 도져왔다.

성호는 강력팀 사무실로 발걸음을 옮겼다. 강력팀 사무실은 한가했고, 민찬이 자기 자리에서 수사서류를 정리하고 있었다. 민찬은 성호가 들어서자 알은체를 했다.

"들어오세요. 정소정 변호사가 다녀갔습니다. 민기를 오늘 내로 빼내겠다고 악을 쓰더군요."

"소란을 일으켜서 죄송합니다. 민기는 괜찮습니까?"

성호가 초조한 기색으로 물었다. 민찬이 조용한 음성으로 답했다.

"문제 삼지 않겠다고 합니다."

"면목 없습니다."

민찬은 미소를 지었다.

"그나저나 이서연 씨와 가까스로 통화됐는데, 증인 안 서겠답니다."

성호는 진한 한숨을 쉬었다.

"휴우, 좀 힘드네요. 근데 서 팀장님은 같이 일해보니 웬만한 일에도 침착하게 잘 대응하시네요."

민찬이 허탈한 웃음을 지어 보였다.

"2개월 전에 담배도 끊었죠. 지금은 정신과 약을 규칙적으로 하루에 세 번씩 먹고 있습니다."

"네?"

성호가 반문했다.

"1년 반 전에 제가 맡은 실종사건의 아이가 죽은 채 발견되었습니다. 빌라 옥상 물탱크 안에서 발견되었는데, 부검 결과 타살로 나왔고 같은 동네 살던 남자가 범인으로 밝혀졌습니다."

잠시 침묵이 이어졌다. 성호는 묵묵히 경청했다.

"수사 종결 후, 밥을 먹다가도, 잠을 자려고 누웠다가도 아이의 얼굴이 떠오르더군요. 당일에 파트너 형사가 일이 있어 저 혼자 나갔어요. 발견한 주민이나 지구대 순경 말로는 사람인지 형체가 불분명하다더군요. 물탱크 안을 보니 물에 떠 있는 아이의 얼굴이 눈에 들어왔습니다. 유가족들을 찾아뵙고, 수사를 진행하면서도 문득문득 그랬는데 종결하고 나서는 양 갈래 머리를 한 아이가 매일 보였죠. 동료 팀원들도 제가 아픈 걸 몰랐습니다. 잠시 휴가를 내고 쉬다가 올해부터 용기를 내 마음동행센터에 가서 상담 받고 정신과에서 약을 타 먹기 시작했어요. 스트레스 일지도 써보면서 관리합니다."

민찬이 짐을 덜어낸 홀가분한 표정으로 성호를 봤다.

"이런 이야기 거의 처음 해보네요. 형사과장님만 압니다."

성호는 고개를 끄덕였다.

"아닙니다. 저에게도 도움되는 말입니다. 우리 일이 보통 일은 아니잖습니까?"

민찬은 긍정의 눈빛을 보냈다.

"우리보다 프로파일러들이 뒤처리하느라 곤란하시죠. 저희야 종결하면 끝이지만 범인 면담이 좀 힘듭니까. 저도 주먹 들고 날뛰고 싶은 적 많습니다."

성호는 소리를 내어 웃었다. 마주 보는 민찬도 활짝 웃었다.

"고맙습니다."

성호는 감사의 인사를 건넸다.

"이거 보세요."

민찬이 성호에게 서류를 내밀었다.

"카톡서버관리회사에서 가까스로 복원한 카톡입니다. 4월 6일 밤 안준성과 민기 사이에 오간 것입니다."

민기 오늘의 준성은 모다?

민기 걸레?

민기 남창새끼? 너 어디야? 몸 팔고 있냐? 내 허락 없이? 내 연락 씹을래? 죽을래?

준성 나 할 말 없다.

준성 몸도 아파. 연락 마.

민기 시끄러워! 오늘 밤 여장하고 나와 새끼야. 내 명령 무시하면 죽는다.

안준성 님이 채팅방을 나가셨습니다.

성호는 서류를 든 손을 부들부들 떨었다.

"이게 증거로 제출되면 되잖습니까?"

민찬은 씁쓸한 얼굴로 고개를 저었다.

“유가족과 상의를 해봤는데, 고인의 명예를 위해서 더 이상의 추가수사나 언론에 밝히지 말 것을 강력하게 요청했어요.”

“뭐라고요?”

“아시잖습니까? 이 사건과 무관하다고 형사과장님이 증거 채택을 받아들이지 않아요. 게다가 장난일 수도 있고 강제적으로 성매매를 종용한 확실한 증거가 아니랍니다.”

“결국 모든 것은 박훈정이 덮어쓰겠군요.”

“훈정이가 입을 연다면 양상은 조금 바뀌겠지만 그래도 훈정이가 안준성을 사망시킨 것은 확실합니다.”

성호는 무간지옥에 빠진 느낌이 들었다. 누군가 양 발목과 손목을 단단히 붙들어 옴짝달싹할 수 없는 상황이었다.

이때 사무실로 주영이 들어왔다.

“김성호 형사님, 민기 학생이 인사드리고 간다고 기다려요.”

“네?”

“형사과장님이 허락해주셨대요.”

“알겠습니다.”

민찬이 성호를 보면서 허심탄회하게 입을 열었다.

“이렇게 풀어주게 되어서 찜찜하시겠죠. 저도 마찬가지로 씁쓸합니다. 하지만 성적 학대를 당한 것은 통상적으로 6개월이나 1, 2년 내에 신고해야 되는 게 원칙이고, 무엇보다 피해자 안준성은 죽었고 보호자들은 망연자실한 채로 손 놓고 계시죠. 결국 박훈정만 처벌할 수밖에 없습니다. 김민기는 납치 피해자니까요."

"불신의 유예라는 심리학 용어가 있죠. 판타지 영화를 보면 비현실적이지만 묘하게 동화되어 곧이곧대로 받아들이는 것 말입니다. 민기는 진술을 그런 방식으로 믿게 만들어요. 분명히 거짓말을 하는 것 같다는 느낌은 드는데 말이죠. 게다가 법적으로 어쩔 수 없는 상황이 이렇게 힘들 줄 몰랐습니다."

성호는 사무실을 나와 내키지 않는 발걸음을 옮겼다. 강동경찰서 1층 로비에 민기가 있었다.

"집에 간다고?"

"네. 드리고 싶은 말씀이 있어서 기다렸어요."

성호는 정문으로 향했다. 민기의 두 눈을 마주 보는 게 힘들었다.

"저도 형사님처럼 프로파일러가 될 수 있겠죠?"

성호는 잠시 입을 다물었다. 무슨 말을 해주어야 하나 망설였다.

"저의 멘토가 되어주실 거죠?"

성호는 진저리가 났다.

"아니. 네가 진실을 말하지 않으면 만날 이유가 없어. 너의 본성을 알면 그건 꿈도 꾸지 마."

"이해해주실 줄 알았는데 섭섭해요."

"이해를 바라? 넌 나이 드는 게 끔찍해질 거야. 왜냐면 성인이 되면 책임져야 되니까."

"그래서 지금 이렇게 살아보는 거잖아요."

성호는 침착하려 애썼다. 두 눈을 부릅뜨고, 민기의 양어깨에 두 손바닥을 대고 지그시 눌렀다.

"앞으로 어디서든 안 좋은 일이 벌어지면 죗값 치르는 셈 쳐."

성호는 잔인하게 말했다.

"우와, 살벌하다."

"하나만 묻자. 왜 그렇게 준성일 괴롭혔던 거지? 네게 잘못한 거라도 있어?"

민기는 씁쓸한 표정을 지었다.

"글쎄요. 그냥 그러고 싶었다면 안 돼요?"

민기는 옅은 웃음기를 띠고 싸늘하게 말했다.

"제가 왜 이서연 선생님을 얽히게 만들었는지 알아요?"

성호는 더는 듣고 싶지 않아서 뒤돌아섰다. 하지만 민기의 말이 뒷덜미를 잡아끌었다.

"이서연을 스토킹했죠. 중학교 3학년 때 담임이 교체되고 나서부터. 왜냐고요? 처음에는 엄청 친절해서 저를 구원해줄 거라고 착각했어요. 하지만 아무것도 몰라. 모르는 척하는 건지. 그러니 벌 받아 싸."

성호가 돌아서서 민기를 봤다. 민기는 허공에 시선을 돌렸다.

"준성이는 편하게 잠들지 않았을까요? 세상은 이렇게 힘든데 그렇게 가는 건 나쁜 일만은 아니잖아요."

민기는 경찰서 마당을 가로질러 보초를 서고 있는 순경에게 인사를 하고 밖으로 나갔다. 성호는 우뚝 서 있었다.

'무언가 잘못되었다. 준성이, 훈정이, 민기에게 우리 어른들은 잘못을 하고 있다.'

학대당하는 아이를 알아채지 못하는 무관심, 귀찮은 일이 생길까 신고하지 못하는 마음, 그리고 알아도 모른 척하는 이기심이 거울에 비춰 반사돼 돌아와 서로를 날카롭게 후벼 판다.

7. 진실을 마주하는 용기

6월 2일 일요일

강모중 법의학과장은 차가운 스테인리스 재질의 부검대 위에서 짧게 기도를 올렸다. 일요일 당직 날이면 아내는 말없이 도시락을 건넸다. 주말이라 밥 먹을 데가 마땅찮아 부검 중에 간단하게 식사하는 게 효율적이었다. 중국 음식은 소화가 힘들었다.

하얀 손수건에 싸인 도시락을 개인 수납함 속에 밀어 넣고, 옷을 갈아입고 부검실로 들어와서는 늘 기도를 올리고 묵상을 했다.

부검대 위에 놓여 있는 사망자의 7, 80퍼센트가 술로 인한 사고사다. 술에 취해 귀가하던 중 길바닥에서 자다 저체온사하거나, 술자리에서 우발적으로 싸움에 휘말려 죽게 된 경우가 많다. 강모중은 술을 보면 부검대 위에 오른 시신들이 생각나면서도

술을 끊지 못했다. 대학 동기들과 어울려 거나하게 취하며 스트레스를 풀었다.

'술 좀 줄여야 되는데.'

최근에 부검하면서 손이 떨리는 일도 있었고 나이도 나이거니와 기억력이 좋지 않아 금주를 결심해봤다. 하지만 일터를 나오면 밤마다 술 한잔 하고픈 욕구가 불현듯 밀려들곤 했다.

강모중은 싱크대에 놓인 서류를 봤다. 화요일에 의뢰한 혈액감정 분석 보고서로 어제까지 해달라고 요구했는데 하루를 넘겨 받았다. 강모중은 간이 의자에 앉아서 서류를 열어봤다. 서류를 살펴보던 강모중의 표정이 굳어지면서 전화기를 들었다.

"박여진 검시관? 나 강모중입니다. 일요일이라 미안한데, 지금 긴하게 의논할 게 있습니다. 어디에 있죠?"

박여진은 2시간 내로 들어갈 수 있다고 대답했다. 2시간 후 박여진이 부검실 문을 열고 들어섰을 때, 강모중은 마침 부검을 끝마치는 중이었다. 50대 남성 시신의 배가 열려 있었다.

"유족들에게 미안하지 않게 곱게 잘 꿰매 마감하세요."

강모중이 박여진을 보고 부검실을 나왔다. 강모중은 사무실로 들어갔다.

"점심은 들었어요?"

"네, 간단하게 먹었습니다. 선생님은요?"

"난 좀 있다 도시락 먹으면 돼요. 컴퓨터 켜고 박 검시관의 보고서와 안준성의 바디 사진을 비교해봅시다."

강모중은 모니터 화면을 박여진이 볼 수 있게 한 다음 보고서를 펼쳤다.

"검시관 보고서에 안준성의 등과 좌측 허벅지 그리고 어깨, 머리 뒤쪽 아래 형성된 시반으로 발견 당시 이미 죽은 지 14시간은 지났을 것으로 판단했고, 따라서 월요일 저녁 오후 5시에서 10시 사이 정도로 사망 시각을 추정했죠. 그리고 시반이 검붉은 색인 것은 시신을 냉장고에 보관해 주위 환경으로 형성된 것으로 본다라고 했고요."

"네, 선생님."

박여진이 컴퓨터 화면 속 준성의 사진과 보고서를 번갈아 확인했다.

"우리도 시신이 냉장고에 보관된 것으로 판단, 시각 추정이 어려웠는데, 일단 검시의 의견을 참조했고요. 위 내 소화 속도도 그렇고. 하지만 위장 내 음식물도 같이 냉장 보관된 것을 감안하면 그것도 정확한 건 아니죠. 근데 오늘 도착한 이 보고서 봐요. 시신의 혈액 감정인데, 시반이 검붉은색이라니 가장 중요한 원인을 간과했어요."

"그렇다면……."

박여진은 보고서를 열어서 꼼꼼하게 살폈다.

"산소 부족에 의한 질식사 말이죠. 혈액 검사 결과, 혈중 산소

농도가 4퍼센트였어요. 내가 부검실 조명을 더 환한 걸로 바꾸자고 해도 예산이 어쩌느니 말도 안 듣더니 나도 실수했지 뭐야. 피부가 푸르도록 하얬던 것을 그냥 넘겼어요. 게다가 혈액이 암적색으로 보인 것과 내장의 울혈을 냉장 보관한 것으로 추측해버렸고. 나의 실수가 커요. 미안하게 됐죠. 강동경찰서에 사망 추정 시각과 원인을 단정 지어 급한 대로 1차 보고서 넘겨준 게 걸리고요."

"어제 뉴스를 보니 사망 원인을 가해자가 밀쳐 넘어뜨려서 경막하출혈로 사망한 것으로 발표하던데 그렇다면 이 케이스의 사망 원인은 다르다는 말씀이신가요?"

"공기 중에 산소용량이 10vol 퍼센트만 되어도 호흡곤란에 동작불능 상태가 되죠. 5vol 퍼센트 이하면 순간적으로 졸도, 사망합니다. 그렇다면 경막하출혈로 의식을 잃은 상태에서 냉장고 속에 보관돼 질식사했다, 이렇게 사망 원인을 다르게 볼 수도 있어요. 그리고 안준성은 월요일 저녁이 아니라 그 이전에도 사망했을 수 있죠."

"그렇다면 피해자를 넘어뜨린 학생뿐 아니라 냉장고에 넣자고 주장한 학생도 또 다른 가해자가 될 수 있다는 말씀이신가요?"

"그렇죠."

"시신의 손톱이 굉장히 깨끗했어요. 만약 질식사하려던 순간

이었다면 냉장고 문을 열려고 안간힘 쓰다가 손톱이 부러졌을 거예요."

강모중이 고개를 살짝 저었다.

"뇌출혈 상태에서 의식은 없었을 겁니다. 불행 중 다행이죠. 갇혀 있는 상태에서 정신을 차리게 되면 엄청난 공포에 심근이 정지되면서 쇼크사를 할 수 있어요. 그나마 공포 속에서 가지는 않았을 겁니다."

박여진이 미간을 찌푸렸다가 입을 열었다.

"저에게도 검시 의견이 정정되었다는 정정 보고서를 원하시는 거죠?"

강모중이 잠시 침묵을 지켰다가 말했다.

"사람은 거짓말하지만, 시신은 거짓말 안 하는 거 알잖아요. 억울하게 죽은 안준성 학생의 원을 풀어주는 게 우리 같은 사람이지만, 뭣보다 우리는 과학을 하는 사람들이니까요. 근데 안준성 학생이 우리한테 사인이 두 가지로 나뉘었다고 증명을 해주니까 제대로 전해줘야지. 정확한 사인도 모르고 추정도 불가능하면 단정보다는 열린 선택을 줘야지. 힘들고 번거롭겠지만 부탁해요. 같이 정정합시다."

"네, 선생님."

"참, 그리고 위 내 음식물 등이 편의점 삼각 김밥이라고 나왔는데 이걸로 사망 시각 추정도 가능할지 몰라요. 이 부분 추가로 넣었어요. 형사들에게 내가 전화 따로 걸게요."

"알겠습니다."

폭풍과도 같았던 일주일간의 일을 끝마치고 경찰청으로 복귀한 성호는 월요일에 출근하겠다고 보고했다. 그동안 경찰서에서 숙식을 해결하느라 엉망이 된 몸을 이끌고 집으로 돌아왔다.

성호는 어두컴컴한 거실에 불도 켜지 않고 소파에 앉았다. 커튼 사이로 들어온 햇빛 아래로 벽걸이 TV와 그 옆으로 서 있는 트레드밀이 보였다.

성호는 화장실로 들어가 상의를 벗고, 거울에 몸을 비춰봤다. 운동으로 만든 잔 근육들이 모두 풀어진 것처럼 보였다. 하루라도 운동을 거르면 안 된다던 트레이너 말이 떠올랐다. 체력 단련이고 뭐고 만사가 귀찮아졌다.

요 며칠 동안의 먼지와 때가 배었는지 몸에서 군내가 났다. 따뜻한 물로 간단하게 샤워를 마치고 나와서 편안한 옷으로 갈아입었다.

일주일간 벌어진 일들이 파노라마처럼 눈앞에 펼쳐졌다. 한남기를 찾아가서 인터뷰를 거절당한 일, 심재연과 자동차 안에서 싸웠던 일, 강동경찰서로 넘어와서는 사건 현장 근처를 조사하다가 훈정에게 납치되어 민기와 대면하게 된 일 등등. 성호는 고개를 흔들었다. 지금 성호를 괴롭히는 일은 따로 있었다.

김민기.

그 아이의 특이성. 결국 아이는 증거불충분과 피해자라는 상황 속에 풀려났다. 게다가 분명 상담 치료를 거절할 것이고 이미 세력 싸움에서 이긴 부모를 떠나 홀로 성장할 것이다.

민기가 이복순을 밀쳐 넘어뜨렸을 때 성호가 뺨을 때렸던 순간이 떠올랐다. 한 대 얻어맞은 민기의 표정은 서운하다거나 당황했다는 그것이 아니었다. '그럼 그렇지, 너도 똑같은 사람이구나' 하는 얼굴이었다.

기대하지 않는다는 눈빛.

민기를 법의 심판대 앞에 세울 수도, 감싸 안을 수도 없다.

'나와 민기는 같은가, 다른가.'

성호의 휴대폰이 울렸다. 민찬이었다. 성호는 피곤했다. 잠시 망설이다 전화를 받았다.

"경찰서로 와주실 수 있습니까? 경비업체에게서 받은 기록과 또 다른 블랙박스 증거가 나왔습니다. 그리고 국과수에서 2차 감정서가 왔는데, 사망 원인이 달라졌을 가능성이 제기되었습니다."

"알겠습니다. 3시간 후에 경찰서로 가겠습니다."

성호는 전화를 끊고, 알람을 맞춘 후 잠시 눈을 붙였다.

3시간 후, 경찰서 사무실에서 민찬은 성호에게 경비업체 출입

기록 문서를 보여주었다.

"처음에는 경비업체에서 제공하기를 꺼렸지만 결국 압수수색 영장을 넣어서 받아냈습니다. 로비의 CCTV는 업체가 수리하느라 작동되지 않았다고 합니다. 금요일 밤부터 기록을 봅시다. 밤 11시에 학생부장 선생님이 출입증으로 나간 게 확인이 되었고, 이것은 탐문 결과 사실로 드러났습니다. 여기 보면 토요일 새벽 1시에 기숙사에 들어왔다가 새벽 1시 30분에 다시 나간 것으로 되어 있습니다. 하지만 김기선 씨는 토요일에는 들어오지 않았고 월요일 오전 7시경에 기숙사에 입실했다고 했습니다. 그러니까 토요일 새벽 1시에는 출입증을 위조하여 다른 사람이 드나든 거죠. 관련 시간대 주변 도로에 세워져 있던 차량 100여 대의 블랙박스를 확인해본 결과, 이게 잡혔습니다."

태양이 컴퓨터 파일을 열었다. 화질이 선명치 않은 영상 속에서 어둠 속에 가로등 불빛이 반짝거리는 것이 들어왔다. 재선고등학교 뒤쪽의 시영아파트 도로변에 천천히 걸어오는 사람이 보였다. 커다란 여행용 가방을 끌고서 재선고등학교 뒷문으로 향하는 좁은 골목길로 들어가는 게 끝이었다.

"누구인가요?"

"아무래도 체격이나 키, 걸음걸이로 보아서 박훈정일 확률이 높습니다."

민찬의 말에 성호가 질문했다.

"가방 안에 든 게 뭡니까?"

"일단 박훈정이 여기에 입을 다물고 있어요. 하지만 우리의 불길한 예감대로 저게 안준성의 시신이라면 토요일 새벽에 운반을 했다는 가정하에 금요일 밤에 죽었을 가능성도 배제 못 합니다."

성호가 의아하다는 듯 물었다.

"부검감정서에 분명 사망 추정 시각이 월요일 저녁이라고 적혀 있었잖습니까."

"추정은 추정일 뿐이죠. 게다가 부검 2차 개정 보고서에는 안준성의 사망 원인이 다른 것으로 밝혀졌습니다."

"네?"

"1차 보고서에는 머리에 충격이 가해져 뇌내 혈관을 건드려 경막하출혈로 사망했다고 했지만, 지금은 이산화탄소 중독에 의한 사망이 제기됐어요."

"뭐라고요? 냉장고 내 질식사요?"

"네, 이런 가설이 세워질 수 있죠. 박훈정이 밀쳐 뇌출혈을 야기했고 의식을 잃은 상태에서 냉장고에 가둬져 질식사했다."

성호는 큰 충격을 받았다.

"수사 재개하실 겁니까?"

민찬이 고개를 저었다.

"할 수 있는 상황이 아니고, 부검 개정 보고서와 함께 검찰로 넘어갑니다. 윗선에서 수사 재개는 허락이 나지 않았죠. 게다가

산에서 발견된 장갑의 유전자가 박훈정 유전자와 일치해 결정적 증거가 됐어요."

"서 팀장님, 박훈정이 다 뒤집어쓸 수는 없어요."

"알고 있습니다. 하지만 이제부터 재판정에서 진위를 가립니다. 우리가 할 일은 끝났죠. 사실 한승모의 진술로 안준성에게 김민기가 성매매를 강제한 사건을 수사하려 했지만 안준성 부모님의 반대로 못 하게 됐죠. 범인도 나왔고, 아이에 대해 더 이상 험한 말이 나오지 않길 원하세요."

"김기선 씨 출입증으로 드나든 기록 좀 보내주세요."

성호가 단호히 말했다.

"박훈정 어디 있습니까? 아직 구치소로 안 들어갔죠. 제가 유치장 접견실에서 만나서 이야기를 해보죠."

태양이 창가로 가서 경찰서 주차장을 내다봤다.

"구치소로 가는 호송 버스 지금 출발합니다. 어서 가보세요!"

민찬은 성호에게 고개를 끄덕여 보였다. 성호는 문을 부서져라 열고 정문으로 뛰어갔다. 마당의 계단을 내려와 주차장으로 달려가 두리번거렸다. 창문에 하얀색 철창을 덧댄 호송 버스가 서서히 주차장을 빠져나갔다.

성호는 버스를 향해 달렸다. 손목에 수갑을 차고 다리에 포승줄을 묶은 40대 남자 두 명과 그 뒤로 역시 포승줄로 묶인 훈정이 순경 두 명에 의해 정문 초소 대기실에서 걸어 나왔다. 그들은 버스가 멈추기를 기다렸다. 성호는 신분증을 순경에게 보여주었다.

"잠깐만요, 잠시면 됩니다."

성호는 훈정을 붙잡고 진지하게 말을 건넸다.

"훈정아, 민기가 냉장고에 안준성을 넣자고 한 게 언제야?"

훈정은 놀란 눈으로 되묻듯이 보았으나 이내 체념한 듯 고개를 숙였다.

"그리고 안준성 쓰러졌을 때 상태가 어땠어?"

"왜, 왜 그러시는 거죠?"

"중요한 거야. 안준성이 너와 엎치락뒤치락하다가 쓰러졌을 때 죽지 않았을 수 있어. 냉장고에 준성이를 넣자고 지시한 사람이 대체 누구야? 김민기야? 민기가 준성이 죽은 거 확실하게 확인을 해줬어?"

훈정은 입을 다물었다.

"중요한 거야! 네가 안준성을 죽게 한 게 아냐! 죽음을 확인하고 냉장고에 넣자고 한 사람이 대체 누구야?"

훈정의 눈이 커지다가 체념하며 어두운 눈빛으로 성호를 봤다.

"그래서요? 달라지는 게 뭐죠? 저 여기서 풀어줄 수 있어요?"

"준성이가 불쌍해서 그래! 준성이가 불쌍해서 그렇다고! 굉장한 공포 속에서 갔을 거야. 냉장고 속에서 영원히 못 빠져나가리란 공포 말이야! 대체 누가 가두자고 한 거야. 왜 김민기한테 그 시간에 빠져나올 알리바이 구멍을 마련해줬어! 대체 왜!"

박훈정은 잠시 천천히 숨을 내뱉었다. 급격한 스트레스에 시달리는지 두 손을 맞잡고 버티며 한 단어 한 단어 내뱉었다.

"매일매일 준, 준성이가 하던 말이 있어요. 자신이 성매매한 걸 비밀로 해달랬어요. 그리고 민기가 하던 말이 있어요. 준성이를 가족들에게 잘…… 돌려……보내려면 자기가 시키는 대로 하라고 했어요."

성호는 고개를 끄덕였다. 훈정은 말을 하다 숨이 차 고개를 도리질 쳤다.

"말할 수 없었어요. 약속 때문에. 그리고 그거 알아요? 왜 민기가 준성이를 그렇게 괴롭혔는지. 민기와 준성이는 초등학교 때 같은 아파트에 살았어요. 민기 부모님은 매일매일 부부싸움을 했고, 민기가 친자식이 아니라는 소문도 있었대요. 민기는 그걸 준성이가 인터넷에 올린 줄 잘못 알고 있었어요."

성호는 다그쳤다.

"그래서 민기가 준성이를 괴롭혔던 거야?"

훈정은 잠시 침묵하다 대답했다.

"사실 글을 올린 사람은 저예요."

"어?"

"중학교 1학년 겨울 때 준성이가 비밀이라고 해준 얘기를 제가 학생들이 자주 가는 카페에 올렸어요. 엄마가 학교에 자주 찾아오고, 공부도 잘하는 민기가 미웠어요. 그래서 김민기는 친자가 아니라는 글을 올렸는데, 준성이가 덤터기를 쓴 거예요. 이후 계속 괴롭힘을 당했죠. 민기가 준성이 성매매시킨 걸 내가 학교에 알리려 했는데 준성이가 절대 못 하게 했어요. 그러다 폭발해서 민기에게 주먹을 썼어요."

"지금 한 말 재판정에서 다시 해줄 수 있지? 진술은 내가 다시 받아줄게. 부탁이다, 훈정아."

"아뇨, 재판 가서 할 말 없으니 지금 말씀드릴게요. 형사님, 인터넷에 나쁜 글 올려서 저 대신 준성이가 힘들어했어요. 끝까지 걔는 제가 올렸단 소릴 안 했어요. 그 말 할까봐 얼마나 조마조마했는데. 그런데 민기 납치해놓고 준성이와 옥신각신하다 이렇게 됐어요. 제가 벌 받는 게 맞아요. 준성이 대신 내가 죽었어야……."

경찰이 다가왔다. 훈정은 버스에 올라탔다. 성호는 버스를 붙잡고 큰 소리로 외쳤다.

"훈정아, 법정서 얘기하자. 그러자, 응?"

훈정이 눈물이 그렁그렁해져서는 몸을 일으키려 했다. 경찰이 성호의 앞을 막아섰다. 훈정은 창문 밖으로 고함을 치는 성호를 아쉬운 눈빛으로 보았다. 성호는 온몸의 힘이 빠져 숨을 헐떡였다.

성호는 다른 제삼자에게서 진실을 받아내야겠다는 생각이 들었다. 전화를 걸었다. 마침 전화를 받은 승모는 멀지 않은 곳에서 밥을 먹고 있었다.

1시간 후, 성호는 카페에 앉아 있는 승모에게 다가갔다. 그 옆에 해정이 있었다.

"성가시게 해드려서 죄송합니다. 경찰서 진술실은 부담이 될 것 같아서요."

"아니에요. 형사님들 덕분으로 승모가 불구속수사 받게 되어 다행인데요. 정말 감사합니다."

해정은 불안한 표정으로 문가 테이블에 앉았다.

성호는 주문한 커피 한 잔과 코코아를 들고 와 앉았다.

"깜짝 놀랐지?"

승모는 담담한 얼굴이었다.

"아뇨."

"부담 없이 간단하게 답해줘. 진술을 받는 게 아니고 사실 확인을 위해서야."

승모는 가타부타 말없이 코코아를 홀짝 마셨다.

"왜 준성이가 죽은 날짜를 거짓말했니?"

"네?"

"우리는 당연히 월요일 저녁에 어떻게든 시신을 집어넣기 위한 용도로 냉장고를 사러 갔다고 추측했지. 그게 사망 추정 시각을 꼬이게 만들었어. 준성이 죽은 날짜가 언제야? 진실을 말해 줘."

승모는 잠시 입을 꾹 닫고 창문가로 시선을 돌렸다. 그러고는 성호를 봤다.

"전 잘 모르겠어요. 사실 토요일 시영아파트에 안 갔다고 했는데 가봤어요."

승모가 잠시 뜸을 들였다.

"토요일 오후 2시에 갔을 때 준성이는 없었어요. 민기가 풀린 채 제가 사 온 음식을 먹었고 훈정이는 구석에 찌그러진 채 앉아 있었죠. 준성이가 어디 갔는지 물어봤는데 아무도 대답을 안 했어요."

"음식은 매번 네가 준비해 간 거야?"

"아뇨. 토요일 이전에는 지들끼리 사 먹었어요. 민기가 삼각 김밥으로 사 오라고 부탁해서 학교 근처 편의점서 제가 토요일에 사 갔어요. 일요일은 몰라요."

"좋아. 그렇다면 그 시각에 준성이는 이미 어딘가에 갇혀 있었다는 건데, 아파트에 전기가 들어오는 데가 있니?"

"아뇨. 제가 알기로는 전혀. 근데 민기가 그때 좀 이상한 얘기를 했어요. 학생들 급식이 어쩌고저쩌고 찜찜하다는 둥."

"뭐라고?"

갑자기 승모가 겁에 질린 얼굴로 대답했다.

"잘 몰라요. 무서워서 일요일은 안 가봤고요."

"김기선 선생님 지문의 불법 출입증은 너한테 있었니? 토요일에 말이야."

"그 출입증은 두 벌 카피 떠놔서 어차피 민기도 가지고 있었어요."

"이런 걸 왜 말하지 않은 거야?"

"형사님, 훈정이는 민기와 단단히 약속을 한 것 같아요. 준성이 죽은 날짜를 절대 말하지 않고, 시신을 유기하던 순간에 민기는 빠져 있게 알리바이만 만들면 준성이도 가족에게 돌려주고 준성이 명예가 더러워지지 않게 성매매한 것을 말하지 않기로요. 그건 준성이가 끝까지 원하던 바래요. 저한테도 민기가 그랬어요. 넌 준성이 죽은 걸 못 봤지만, 자신과 입을 맞춰서 똑같이 진술하지 않으면 제가 범인이 될 거라 했어요. 사체유기죄로 징역을 산다고 겁도 주고요. 그래서 시키는 대로 했어요."

성호가 잠시 생각을 정리한 후 질문을 던졌다.

"그럼 준성이 시신은 대체 언제 포터로 옮긴 거야?"

"월요일 저녁에 아파트에 가봤을 때 준성이가 비닐에 싸여 있었어요. 벌거벗은 채로요. 죽은 지 좀 된 것 같다는 느낌이 설핏 들었어요. 비닐 감촉이 무척 차가웠어요. 훈정이와 함께 민기의 지시로 비닐로 싼 준성이를 일단 일자산 중턱에 올려다 놓고 근처에 버려져 있던 천막 쪼가리를 덮어놨어요. 그런 다음 고이역에서 천호역으로 갔어요. 민기는 로데오 거리로, 훈정이와 저는 일성동으로 가서 트럭을 가지고 냉장고를 받아 왔어요. 산 아래 길가에 제가 차를 세워놓고 훈정이가 냉장고를 들쳐 업고서 산으로 올라갔어요."

"박훈정 혼자 옮겼다고? 혼자 뒤집어쓰라고? 민기가 시키디!"

승모가 분노했다.

"그래요! 근데 어른들이 뭘 도와줄 수 있어요? 저는 감방에 가면 어떻게 되는데요? 어차피 한 번도 준성이나 훈정이 도와준 적 없잖아!"

승모는 손을 부들부들 떨었다. 그리고 두 손바닥을 펴더니 들여다봤다.

"아직도 잊을 수가 없어. 두 손에 느껴지는 냉기를. 준성이…… 얼마나 추웠을까."

승모의 눈가에 눈물이 살짝 어렸다. 성호는 두 손을 붙잡았다.

"이 진술 검찰에 나가서 하자?"

승모는 손을 파르르 떨었다. 그리고 고개를 흔들었다.

"싫, 싫어요. 저는 준성이를 유기하지 않았어요. 저는 본 적도 없다고요. 진술서에 쓴 게 모두 사실이에요."

"승모야, 준성이를 위해서도 그리고 훈정이를 위해서도 네가 도와줘야 해. 무엇보다 김민기를 위한 일이기도 해. 지금 브레이크를 걸어줘야 다른 피해자가 나오지 않아!"

승모는 고개를 젖히면서 몸을 뒤로 뺐다.

"아뇨. 제가 왜요? 저는 다 말해줬어요. 지금 한 얘기는 다 거짓이에요."

승모가 흥분을 하자, 해정이 다가왔다.

"형사님, 부탁이에요. 저도 승모도 마음 다잡고 잘 살아볼게요. 더 이상 부르지 마세요. 정말 힘들어요."

해정의 눈에 눈물이 그렁그렁했다. 성호는 난감했다.

성호는 울먹거리는 해정과 돌아서는 승모를 더 이상 붙잡을 수 없었다.

구용은 거실의 TV를 틀었다. 음악 채널에서 흘러간 가요를 들었다. 오전 중에 병원에 다녀왔다. 혈액 검사 결과가 나왔는데, 백혈구 수치가 나쁘지 않아서 다음 항암 치료를 조금 미뤄도 될 것 같다고 의사가 말했다.

구용은 기분이 좋았다. 냉장고 문을 열어 반찬을 꺼내고 생선을 구웠다. 그리고 북엇국도 끓여봤다. 그동안 아침은 굶고 약 먹을 시간에 밖에 나가서 밥을 사 먹었다. 갓 끓인 북엇국은 아내의 솜씨를 생각나게 해주었다. 아내는 다음 주에 돌아온다고 했다.

구용은 약봉지, 소파에 널린 옷가지들을 모조리 치웠다. 그리고 위층 여자와 싸움이 붙은 온수 매트도 잘 개어뒀다. 좀 전에 위층 여자가 거듭 미안하다며 돈 봉투를 마련해 왔다. 구용은 마다했으나, 결국 성의를 생각해 받았다.

구용은 위층 소음에 쫑긋하던 귀가 쑥 줄어든 느낌이 들었다.

문득 보험을 들고 싶다는 생각이 들었다. 암환자들은 치료 도중에는 보험에 가입할 수가 없다. 다만 완치 판정 진단서를 떼 가면 보험회사에서 허락해준다. 완치 판정보다 보험가입 서류가 암 치료의 종착역이 되는 것이었다.

구용은 슬그머니 웃으면서 북엇국을 맛봤다. 미소가 얼굴 전체로 번지면서 마음에 평온이 느껴졌다.

8. 햄스터 우리에 갇힌 아이

6월 3일 월요일

경찰청 과학수사센터로 출근한 성호는 권여일 방으로 가서 보고를 하고 사무실로 돌아와 심재연을 만났다.

"강동경찰서 외근 다녀왔습니다."

심재연은 단정한 회색 슬랙스 정장 차림으로 성호를 보며 활짝 웃었다.

"잘했어요. 일자산 살인 및 사체유기사건, 김성호 형사 덕에 빠르게 해결됐다고 조동식 형사과장님이 직접 전화 주셨어. 참, 한남기가 우리 팀에 적극 협조한다고 연락했어요. 정말 고마워요."

성호는 못마땅한 눈초리로 쏘아봤다.

"주임님께서 다 하신 일인데요."

"이제 후배로 생각해도 되나?"

심재연은 성호의 어깨를 툭 치며 편한 표정으로 말을 건넸다.

성호는 손을 내미는 심재연을 확 밀쳐냈다. 심재연이 뒤로 물러섰다. 성호는 순간 지난번 완력사건으로 그녀가 자신을 슬쩍 두려워한다는 느낌을 받았다. 기분이 나쁘지 않았다.

나를 누군가 두려워한다는 것은 기선을 잡은 것이다.

성호는 무표정한 얼굴로 의자 등받이에 걸친 재킷을 집어 들어 입었다.

"외근 다녀오겠습니다."

"이봐!"

심재연은 막무가내로 성호에게 소리쳤다.

"야, 김성호! 야, 임마!"

성호는 아랑곳하지 않고 빠른 걸음으로 계단으로 향했다. 확인해볼 데가 있었다. 일요일에는 학교를 개방하지 않는다는 말에 월요일에 방문하겠다고 했다. 성호는 주차장으로 내려가 차를 몰고서 재선고등학교를 내비게이션에 입력했다.

성호는 마음을 차분하게 가라앉혔다. 흥분하면 진다. 다시는 못 만날 면접 대상을 만나러 가는 무거운 심경이었다. 쩔걱쩔걱 자일리톨 껌 통이 음료수 거치대 위에서 움직이는 소리가 신경을 긁었다. 얼른 들어서 보조석 바닥에 던져버렸다. 기분을 다스리기 위해 라디오를 켰다. 피아노 소곡이 흘러나오며 옥죄던 기운을 온화하게 풀어줬다.

심재연이 자주 던지던 말이 떠올랐다.

'릴랙스 해.'

'지금 필요한 것은 차분한 내면일지 모른다. 집중하자, 집중.'

성호는 '집중'이라는 단어를 되뇌었다. 강변북로에서 고이동으로 빠져나오니 재선고등학교가 보였다. 차를 운동장에 대고 본관으로 걸어갔다. 1층 교무실 문을 열고 들어서자, 김기선이 다가왔다.

"연락 주신 형사님이시죠?"

성호는 목례를 했다.

"네. 김성호입니다."

"왜 다시 나오신 겁니까? 민기는 질병결석 처리를 해준데도 수업에 꼬박 참석할 정도로 평소대로 돌아왔는데요."

"걱정하지 마세요. 추가로 물어볼 게 있어서요."

"학생들 눈도 있고 해서, 일단 4교시 수업을 빠지고 기숙사에 있으라고 했죠. 따라오세요."

성호는 김기선을 따라 복도를 걸어갔다. 1층에 위치한 교실 두어 개를 지나쳐 서문으로 나갔다. 야트막한 언덕을 올라가자 차량 대여섯 대가 주차된 주차장 뒤로 기숙사 건물이 보였다.

"저기 기숙사 건물 401호가 민기의 방입니다. 승모는 지금 집에서 쉬고 혼자 방을 쓰죠. 참 승모는 어떻게 됩니까?"

"불구속수사 중인데 검찰조사 나와봐야 압니다."

"승모, 학교 휴학한다고 전화는 왔어요. 민기 납치에 대해 혐의가 있다고요."

"결과에 따라 구금돼 다시 조사받을 수도 있죠."

김기선이 기숙사를 들어가 출입증을 찍었다.

"경비업체가 모든 출입증을 교체하고 학생들 지문도 다시 등록하고 있습니다. 이번 사건으로 후유증이 크죠."

"출입증이 카피된 것에 대해 민기에게 벌점을 줬습니까?"

김기선이 고개를 저었다.

"피해를 본 학생인데 지금은 그럴 수 없죠."

엘리베이터를 타고 4층으로 올라갔다. 401호 앞에서 김기선이 멈췄다.

"제가 다음 수업을 준비해야 돼서요."

"저 혼자 가도 됩니다."

성호는 401호 앞에서 잠깐 심호흡을 하고 노크를 했다.

"들어오세요."

성호는 문을 열고 신발장이 놓인 현관으로 들어갔다. 자질구레한 물건들이 폐지와 함께 가지런히 정리되어 있었다.

"이것저것 버리려고요."

민기는 창가 쪽 침대 가에 양반다리를 하고 앉아서 앞에 놓인 수학 참고서 책을 덮었다. 그 뒤 열린 커튼으로 환한 햇살이 들어왔다. 민기가 맞은편 침대를 가리켰다.

"앉으세요. 좁지만 견딜 만해요. 승모가 방을 빼서 저 혼자 써요. 앞으로 누가 룸메이트가 될지 살짝 설레는데요? 첨에는 네 명이 들어왔지만 결국 하나둘씩 나가더군요. 왜 그럴까요?"

민기는 웃고 있지만 성호는 불안했다. 침대에 걸터앉은 성호는 딱딱한 얼굴로 물었다.

"준성이 정확하게 죽은 날짜가 언제야? 토요일이야?"

민기가 왼쪽으로 고개를 틀고 삐딱하게 올려다봤다.

"알아서 뭐 하시게요?"

영악한 표정의 민기가 순간 지겹게 느껴졌다.

"증거 대줄까?"

"네, 듣고 싶어요."

성호는 화가 났지만 참았다.

"네가 준성이가 죽은 것을 확인해줘서 훈정이로 하여금 준성이를 냉장고에 넣게 한 거야? 수사를 해보니 아파트에는 전력이 끊겨 있었고, 불법 출입증으로 토요일 새벽 1시에 기숙사에 드나든 게 포착됐어. 그 출입증을 확인해보니 일요일에도 저녁 7시에 드나들었어. 일요일 밤 9시에 기숙사 입실하러 학생들이 돌아오니까 7시는 오히려 기숙사에 인적이 뜸한 시간이지. 그리고 월요일 오후 4시, 학생들이 수업을 듣는 시간에도 드나들었어. 지금 블랙박스를 뒤지고 있는데, 재선고등학교 주변에 세워둔 한

차량에서 박훈정이 토요일 새벽 1시 직전에 커다란 검은색 여행용 가방을 가지고 기숙사 방향으로 향하는 장면이 잡혔어."

민기는 씩 웃었다.

"그래서요?"

"대체 무슨 일이 있었던 거야?"

"제가 사망 확인을 해주었죠. 준성이가 훈정이와 옥신각신하다가 쓰러져서 훈정이가 당황하기에 도와줬어요. 하지만 훈정이가 모든 일을 혼자 했죠."

성호는 고압적으로 말했다.

"아냐. 준성이는 훈정이가 밀쳤을 당시 완전히 죽지는 않았어. 그때 119에 신고를 했어야 돼!"

"뭐가 달라지는데요?"

말을 마치고 입꼬리를 살짝 들어 올리는 민기의 표정을 성호는 놓치지 않았다.

"너 거짓말하는 거 맞지."

"형사님들은 안 그래요?"

준성이는 분명 살아 있었다. 그런데 지금 이 아이가 시켜서 냉장고에 가두게 했다.

민기는 웃음기를 지웠다.

"너, 월요일 승모가 급식에서 반찬과 밥을 가져다줬고 박훈정, 안준성이 먹고 너는 안 먹었다 했지."

"그래서요?"

"안준성은 월요일에 안 죽었다고. 부검감정서에 삼각 김밥이 마지막 먹은 음식물이야."

"그래서 달라지는 게 뭐죠? 준성이는 삼각 김밥만 그날 먹었어요. 급식 반찬 손 안 대고. 됐어요?"

"야, 임마! 월요일에 안 죽었잖아! 똑바로 말해!"

"그래서 어쩌라구요! 그게 내가 뭐 했다는 증거가 돼요? 난 피해자라구요!"

"너 다시 잡아들일 거야!"

성호는 걸터앉았던 침대에서 일어났다. 민기의 목소리가 성호를 잡았다.

"뭐, 지금 이건 다 녹음했어. 이딴 말 하는 거 아니죠? 불법감청은 증거물 채택도 되지 않고, 전 말실수 한 거 없으니까."

성호는 천천히 몸을 돌렸다. 민기의 입가가 파르르 떨렸다.

"왜? 붙잡히는 건 두려워?"

"아니, 갇히는 게 싫어. 갇히는 게."

"그런데 왜 준성이는 냉장고에 가뒀어. 그게 고통인 줄 아는 녀석이!"

민기는 고개를 돌렸다. 성호는 문득 뇌리를 스치는 생각에 얼른 방을 나와 엘리베이터로 향했다.

지하 2층에 내리니 농구장과 그 뒤편으로 탁구대 등이 보였다. 성호는 안쪽으로 걸어 들어갔다. 농구공 등이 보관된 비품실과, 탈의실, 샤워실, 개인소지품 보관함이 보였다. 성호는 샤워실 옆의 비상계단을 밟고 올라갔다. 성호가 지하 1층 비상구 문을 열고 나오자 매캐한 냄새가 코를 근질였다. 카레 냄새였다.

"아구머니나!"

머리에 수건을 둘러쓰고 앞치마를 한 40대 여자가 소리를 냈다.

"누구세요?"

성호는 신분증을 보여주며 말했다.

"아주머니, 놀라지 마세요. 경찰입니다."

"뒷산에서 일어난 사건 때문인갑다."

"네. 맞습니다."

"범인 잡혔잖아요."

"추가조사하는 겁니다. 여기에 냉장고가 있는지 볼 수 있을까요? 조리실에서 상시로 사용하시는 거 말고 다른 냉장고 있습니까?"

"따라오세요. 조리실 뒤쪽으로 있어요."

성호는 조리사를 따라갔다. 식당 안쪽으로 조리실이 있었다. 각종 반찬 냄새가 풍기는 곳을 지나 음식물 쓰레기가 가득 든 고무통을 지나쳤다. 식자재가 쌓여 있는 구불구불한 복도를 지나자 입구 위에 창고라고 적힌 공간이 나왔다. 입구에 문은 달려 있지 않았다. 은색 스테인리스 재질의 대형 냉장고 다섯 개가 있었다. 조리사는 안내해주고 돌아갔다.

성호는 냉장고 문을 왼쪽부터 열어봤다. 식재료를 담은 비닐봉투들이 물샐틈없이 들어차 있었다. 투명 비닐봉투에는 멸치나 다시마 등 각종 건어물이, 두 번째 냉장고에는 야채와 김치가, 세 번째 냉장고에는 돼지고기, 쇠고기 팩이 차곡차곡 채워져 있었다. 냉장고가 크다지만 과자 하나 들어갈 틈 없이 잘 정리돼 있었다. 다섯 번째 냉장고도 마찬가지였다. 성호는 뒤돌아 물었다.

"아주머니, 다른 냉장고는 없습니까?"

주방에서 칼로 썰고 지지고 볶는 소리가 요란했다. 조리사들은 급식 준비에 여념이 없었다. 성호가 창고를 나가려는데 다섯 번째 냉장고 맞은편으로 김치냉장고가 보였다. 뒤쪽을 보니 플러그가 뽑혀 있었다. 성호는 이상한 기분에 늘 가지고 다니는 장갑을 끼고서 냉장고를 열어봤다.

독한 냄새가 코를 찔렀다. 알코올과 과산화수소 냄새. 소독약 냄새가 분명했다. 구조상 칸막이나 서랍이 없이 위로 개폐하는 뚜껑이 달린 냉장고로, 가로 세로 사이즈가 1미터는 족히 넘어 사람도 들어갈 수 있을 것처럼 보였다.

냉장고는 안이 소독약으로 깨끗하게 닦여 있었다. 그때, 냉장고 뒤로 작은 쪽문이 슬그머니 열리면서 누군가 천천히 고개를 빠끔 디밀었다.

성호는 당황했다. 갑자기 후다닥 소리와 함께 철문이 쾅 닫혔다. 성호가 놀라 뒤를 돌아보고 큰 소리로 물었다.

"이 뒤에 문이 있나요?"

감자를 썰고 있던 덩치 큰 조리사가 답했다.

"네. 있어요."

성호는 얼른 쪽문을 열고 들어갔다. 어두컴컴한 구석에서 반대편 문을 찾았지만 잠겨 있었다. 밖에서 잠근 것 같았다. 성호는 뛰쳐나와 냉장고들 앞을 지나 조리실 밖으로 나와 계단으로 올라갔다.

1층 로비까지 달렸다.

텅 빈 로비는 수업 중이어선지 인적은 없었다. 성호가 주변을 살펴보는데 엘리베이터 옆에 누군가 있었다.

그 누군가는 성호와 눈빛이 마주쳤다.

민기였다.

두 손에 에탄올 대형 용기 소독제와 물티슈 그리고 수건을 들고 있었다. 뒷덜미에 소름이 돋았다. 민기와 시선이 부딪는 순간 뒤로 물러난 쪽은 성호였다.

"너, 너지? 조리실에 들어왔다가 도망친 사람이."

"아무것도 없을 거예요. 지난주 월요일 이후부터 줄곧 닦아냈거든요."

말을 마친 민기는 씩 웃었다.

“과수팀도 못 찾아낼 거예요. 헛수고 마세요.”

성호는 당황했지만 침착을 되찾았다.

“부검감정서에 안준성이 죽기 전에 먹은 음식물이 나와 있어. 그걸 산 편의점을 추적하면 사망 시각을 제대로 알아낼 수 있어.”

민기는 웃었다.

“아뇨. 어차피 냉장고에 들어간 순간부터 의미 없다는 거 잘 아실 텐데요. 그리고 준성이 가고 나서도 계속 그 삼각 김밥만 사다 먹었다고요.”

민기는 엘리베이터에 올라탔다. 고개를 꾸벅 숙이며 인사를 하는 민기 앞으로 막이 내리듯 엘리베이터 문이 닫혔다.

민기는 4층 창가에 서서 성호가 차로 돌아가는 모습을 지켜봤다. 그의 처진 뒷모습이 심경을 말해주는 것 같았다. 민기는 눈을 감았다. 그리고 주머니에서 이어폰을 꺼내 휴대폰으로 음악을 들었다. 차분한 음악이 흘러나왔다.

공부가 뒤처진다 싶으면 베란다의 벽장에 갇혔다. 아홉 살이던가. 엄마의 손에 끌려 들어간 벽장 안. 문틈에서는 명상음악이 흘러나왔다. 엄마가 화를 버럭버럭 내고 나서 듣는 조용한 음악. 민기는 그 음악이 끔찍하게 싫었다.

‘날 괴롭히고 고작 하는 게 저런 일이라니. 난 이토록 공포에 시달리는데.’

처음에는 문을 두드리고 울부짖었지만 엄마가 진정되기까지 못 나간다는 사실을 깨닫고 더 이상 시끄럽게 굴지 않았다. 다만 음악에 귀를 기울였다.

초등학교 6학년 때 햄스터 한 마리를 문방구에서 사 와서 작은 상자에 집어넣고 기르다가 어느 날 상자를 닫고 박스테이프로 칭칭 감아버렸다. 햄스터는 바스락대다가 조용해지고 바스락대다가 조용해지기를 반복하다 죽었다.

그때 민기는 엄마가 듣는 명상음악을 재생시켜 몇 시간이고 들었다. 마음이 안정되었다. 피아노 선율이 귀를 간지럽히면서 기분이 좋았다. 중학교 3학년 때에는 냉장고에 강아지를 가둔 적이 있었다. 아이스박스에 넣어서 테이프로 뚜껑 주위를 봉해 냉장고에 넣었다. 시끄러운 소리가 들렸지만 민기는 마음이 들뜨고 기분이 좋아졌다. 음악도 들었다.

그날 밤 엄마가 돌아와서 냉장고 속의 강아지를 발견했을 때의 경악하고 낙담한 표정은 민기의 마음속에 뭔가 뻥 뚫리는 쾌감을 선사했다. 엄마는 민기의 팔을 붙들고 혼내고 때리기를 반복하다가 벽장으로 끌고 가려 했다. 민기는 엄마를 와락 밀쳤다. 그리고 방으로 들어가 잠에 빠져들었다. 꿈속에서 민기는 갇힌 벽을 힘으로 뚫고 나오는 슈퍼맨이 되어 있었다.

'엄마는 알았을 것이다. 이제 더 이상 나를 어쩌지 못한다는 것을.'

민기는 나중에 범죄심리학 책을 읽고 깨달았다. 어릴 적 겪은 괴로운 경험을 폭력적 환상으로 발전시켰으며, 그게 동기가 되어 가학적 행동을 일으킨다는 걸. 원인을 알고도 일탈 행위를 멈추기 힘들었다.

생명체를 어딘가에 가둬서 편안하게 해준다는 그 느낌.

잊을 수가 없었다.

그 후에도 몇 번 그런 일이 있었다.

민기는 현실로 돌아와 눈을 번쩍 떴다. 성호가 차에 올라타는 모습이 보였다.

"형사님, 또 봐요."

민기는 나직하게 말하고는 이어폰을 귀에서 뺐다.

성호는 학교 근처의 편의점을 들렀다. 승모와 훈정의 사진을 보여주었으나 직원은 고개를 저었다. 그런 학생들이 너무 많다는 것이었다.

성호는 차를 운전해 집으로 돌아갔다. 집으로 들어서자마자 가방을 집어던졌다.

성호는 하루 종일 폭발할 듯한 마음을 다잡고 억눌렀다. 조리실에서 자신을 훔쳐보던 민기의 섬뜩한 눈빛은 혐오스러웠다. 그간 여러 범죄자를 만나왔지만 이렇게 피로감을 주는 상대는 처음이었다. 휴대폰을 재킷 안주머니에서 뺐다. 진동 설정해놓은 휴대폰을 확인해보니 부재중 통화와 문자가 와 있었다. 심재연이었다.

〈대체 어딜 그렇게 정신 놓고 다니는 거야? 구치소에 전화는 넣었으니까 내일 당장 면회하고 앞으로 인터뷰 일정 구체적으로 잡아.〉

성호는 휴대폰을 와락 던졌다.

9. 고치에서 나와 탈피한 애벌레

6월 4일 화요일

성호는 구치소 주차장에 미리 나와 있던 전의 그 교도관을 만나 접견실로 향했다.

"개인적으로 2087과 알고 지내는 분 같습니다."

"네?"

교도관이 뜬금없이 묻자, 성호가 놀란 눈을 했다.

"이곳은 24시간 부대끼는 곳이죠. 서로에 대해 모르는 것이 거의 없습니다."

성호는 침묵을 지키고 경청했다.

"2087과 협조해 일을 진행하실 거면, 똑같은 눈빛으로 응수하세요."

"네……?"

"제 직감인데, 형사님을 이용해 먹고도 남을 놈입니다."

성호는 대답하지 않았다.

접견실에 도착하자 다른 교도관이 남기를 데리고 들어왔다. 남기가 성호 건너편 의자에 앉았다.

"넌 얼굴이 왜 그 모양이야? 힘든 일 있구나."

"됐고! 어쩌자는 거야? 인터뷰 다른 사람이랑 한다고 그래."

"네가 일주일에 한 번이라도 정기적으로 와준다면 얼마나 좋겠어."

성호는 고개를 저었다.

"제삼자가 하는 게 맞아."

"것보다 안색이 왜 그래?"

성호는 피곤했다. 뭔가 다른 얘기를 하고 싶었다.

"꿈을 꿨는데 교실에서 강아지와 고양이만 돌아다녀. 그리고 비품함에서 우는 남자아이가 있었지. 그래서 달래줬어. 꿈이 뒤숭숭해서 그렇지 별일 없어."

남기는 씩 웃었다.

"교실에 있는 학생을 넌 강아지, 고양이 취급한다는 거야. 무슨 의미인지 난 알겠는데."

성호가 번뜩 깨였다.

"더 말해봐."

"우는 아이는 너야. 네가 너의 어린 모습을 달래주는가보지.

넌 과거 이야기 죽기보다 싫을 텐데?"

성호는 민기가 친구들을 애완동물 취급하던 걸 잠깐 떠올렸다. 그럴 듯했다. 남기가 입을 뗐다.

"그 여자 죽이던데? 심재연."

"뭐라고? 여기 왔었어?"

"어, 연구 도와달라고. 둘이 잤어?"

"미쳤어?"

남기가 씩 웃었다.

"너 그 여자 맘에 안 들지."

성호는 남기를 노려봤다.

"그냥 죽여버려. 나한테 했던 것처럼. 그게 너야. 김홍택."

성호는 불현듯 화가 머리끝까지 치밀어 남기에게 와락 달려들었다. 의자에 앉아 있던 교도관이 벌떡 일어나 달려왔다.

"김 형사님, 참으세요."

"이거 놔! 이거 놓으라구요!"

성호가 흥분을 주체하지 못하고 길길이 뛰었지만 남기는 웃으면서 밖으로 나갔다.

웃음소리가 성호의 귀를 헤집어놓았다.

성호는 수치심이 가득했다.

성호를 배웅하며 교도관이 말했다.

"저런 치들과 일일이 신경전 벌이다보면 제명에 못 죽죠."

"2087, 괴롭혀줄 방법이 없을까요?"

성호는 그렇게 말하는 자신이 한심스러웠다. 하지만 속이 타서 견딜 수 없었다.

교도관은 약간 뜸을 들인 후 입을 열었다.

"무슨 약점을 잡히셨는지 몰라도 형사님보다 우위에 있어요. 먹이사슬을 말하는 겁니다. 이 일에서 빠지세요."

교도관은 말을 남기고 차 문을 닫아주었다. 성호는 정문에서 신분증을 찾고 철제문을 통과해 밖으로 나갔다.

성호는 자신을 돌아보았다. 프로파일러로서의 자제력이나 자세는 물 건너갔고, 심재연이 자신과 남기를 엮어서 고약한 발상의 연구를 한다는 생각에 불쾌했다.

서연은 화요일에 잡힌 창의적 글쓰기 강좌를 못 하겠다고 지난 토요일 다급하게 전화를 넣었다. 센터 직원으로부터 안 된다는 답변만 들었다. 서연은 온몸이 욱신욱신 쑤셨고, 머리는 지끈거렸다. 밤마다 잠을 못 이루고, 혹시 자신의 전화번호나 사진이 인터넷 게시판 어딘가에 떠도는 건 아닌지 확인하느라 날밤을 샜다.

서연은 '범죄모의', '범행방법' 등의 키워드를 넣어서 검색된 카페를 찾아가보았지만 가입이 거절당하기도 했다. 잠을 청하다가도 2시간마다 일어나서 현관문이 잠겼는지, 창문이 잠겼는지 확인하고 왔다.

민기가 던진 말들이 모두 걸렸다.

'아시죠? 그 일이란.'

서연은 떠올리고 싶지 않은 일이 기억났다. 내 몸을 강제로 찍어누르는 타인의 힘, 주먹질 그리고 귓가에 들이댄 칼. 서연은 고개를 뒤흔들었다.

인격의 살인이었다. 강제적인 억압과 폭력은 사람의 인격을 송두리째 뺏는 살인 그 자체였다.

가출했을 때 겪었던 여인숙 감금 생활은 공포의 밑바닥을 형성하면서 잠재의식 속에서 끊임없이 고통을 주었다. 지금도 꿈에 가해자들 얼굴이 떠올랐다.

밤 8시가 되었다. 일성 주민복지센터 202호 강의실에는 다섯 명이 앉아 있었다. 머리가 희끗거리는 노인이 필기 준비를 하고 있었고, 그 옆 노인은 지그시 서연을 봤다. 서연은 차마 시선을 마주치지 못하고 교재를 봤다. 반장을 맡은 이순희와 그 옆으로 또래 여성이 있었다. 그리고 남자 고등학생이 맨 뒤에서 자고 있었다. 서연은 프린트를 나눠주고 천천히 강의를 시작했다.

"오늘은 글쓰기 기초 부분에 관하여 강의를 시작할게요. 글을 쓰기 위해서는 아무리 짧은 글이라도 글감, 그러니까 글의 소재가 필요합니다. 예를 들어서 요리를 만들기 위해서는 야채나고기 등의 재료가 필요한데, 이런 게 바로 글감이라고 할 수 있죠. 하지만 요리를 만들기 전에 요리의 제목이 필요합니다. 카레면 카레, 전골이면 전골 이런 식으로요. 오늘은 글을 이루는 요소에 관해 공부해봅시다."

서연은 칠판에 필기를 했다. 문이 삐걱 열리면서 허름한 운동모자가 보였다. 비실거리는 체구에 굽은 등으로 조심스레 들어오는 남자가 있었다. 박순규였다. 단정한 와이셔츠와 면바지를 입었다. 그는 고등학생 옆으로 가서 낡은 배낭을 툭 놓고 자리에 앉았다.

이순희가 프린트를 박순규 자리에 턱 놓았다. 서연은 필기를 마친 다음 자리에 앉았다. 다시 글을 이루는 요소를 설명하고 나서 쉬는 시간을 5분 주었다. 수강생들이 커피 타임을 하러 나갔고, 고등학생은 가방을 챙겨 인사만 꾸벅 하고 나갔다.

"어머, 쟤 그냥 가나보다."

이순희가 지나치듯 말하며 박순규의 눈치를 살살 살폈다. 박순규가 이순희의 시선을 느끼고 머뭇거리다 나갔다. 이순희는 다급하게 서연의 앞으로 앉았다.

"선생님, 정말 이런 이야기해도 되나 모르겠는데, 신상정보를 유출하는 게 불법인 거는 알고 있거든요."

"네?"

서연의 심장이 두근거렸다.

"제가 자녀가 있어서 성범죄자 고지서도 받아보고 있고, 종종 성범죄자 알림e 서비스 홈페이지에도 들어가요. 근데 우리 반에 해당자가 있어요."

서연의 두 손이 마구 떨렸다.

"무, 무슨 말씀이세요? 대체 누가……."

"박순규 씨. 지금 나간 그 사람. 에후 무서워라. 그 남자가 부산에서 강간죄로 잡혀서 징역도 살고, 성폭력 치료강의도 듣고 신상정보고지명령을 5년이나 받았지 뭐예요?"

"박순규 씨가요?"

"네. 근데 이렇게 함부로 말하는 거 불법이라던데. 뭐 누구나 홈페이지 들어가면 버젓이 사진 볼 수 있는데요."

서연은 벌떡 일어나 교재와 필기구 그리고 소지품을 챙겼다.

"선생님, 뭐 하세요?"

수강생들이 들어서는데 서연은 나가다가 누군가와 어깨가 탁 부닥쳤다. 박순규였다. 모자 밑으로 드러난 눈매가 날카로웠다. 서연은 시선을 떨어뜨렸다.

"죄, 죄송하지만 오늘은 강의를 여기서 마, 마칩니다."

서연은 계단을 뛰어내려와 사위가 어두워진 거리로 나갔다.

서연은 누군가 미행을 하지 않을까 싶어 자꾸 뒤를 돌아봤다. 서연은 겨우 집에 도착했다. 집 비밀번호가 기억나지 않아 여러 번 시도한 후에야 간신히 들어갔다. 서연은 신발을 벗지도 못하고 털썩 주저앉았다.

'저는 선생님 이름, 주소, 전화번호 그리고 신체의 대략 사이즈와 혼자 산다는 정보를 올려놨어요.'

민기의 말들이 끊임없이 되풀이되면서 머리를 뱅뱅 돌게 했다. 서연은 두 손으로 머리를 꽉 움켜쥐었다. 위층에서 쿵쿵거리는 소리가 났다. 서연은 무의식중에 위층을 무섭게 흘겼다.

"시끄럿! 그만둬, 나 좀 내버려두란 말이야!"

서연은 제풀에 지쳐 현관 바닥에 쓰러졌다. 잠시 후 정신이 든 서연은 앞으로 사람들 만나기가 더욱 두려웠다. 서연은 비칠비칠 거실로 간신히 기어가 누웠다. 열린 커튼 사이로 가로등 불빛과 밤거리가 보였다. 서연은 벌떡 일어나 커튼을 꽉 움켜쥐고 창문을 막아버렸다. 이제 암흑 속에서 또다시 혼자가 되었다.

조영희 박사는 원장실로 들어서는 성호를 반갑게 맞이했다.

"어서 오세요. 사건이 해결되었다는 거 뉴스를 통해 알았습니다."

"이렇게 늦은 밤에 찾아와 죄송합니다."

"괜찮아요."

잔잔한 조명이 켜 있고, 은은한 클래식 음악이 흐르는 원장실은 안정감을 주었다.

"앉으세요."

"김민기에 대해 물어볼 것이 있어서 왔습니다. 제가 보낸 사건 관련 서류는 비밀로 해주셔야 됩니다."

"네."

조영희는 온화한 눈빛으로 성호를 응시했다.

"단도직입으로 묻겠습니다. 저도 심리학과 출신의 특채 프로파일러입니다. 하지만 좀 판단이 안 서는 부분이 있습니다. 김민기는 사이코패스 성향입니까?"

잠시의 침묵을 메우듯 오케스트라 연주가 원장실을 부드럽게 감쌌다.

"경찰 검찰 내부에서 심리 검사와 상담 진행하고 있지 않나요? 제가 말하기에 조금 그렇습니다만."

성호는 재차 물었다.

"판단이 안 서서 그렇습니다. 민기는 성인이 되어도 교정이 안 되고 언제든 범죄를 저지를 우려가 있습니까?"

조영희는 잠깐 회전의자를 비스듬히 옆쪽으로 돌렸다가 성호를 봤다.

"민기는 소시오패스에 가깝습니다. 그 차이점을 잘 아시겠죠. 반사회적 인격 장애인데, 민기는 어머니의 학대로 인한 스트레스를 받았어요. 그 분노를 타인에 대한 학대나 공격, 범죄모의 등으로 풀고 있습니다. 겉보기에는 모범생이지만, 죄책감 없이 남을 속이고 최대한의 복수를 위해 계획을 짜고 실행했죠. 제가 말씀드렸죠. 어린이나 청소년들은 상담 중에 마음을 드러내는 게 보통인데 끝까지 안 드러내는 아이들도 있다고요. 저는 그런 아이들을 두 명 정도 보았는데, 한 명은 잦은 성범죄와 강도 살인 미수로 소년원에 갔다 와서 보호관찰을 받는 중에도 범죄를 저질렀죠. 그 아이는 10년 전에 상담했던 아이인데 지금은 살인을 저질러 무기징역형을 받았어요. 그리고 다른 한 명은 민기입니다."

성호는 잠시 목소리를 낮췄다.

"민기도 그렇게 될 확률이 다분하다는 말씀입니까?"

조영희는 천천히 진열대로 가서 피규어 네 개를 집었다.

"하버드대 연구 결과에 의하면 인구의 4퍼센트 정도가 소시오패스라고 합니다. 우리 주변에는 늘 소시오패스가 존재해왔죠. 우리가 유영철이나 테드 번디 등의 아주 적은 수의 사이코패스를 마주칠 확률은 매우 낮죠. 하지만 비폭력적인 양심 없고 잔인한 소시오패스를 마주칠 확률은 그보다는 높죠. 그들을 모두 다 범죄자로 교도소 안에 집어넣을 수 있나요."

조영희는 피규어를 책상에 두고 손가락으로 책상을 두드렸다.

"그들의 본성을 바꾸는 것은 힘들겠지만, 반복 학습을 통해 교정시킬 수는 있어요. 그게 교정 당국 법무부에서 할 일이죠. 우리 의사들도 돕고 있구요."

성호는 자못 떨리는 눈빛으로 봤다.

"그 말씀은 민기를 걱정 안 해도 된다는 뜻인가요? 민기는 장래 희망이 경찰입니다. 어떻게 생각하시죠?"

조영희는 잠시 입가에 미소를 띠었다.

"어릴 때부터 잔인한 취미와 범죄적 재능을 가지고 있는 모든 아이들은 범죄자가 된다? 그렇지 않잖아요."

성호는 답답했다.

"민기는 괴물이라고요! 제가 드린 문건 자세히 보셨죠. 어떻게 생각하십니까? 김민기는 이 일에 처벌을 받지 않았단 말입니다!"

조영희는 심각한 얼굴이 되었다.

"민기는 어머니한테 10년 동안 학대를 받으며 '억압'으로 불안과 공포를 꾹꾹 누르고, '격리'로 공포를 생각하지 않는 방식으로 살았을 겁니다. 방어기제는 당장은 효과가 있지만 부작용을 일으키죠. 걱정되는 것은 민기가 유리컵처럼 아주 깨져버렸느냐 하는 겁니다."

"유리컵이오?"

조영희는 책상 위에 놓인 유리컵 안에 티스푼을 넣고 흔들었다. 쨍강쨍강하는 소리가 반복적으로 들렸다.

"인간의 뇌는 이 유리잔처럼 세밀합니다. 더군다나 신경이 예민한 사람은 잔의 두께가 아주 얇죠. 그런 유리잔을 이 스푼이 무지막지하게 건드립니다. 참고 또 참던 유리잔도 숟가락의 강도가 세어져가면 결국 깨지죠."

조영희는 손가락을 멈췄다. 귀를 울리던 날카로운 소리가 사라졌다.

"유리잔이 터지기 전에 막아야죠. 저는 민기가 그렇게 되지 않기를 바랍니다."

조영희는 잠시 침묵하다 말문을 열었다.

"김성호 형사님은 낯설지가 않아요."

성호가 섬뜩했다.

"그게 무슨 말씀이신지……."

"마음동행센터에서 사실은 형사님 사진과 파일을 봤어요. 과학수사센터에서 치료받기를 추천한 경찰 중 한 분이었습니다. 하지만 거절하셨죠."

"네, 맞습니다."

"김민기나 형사님이나 너무 불안을 억누르고 있어요. 기분과 신체적 반응은 밀접한 관계가 있어요. 슬픈 기분에 우는 것이 아니라 울어서 슬프고, 화가 나서 미간을 찡그리는 게 아니라 미간이 찡그려져서 화가 난 겁니다. 그만큼 인간은 몸이 먼저 반응을 합니다. 아파야 된다는 것이죠. 민기나 형사님은 그 아픔을 누르고만 있어요."

잠시 무거운 침묵이 흘렀다. 귀에 익은 교향곡 멜로디만이 오롯하게 들릴 뿐이었다.

"음악 좋죠. 베토벤의 교향곡 6번 F장조 68번이에요. 우리들은 전원교향곡이라고 쉽게 부르죠. 그중에 제5악장 〈양치기의 노래〉는 폭풍 뒤에 찾아온 평온에 기뻐하면서 감사하는 노래예요. 질풍노도의 시기를 거쳐서 안정을 되찾게 됩니다. 그 시기를 잘 다스려야 돼요."

성호는 떨리는 눈빛으로 조영희를 보았다.

"촉법소년 시절에 저지른 안준성에 대한 성폭력 범죄는 처벌받을 수 없고, 안준성의 사망도 박훈정이 저지른 상해치사로 일단락되었죠. 정작 그 아이는 경찰이 꿈이란 말입니다!"

"왜 시신을 냉장고에 넣었을까요?"

성호는 침묵했다.

"민기는 어릴 적에 성적이 안 나오면 집 안의 벽장에 갇혔다고 했어요. 상담하다 들은 말이죠. 그만큼 갇힌다는 것에 압박을 느꼈어요."

"그 말씀을 왜 이제 하십니까!"

성호가 언성을 높였다.

"프로파일러시니까 서명적 행동*이란 단어를 붙여 판단하실 거잖아요. 바로 민기가 범인이라고 단정했죠."

성호는 책상을 주먹으로 내리쳤다.

* behavioral signature: 범인의 강한 심리적 동기에 의해 발생하는 특유의 범죄 행동.

“그래서요! 아닌가요?”

“수사를 해서 밝혀지는 것과 처음부터 단정하는 건 큰 차이가 있죠. 민기가 그 범죄의 범인이라고 확신을 주고 싶지 않았다고요. 형사님을 돌아보시죠. 과거의 친구를 괴롭힌 경험으로 지금 범죄자가 되었습니까? 아니면 다른 사람을 돕는 형사가 되었습니까?”

성호가 격앙됐다.

“저는 제가 아니라 민기가 커서 어떤 괴물이 될지 걱정하는 겁니다!”

“진정하세요. 민기는 고통과 아픔의 변태시기를 지나서 멋진 나비가 될지도 모릅니다. 물론 독나방이 될 수도 있죠. 근데 청소년기만 그런 과정을 거칠까요? 중장년이나 노년층이나 모두 변태를 시시각각으로 겪어요. 형사님도 컨트롤만 잘 하시면 우려하시는 것처럼 큰 불법적인 일을 자행하지 않아요.”

성호는 품고 있던 가장 내밀한 비밀을 들킨 느낌이 들었다.

“본인의 불안과 공포를 민기에게 투사하지 마세요.”

성호는 반쯤 들린 상체를 등받이에 털썩 기댔다.

조영희는 성호가 자신이 찾아온 이유를 알고 있었다. 성호는 온몸의 긴장과 분노가 풀리면서 잔잔한 음악처럼 안정돼갔다.

어린 시절의 사이코패스적 본능이 언젠가 깨어날 것을 두려워했다. 성호는 최근에 화려한 삶을 추구하면서 집도 차도 바꿨다. 주변을 바꾸는 이유는 과거의 우중충한 환경에서 비롯된 잔인한 본성으로 회귀하는 것을 우려해서였다.

한남기에 의해 웅크려왔던 본능은 꿈틀거리고 있는 중이었다. 성호는 자신을 지긋이 바라보는 조영희를 응시하며 천천히 일어났다.

"가보겠습니다."

"개인상담 하셔도 됩니다."

성호가 조영희에게 시선을 주었다.

"근데 왜 박훈정은 김민기에게 넘어갈 수 있었던 것이죠?"

"박훈정은 교우관계도 거의 없고, 사회적 은둔형이었죠. 고립된 환경에서 내가 누구인지 알려주는 사람의 요구는 절대로 거절 못 합니다. 즉 박훈정은 민기를 통해 자신의 존재와 위치를 파악하죠. 해결 못하는 사건에 이르러서는 전적으로 의지하게 됩니다. 한쪽은 법과학으로 무장한 이성적 상태, 다른 한쪽은 무너지기 직전의 심리적 절박 상태. 결과는 무조건 한쪽의 의견대로 따르게 되죠."

성호는 조영희의 눈빛에서 흘러나오는 의도를 알 수 있다.

'잘 알 텐데요, 어린 시절 한남기는 김성호를 전적으로 의지해 불합리한 요구에도 따랐던 겁니다. 괴롭힘을 지속적으로 당하면서도 그랬어요. 죗값을 당신은 평생 안고 가야 할 겁니다.'

성호는 서서히 고개를 저었다. 조영희는 그런 이야기를 하려던 것이 아니었다. 단지 성호 내면에서 흘러나오는 목소리였다.

그때 서연에게서 문자가 왔다.

〈제가 훈정이를 도우려면 어떻게 해야 되죠. 돕고 싶어요. 대신 저도 도와주세요.〉

성호는 원장실 문을 열고 나갔다. 병원 문을 열면 복도가 어둠 속에 드러날 것이다. 천천히 문을 열었다. 어두한 복도를 향해 오른발을 내딛었다.

마치 걸음마를 처음 떼보는 돌잡이 아기처럼.

〈끝〉

2014년《섬, 짓하다》가 나온 지 4년이 지나《이웃이 같은 사람들》에서 김성호 프로파일러가 다시 한 번 독자를 찾아뵙게 되었습니다. 경찰의 과학수사 방법이나 프로파일러가 범죄자를 추리해 나가는 과정을 묘사하는 것은 쉽지 않은 작업이었습니다. 실제 사례를 연구하지만 똑같이 그려서도 안 되고, 어설프게 그려서도 안 되기 때문입니다.

그동안 강동경찰서는 신청사를 지어 이전했습니다. 제가 소설을 준비하고 집필하던 당시에는 구청사가 있었는데 지금은 그곳이 강동구청으로 리모델링되어 확연하게 바뀌게 되었죠. 강동구청과 경찰서가 새로운 옷을 입은 것만큼 저도 감회가 새롭습니다.

어느덧 10년에 걸쳐서 열 권이 넘는 추리소설을 집필했습니다. 《색, 샤라쿠》는 개정판을 준비 중이고 《경성 탐정 이상》은 4권이 나올 예정입니다.

그동안 이상과 구보, 정약용 탐정, 《봄날의 바다》에 나오는 양구동 형사와 감건호 프로파일러, 《훈민정음 암살사건》의 강현석 형사에 이르기까지 많은 캐릭터를 만들었지만 《섬, 짓하다》와 《이웃이 같은 사람들》에 나오는 김성호만큼 애착이 가는 캐릭터는 처음이었습니다. 김성호가 과거의 기억을 발판으로 새로운 인물로 거듭나는 과정 때문입니다. 다른 형사나 탐정 캐릭터는 선한 인물에서 출발했지만 김성호는 선과 악 두 개의 얼굴을 가진 캐릭터입니다. 그만큼 김성호 프로파일러는 매력적이고, 아울러 존재하지 않을 것 같으면서도 있을 법한 살아 있는 인물이라고 생각합니다.

악의 심연을 들여다보면 심연도 너를 들여다본다는 니체의 명언이 있습니다. 그런 만큼 사건의 일선에서 수사하는 분들은 항시 심적 고통과 이러저러한 질병에 노출되어 있다고 합니다. 이는 제복을 입은 사람들에게서 발견되는 외상 후 스트레스 장애가 일반적 의학 용어로 자리 잡기까지 얼마나 수많은 사람들의 고통이 있었는지 짐작 가능케 하는 부분입니다. 제가 쓰는 소설로 그분들의 고통과 수고로움이 조금이라도 더 알려지게 된다면 그만큼 보람찬 일은 없을 거라 생각합니다.

책을 집필하면서 많은 자료를 보았습니다. 그중에 소시오패스에 관한 정보는 〈동아일보〉 2013년 7월 20일자 토요이슈 〈10대 시신훼손사건으로 본 '소시오패스'〉 기사에서 참조했습니다. 과학수사에 관해 수사연구사에서 출간한 단행본, 배리 피셔 저 《현장감식과 수사, CSI》(2008)와 홍성욱 저의 《과학수사에 숨어 있는 미세증거물》(2010) 등을 참조했고, 성호의 진술분석 관련해서는 김종률 저 《진술분석》(2010) 등을 참조했습니다.

또한 법과학 관련하여 순천향대 법과학대학원 유제설 교수님께 감수를 받았습니다. 프로파일러 업무에 관해서는 서울지방경찰청 장힘찬 수사관님께 자문을 받았고, 범인이 범행을 저지르는 데 영향을 미치는 과거 경험과 심리적 요인에 대한 아이디어를 얻었습니다. 법의학 관련해서는 가가탐정클럽의 이제성 해부학도님의 감수를 받았습니다. 그럼에도 실제상황과 다르게 묘사된 것은 전적으로 저의 잘못입니다.

그리고 소설 속에 나오는 동네나, 학교 등은 모두 존재하지 않는 곳이며 인물과 사건 또한 허구임을 분명하게 밝히는 바입니다.

책이 나오기까지 많은 도움을 주신 편집자님, 가족과 선후배 작가님들, 동료들에게 무한한 감사함을 느낍니다.

추리작가협회 김재성 회장님과 박주섭 경감님, 정석화 선배님은 선배로서 항상 격려와 지지를 아낌없이 주셨습니다. 감사하다는 인사를 드리고 싶습니다.

이만 글을 마치면서 김성호가 앞으로 더 활기차고 매력적인 모습으로 찾아갈 것이라 약속드립니다.

2017년 11월 27일 김재희 씀

이웃이 같은 사람들

2018년 4월 24일 초판 1쇄 발행
2018년 6월 8일 초판 2쇄 발행

지은이 | 김재희
발행인 | 이원주
책임편집 | 박윤희
책임마케팅 | 조아라

발행처 | (주)시공사
출판등록 | 1989년 5월 10일(제3-248호)

주소 | 서울 서초구 사임당로 82(우편번호 06641)
전화 | 편집 (02)2046-2852 · 마케팅 (02)2046-2883
팩스 | 편집 · 마케팅(02)585-1755
홈페이지 | www.sigongsa.com

ISBN 978-89-527-9066-8(04810)
978-89-527-7217-6(set)

이 도서의 국립중앙도서관 출판예정도서목록(CIP)은 서지정보유통지원시스템 홈페이지(http://seoji.nl.go.kr)와 국가자료공동목록시스템(http://www.nl.go.kr/kolisnet)에서 이용하실 수 있습니다.
(CIP제어번호: CIP2018010896)